ALBERT R. BROCCOLI'S EON PRODUCTIONS Presents
PIERCE BROSNAN
as IAN FLEMING'S JAMES BOND 007

in

STIRB AN EINEM ANDEREN TAG

HALLE BERRY TOBY STEPHENS ROSAMUNDE PIKE
RICK YUNE JOHN CLEESE and JUDI DENCH as »M«

Costume Designer	LINDY HEMMING
Music by	DAVID ARNOLD
Editor	CHRISTIAN WAGNER
Director of Photography	DAVID TATTERSALL BSC
Production Designer	PETER LAMONT
Co-Producer	CALLUM MCDOUGALL
Executive Producer	ANTHONY WAYE
Written by	NEAL PURVIS & ROBERT WADE
Produced by	MICHAEL G. WILSON and BARBARA BROCCOLI
Directed by	LEE TAMAHORI
»Die Another Day« performed by	MADONNA

Die Another Day © 2002 Danjaq, LLC and United Artists Corporation
ALL RIGHTS RESERVED
007 © 1962 Danjaq, LLC and United Artists Corporation
ALL RIGHTS RESERVED
James Bond an 007 ™ Danjaq, LLC

DISTRIBUTED BY MGM DISTRIBUTION CO
www.mgm.com   www.jamesbond.com

IAN FLEMING'S
JAMES BOND 007

in

STIRB AN EINEM ANDEREN TAG

Der Roman zum Film
von Raymond Benson
nach dem Drehbuch von
Neal Purvis & Robert Wade

WILHELM HEYNE VERLAG
MÜNCHEN

HEYNE ALLGEMEINE REIHE
Band-Nr. 01/20114

Die Originalausgabe
DIE ANOTHER DAY
erschien bei Hodder Headline

Umwelthinweis:
Dieses Buch wurde auf
chlor- und säurefreiem Papier gedruckt.

Redaktion: Werner Bauer

Deutsche Erstausgabe 12/2002
Copyright © Ian Fleming Publications Ltd. as Trustee 2002
Copyright © der deutschsprachigen Ausgabe 2002 by
Wilhelm Heyne Verlag GmbH & Co. KG, München
Printed in Germany 2002
007 © 1962 Danjaq, LLC and United Artists Corporation.
All Rights Reserved
007 is a Trademark of Danjaq, LLC, licensed
by Eon Productions Ltd.
007 © 2002 Danjaq, LLC and United Artists Corporation.
All Rights Reserved
007 is a Trademark of Danjaq, LLC, licensed
by Eon Productions Ltd.
Umschlag- und Innenillustrationen © 2002 Danjaq,
LLC and United Artists Corporation.
All Rights Reserved
Umschlaggestaltung: Nele Schütz Design, München
Satz: Schaber Satz- und Datentechnik, Wels
Druck und Bindung: Elsnerdruck, Berlin

ISBN 3-453-86827-7

http://www.heyne.de

1 🗲 Tosende Brandung

Hier kann ein Mann leicht ums Leben kommen.

Dieser Gedanke schoss ihm durch den Kopf, während er und seine beiden Begleiter sich verzweifelt an ihre Surfbretter klammerten und mit der tosenden Brandung kämpften.

Der Vollmond warf einen gespenstischen weißen Schimmer auf die Küste in der Ferne und verwandelte die Betonbunker und Radarschüsseln in Phantome. Das Mondlicht reichte für ihre Zwecke nicht aus, doch die Nachtsichtgeräte machten diesen Mangel wett. Durch seine Infrarotbrille konnte er sogar den Stacheldrahtzaun erkennen, der den Strand säumte. Die scharfen Spitzen glitzerten, als wäre die Küste mit Sternen übersät.

Die drei Männer paddelten kräftig, um eine große Welle zu erreichen. Es gelang ihnen hinaufzukommen, aber lange konnten sie sich nicht oben halten. Die riesige Woge schlug über ihnen zusammen und warf zwei der Männer von ihren Brettern. Der dritte, dem es gelungen war, das Gleichgewicht zu halten, befand sich auf der Krone einer etwa 18 Meter hohen Welle. Hätte er sich nicht auf die wichtige Mission konzentrieren müssen, hätte er es wahrscheinlich sogar genossen.

Schließlich ebbte die Welle ab, und der Surfer glitt elegant durch das dunkle silbrige Wasser, wobei er mühelos nach Bedarf die Richtung änderte, bis er lautlos an einer flachen Stelle angelangt war. Er sprang ab und lief rasch den Strand hinauf.

Als ein Posten um die Ecke bog, verzog sich der Surfer in einen Schatten und zwang sich, langsam zu atmen, damit der Wächter ihn nicht hören konnte.

Wie erwartet trug der Wachposten die Uniform der nordkoreanischen Armee. Er hatte eine AK-47 bei sich, und wahrscheinlich hing an seinem Gürtel eine Handfeuerwaffe. Der Surfer beobachtete, wie der Posten das an den Strand gespülte Surfbrett entdeckte und neugierig darauf zuging. Offensichtlich überraschte es ihn, ein solches Objekt an diesem abgelegenen und streng bewachten Strand zu sehen.

Der Surfer nutzte die Gelegenheit. Wie eine Raubkatze sprang er aus seinem Versteck, lief leichtfüßig die wenigen Meter über den Sand und schlug den Wachposten von hinten nieder, sodass dieser neben dem Surfbrett zu Boden ging.

James Bond nahm die Infrarotbrille ab und suchte zu beiden Seiten den Strand ab. Nichts deutete darauf hin, dass noch ein anderer Wachposten in der Nähe war. Angestrengt spähte er in die Brandung hinaus und entdeckte schließlich seine beiden Kollegen in den Kälteschutzanzügen, die sich an den Strand kämpften. Die geheimnisvollen Begleiter kamen auf ihn zugelaufen, nahmen ihre Brillen ab und nickten wortlos. Beide waren außer Atem und sparten sich ihre Kräfte für die Herausforderungen, die noch vor ihnen lagen.

Bond kauerte neben dem Surfbrett nieder, griff nach der Finne und drehte sie, bis sich an der Seite des Bretts knirschend ein Fach öffnete. Darin befand sich alles, was er brauchte: seine Walther P99, mehrere Magazine mit Munition, ein Nylonseil, ein Behälter mit C4-Plastiksprengstoff und ein Kampfmesser, in dessen Griff ein globales Positionsbestimmungs-System eingebaut war.

Er stand auf und sah sich noch einmal am Strand um. Die Radarschüsseln auf den Dünen waren für ihr Vorhaben optimal geeignet. Die beiden Surfer errieten seine Gedanken und liefen über den Sand darauf zu, während Bond den Reißverschluss seines Neoprenanzugs öffnete. Darunter verbarg sich ein eleganter Brioni-Anzug; die dazu passenden Schuhe waren im Surfbrett versteckt. Als er für die Rolle, die er spielen würde, fertig angezogen war, hatten auch die beiden südkoreanischen Surfer ihre Schutzanzüge ausgezogen, unter denen sie Uniformen der nordkoreanischen Armee trugen.

Die Mission Pukch'ong Beach war extrem gefährlich – das war allen bekannt. M hatte Bond sogar angeboten, den Auftrag einem anderen Agenten zu erteilen, aber 007 hatte ihr nur einen furchtlosen Blick zugeworfen, der von seiner Selbstsicherheit zeugte. Bond liebte die Risiken und den hohen Einsatz eines akribisch geplanten – und brillant durchgeführten – Kommandounternehmens. Für ihn stand außer Frage, diesen Auftrag anzunehmen. Die beiden Südkoreaner teilten Bonds grimmige Entschlossenheit, diesen Job zu erledigen. Don und Lee. Bond kannte ihre Nachnamen nicht, und er wollte sie auch nicht wissen. Sie schienen fähige Männer zu sein, aber es war immer besser, sich nicht mit anderen Agenten anzufreunden – schließlich wusste man nie, ob einer von ihnen nicht auf der Strecke bleiben würde.

Don schnitt mit seinem Messer ein an der Radarschüssel befestigtes Stromkabel durch, während Lee Bonds Kampfmesser in den Boden rammte. Der Griff öffnete sich automatisch, und eine kleine Schüssel entfaltete sich – die GPS-Vorrichtung mit Radarbake war ohne Zweifel eine der wirklich genialen Erfindungen der Abteilung Q. Bereits nach wenigen Sekunden konnten sie ein kaum hörbares Signal empfangen.

In einer Entfernung von etwa sechzig Meilen flog

ein Kamov, ein Ka-26-Hoodlum-Hubschrauber russischer Bauart, über den dichten Wald, der den Großteil der nordkoreanischen Halbinsel bedeckte. Der Pilot der nordkoreanischen Armee bemerkte das Aufleuchten einer weiteren Radaranzeige auf dem blinkenden Bildschirm des Interrogators. Das Flugsystem stellte sich automatisch neu ein und lotste den Hubschrauber zur Landezone. Deshalb änderte der Pilot leicht die Richtung und warf einen Blick nach hinten auf seinen Passagier.

Seit der Mann in den Helikopter gestiegen war, presste er eine Aktentasche an seine Brust. Er wirkte extrem nervös.

Der Pilot drehte sich erneut um und lachte leise in sich hinein. Die Leute aus dem Westen waren entweder Feiglinge oder Idioten, und dieser hier schien sogar beides zu sein.

Zehn Minuten später hörten James Bond und seine beiden Begleiter den sich nähernden Helikopter. Die Koreaner bezogen am Strand Stellung und verharrten aufmerksam, während der Hoodlum über den Hügeln hinter dem Strand auftauchte und schwebend kreiste. Der Pilot war doppelt vorsichtig, da sich der Landeort von dem ursprünglich vorgesehenen unterschied. Schließlich senkte sich der Hubschrauber und setzte im Sand auf. Die Rotorblätter kamen langsam zum Stillstand, während der Pilot seinen Gurt öffnete, die Tür aufstieß und heraussprang. Die beiden Soldaten salutierten, und der Pilot erwiderte halbherzig ihren Gruß; dann drehte er sich um und half dem Passagier beim Aussteigen. Der Mann drückte immer noch den Aktenkoffer so fest an sich, als befände sich sein Life-Support-System darin.

Als die Neuankömmlinge sich umdrehten, mussten sie feststellen, dass die beiden koreanischen Soldaten ihre Waffen gezogen hatten und ein dritter Mann sich zu ihnen gesellt hatte. James Bond stand mit seiner Walther in der Hand zwischen ihnen und grinste freundlich. Der Mann mit dem Aktenkoffer war verblüfft, denn er glaubte in einen Spiegel zu schauen. Sein Anzug glich genau dem, den Bond trug! Langsam hoben der Pilot und sein Passagier die Hände.

Bond trat einige Schritte vor und nahm dem Passagier den Aktenkoffer ab. Die beiden Koreaner arbeiteten schnell: Sie fesselten und knebelten den Piloten und seinen Passagier und führten sie hinter den Radarschirm. Dann banden sie die beiden Gefangenen sorgfältig fest, sodass sie in den nächsten Stunden wohl kaum entdeckt werden würden.

Anschließend stiegen die beiden Koreaner und Bond in den Hubschrauber und schnallten sich an. Don setzte sich an die Steuerung, nahm einige Systemkorrekturen vor und zog den Helikopter nach oben.

Bond legte den Aktenkoffer auf seinen Schoß und öffnete ihn: voll gepackt mit funkelnden Diamanten! Als Lee einen Blick darauf warf, schnappte er unwillkürlich nach Luft. Bond packte das C4 aus und brachte den Sprengstoff vorsichtig unter der Verkleidung des Kofferbodens an. Dann steckte er den Zünder von der Größe einer Zigarette hinein und verkabelte ihn mit der Fernsteuerung. Als er einen Schalter an seiner Omega-Armbanduhr aktivierte, begann die Fernbedienung zu piepen.

Lee nickte, als Bond ihm einen Blick zuwarf. Nachdem Bond den Koffer geschlossen hatte, lehnte er sich zurück, bereitete sich auf den Flug Richtung Süden zu Colonel Moons Lager vor und dachte über sein Vorhaben nach.

Nord-Korea war für einen gefangen genommenen Spion wohl der gefährlichste Ort auf der ganzen Welt.

Die Demokratische Volksrepublik Korea verweigerte sogar ernsthaften Journalisten den Zutritt, ganz zu schweigen von möglichen Agenten aus Süd-Korea oder den Ländern der westlichen Welt. In Geheimdienstkreisen erzählte man sich grauenhafte, wenn auch schwerlich belegbare Geschichten darüber, was Agenten zustieß, die nördlich des 38. Breitengrads geschnappt wurden. Sollten sie entlarvt werden, mussten Bond und seine Begleiter zweifellos damit rechnen, gefoltert und dann getötet zu werden.

Nord-Korea isolierte sich selbst von der kommunistischen Welt immer mehr und hatte sich zu einem geheimnisvollen Land entwickelt, über das es kaum verlässliche Informationen gab. Vor einem halben Jahrhundert war die Halbinsel nach dem grausamen Bürgerkrieg in zwei feindliche Lager zerfallen, und jahrzehntelang hatte Kim Il Sung Nord-Korea widerstandslos regiert. Jetzt gab es Gerüchte über eine landesweite Hungersnot und rivalisierende Splittergruppen, die um die Macht wetteiferten. Man hörte auch, dass der derzeitige Landesführer Kim Jong Il nur die Marionette einer geheimen Verschwörergruppe von Generälen sei. Ausländische Geheimdienste waren überzeugt, dass die Demokratische Volksrepublik Korea an der Entwicklung von ABC-Waffen arbeitete. Nord-Korea weigerte sich standhaft, Untersuchungsbeamte ins Land zu lassen, die diese Anschuldigungen entweder bestätigen oder widerlegen konnten. Selbst China, Nord-Koreas treuester Verbündeter, begegnete dem Land mittlerweile mit Misstrauen.

Die Situation in der entmilitarisierten Zone nördlich des 38. Breitengrads war ebenso angespannt wie bei der Beendigung des Koreakriegs; bis zum heutigen Tag bezeichneten die Nordkoreaner diesen Konflikt als ›Vaterlandsbefreiungskrieg‹. Nach den Informationen in den Geschichtsbüchern des Landes hatte Süd-Korea, unterstützt von den USA und dem britischen Commonwealth, die friedlichen Nordkoreaner attackiert, die daraufhin die Angreifer mit Stöcken und Steinen abgewehrt und in den südlichen Teil der koreanischen Halbinsel zurückgedrängt hatten. Von dort aus konnte jederzeit ein neuer Angriff auf das nördliche ›sozialistische Paradies‹ erfolgen.

Zwei südkoreanische Agenten hatten ihr Leben lassen müssen, als sie wertvolle Information über einen jungen Hardliner namens Moon ausgegraben hatten. Moon hatte eine linientreue halbstaatliche Armee aufgebaut, die ihn in seiner aggressiven Einstellung gegenüber Süd-Korea und dem Westen unterstützte. Man nahm an, dass Moon seine Operationen durch illegalen Diamantenhandel mit im Krieg befindlichen afrikanischen Ländern finanzierte – die so genannten ›Konfliktdiamanten‹. Colonel Moon galt als höchst gefährlich – möglicherweise war er der korrupteste und unberechenbarste Mann in der nordkoreanischen Armee, ein Verbrecher, der über Nacht einen Krieg anzetteln konnte. Daraus ergab sich unausweichlich die logische Schlussfolgerung, dass er eliminiert werden musste. Die Situation war außerordentlich kompliziert und heikel, da Moon der Sohn eines der gemäßigteren Generäle der Armee war – ein Mann, der im Hinblick auf ein vereintes Korea durchaus gute Absichten hatte.

Es war eine harte Nacht gewesen. Nachdem sie die erforderlichen Informationen über den Austausch der Diamanten erhalten hatten, waren ihnen nur drei Stunden Zeit geblieben, die Mission zu starten. Bond hatte über eine Woche in Süd-Korea in der Warteschleife verbracht und auf grünes Licht gewartet. Kurz nach zwei Uhr morgens kam endlich die Nachricht, dass Van Bierk, der Diamantenhändler, sich auf dem Weg zu

Moon befand. Da Van Bierk ein Weißer mit dunklem Haar, blauen Augen und ungefähr von der gleichen Statur wie Bond war, schien er für M der bevorzugte Kandidat für diesen Auftrag zu sein. Don und Lee waren inoffiziell von der südkoreanischen Elitetruppe der Sondereinheit rekrutiert worden, die auf Terrorismusbekämpfung und geheime Militäraktionen spezialisiert war. Die drei Männer waren mitsamt ihrer Ausrüstung per Armeehubschrauber in geringer Flughöhe von Yanggu über die Tongjoson Bay zu einem Ort gebracht worden, der drei Meilen vor der Küste Pukch'ongs lag. Dort wurden sie mit ihren Surfbrettern in das aufgewühlte Meer geworfen, und nun waren sie bereit, die zweite Stufe der Mission durchzuführen.

Der Schweiß lief Colonel Tan-Gun Moon in Strömen über den nackten Oberkörper, als er immer wieder auf den Sandsack einschlug. Der Punchingball hing schwer von der Decke eines behelfsmäßigen Sportraums, der nur dürftig im landestypischen Stil ausgestattet war. Colonel Moon legte Wert darauf, jeden Tag mit einem anstrengenden Training zu beginnen. Er war außerordentlich fit und wollte es auch bleiben. Der zukünftige Führer eines vereinten Korea musste ein starker, mächtiger Mann sein. Als Sohn eines geachteten Generals der Armee glaubte Moon mit seinen siebenundzwanzig Jahren, dazu bestimmt zu sein, sein Land zu regieren.

Ein Offizier stand in der Nähe und beobachtete, wie Moon mit den Fäusten auf den Sandsack eintrommelte, bis sich der Colonel schließlich zu ihm umdrehte.

»Lass ihn raus«, befahl er dem Offizier in der Landessprache.

Der Offizier trat vor und öffnete den Reißverschluss des Sandsacks. Ein bewusstloser Mann stürzte blutüberströmt und von Prellungen übersät auf den Boden.

Moon blickte auf den Fleischberg. »Das wird dich lehren, mir Vorträge halten zu wollen«, sagte er. Das leise Geräusch eines landenden Hubschraubers erregte Moons Aufmerksamkeit. Er griff nach einem Handtuch und wischte sich den Schweiß ab, bevor er seinen Uniformrock überstreifte. Dann nahm er seine Kappe, die ihn als Colonel auswies, von der bronzenen Büste seines Kopfes und gab dem Offizier ein Zeichen, den verprügelten Mann wegzuschaffen.

»Besorgen Sie mir einen neuen Therapeuten für Wutanfälle!«, bellte Moon und verließ den Raum auf der gegenüberliegenden Seite.

Das Lager befand sich auf einem Hügel über der entmilitarisierten Zone auf der Nordseite des 38. Breitengrads. Moon bezeichnete es gern als »Villa«, obwohl es eher einem besseren Bunker glich: ein Grenzposten, der einem wahren Kriegsherren als Schlupfwinkel diente. Die Mauern aus solidem Beton waren mit Bunkern und Stacheldrahtzäunen befestigt. An jeder einsehbaren Stelle, die nach Süden zeigte, standen Wachposten – allzeit bereit für einen möglichen Angriff, auch wenn eine Attacke noch so unwahrscheinlich sein mochte. Die entmilitarisierte Zone war ein Niemandsland voll von Minen, versteckten Bomben, Tod und Zerstörung. Nur ein Narr würde sich in diesen Landstrich wagen.

Colonel Moons Lager war nicht groß, aber mit Sicherheit einzigartig. Hinter den befestigten Mauern befand sich ein Hof, der ausreichend Platz für einen Heliport und etliche Militärfahrzeuge bot. Auf einer Seite des Hofs waren etwa ein halbes Dutzend luxuriöser Sportwagen geparkt, darunter ein Jaguar XKR, ein Ferrari und ein Lamborghini.

Als der Hubschrauber sich auf den Hof herabsenkte, trat ein Mann in unauffälliger Zivilkleidung zur Seite und wartete. Viele der im Bunker stationierten Soldaten nannten ihn hinter seinem Rücken ›den Mann, der niemals lächelt‹. Tatsächlich war der Mann, der dem Colonel überallhin zu folgen schien, eine geheimnisvolle Gestalt mit einer stets ausdruckslosen Miene. Selbst jetzt, während er die Landung des Hubschraubers beobachtete, verrieten seine Augen keinerlei Gefühlsregung.

James Bond öffnete die Tür des Helikopters und betrat die Rollbahn. In der Hand hielt er den Aktenkoffer.

Der Mann in Zivil richtete verstohlen ein kleines Sony Ericsson PDA auf ihn und lichtete ihn mit einer eingebauten CMOS-Kamera ab. Dann drückte er auf einen Knopf, und das Wort »senden« leuchtete über Bonds Bild auf dem winzigen Bildschirm auf.

Als Bond zu ihm hinübersah, steckte der Mann das Handy ein und kam auf ihn zu.

»Ich bin Zao«, sagte er auf Englisch. »Sie sind spät dran.«

»Ich musste noch einige Dinge erledigen«, erklärte Bond.

Zao wandte sich zum hinteren Teil des Hofes um, als Colonel Moon auftauchte. Er trug jetzt seine komplette Uniform und ging auf Bond zu, ohne den Blick von dessen Gesicht abzuwenden. Als er an der Reihe seiner Wachposten und Soldaten vorbeiging, war den Männern deutlich die Angst anzusehen.

»Mr. Van Bierk«, sagte er in fließendem, gepflegtem Englisch, »ich habe mich sehr auf dieses Treffen gefreut.«

»Ich mich auch«, erwiderte Bond und streckte die Hand aus; Moon ignorierte sie. »Meine, äh, Freunde vom afrikanischen Militär sind Ihnen zu großem Dank verpflichtet. Seit dem UN-Embargo gibt es nicht mehr viele Männer, die den Mut haben, mit afrikanischen Konfliktdiamanten zu handeln.«

Colonel Moon verzog die Lippen zu einem dünnen, säuerlichen Lächeln. »Ich weiß alles über die Vereinten Nationen. Ich habe in Oxford und Harvard studiert. Mein Hauptfach war die westliche Scheinheiligkeit.«

Bond hob die Augenbrauen und machte eine Handbewegung. »Beim Anblick Ihrer bescheidenen kleinen Autosammlung wäre mir diese Idee nicht gekommen.«

»Zeigen Sie mir die Diamanten«, fuhr Moon ihn an.

»Zeigen *Sie* mir die Waffen.« Bonds Worte klangen sehr bestimmt.

Der Colonel musterte Bond. Bisher hatten es nur wenige Männer gewagt, in so scharfem Ton mit ihm zu sprechen. Moon war sofort klar, dass er einem Mann mit außergewöhnlicher Stärke und Entschlossenheit gegenüberstand. Er nickte Zao kurz zu, woraufhin dieser über Walkie-Talkie einen Befehl erteilte. Unmittelbar darauf lenkten entfernte Motorengeräusche Bonds Aufmerksamkeit auf die entmilitarisierte Zone.

Ein Betonblock am Tor schob sich nach oben, und Bond konnte durch die Staubwolken Lichter erkennen, die immer größer wurden und näher kamen.

Lastwagen? Unmöglich!

»Sie verstecken Waffen in der entmilitarisierten Zone?«, fragte er Moon. »Sehr stilvoll, Colonel. Dort draußen befindet sich immerhin ein riesiges Minenfeld.«

»Amerikas kultureller Beitrag für unser Land«, erwiderte Moon höhnisch. »Eine Million Landminen.« Moons Stimme verriet deutlich seinen Stolz, als er hinzufügte: »Und meine Luftkissenboote schweben einfach darüber hinweg.«

Bond wandte sich um und warf einen Blick auf das Tor. Der Mann hatte Recht, bei den Fahrzeugen handelte es sich tatsächlich um Hovercrafts. Eines davon war ein gigantischer Waffentransporter, ein außergewöhnlich ausgestattetes Mutterschiff. Es wurde begleitet von vier kleineren Luftkissenfahrzeugen, die gespenstisch über das riesige, minenverseuchte Ödland glitten, das von Schildern mit Totenkopfzeichen eingegrenzt war. Hovercrafts können sich wenige Zentimeter über dem Boden auf einem Luftkissen fortbewegen; sie werden durch ein Hubgebläse in der Schwebe gehalten, das Luft in zwei Schläuche bläst. Durch flexible, in Segmente geteilte Schürzen wird der Druck im Luftkissen unter dem Fahrzeug aufrechterhalten. Bond wusste, dass Hovercrafts auf ihrem Weg keine Minen auslösten, da sie praktisch keine akustischen und magnetischen Signale von sich geben und auch keinen Druck ausüben.

Das Mutterschiff schwebte in den Hof, verlangsamte die Geschwindigkeit und setzte auf. Die kleineren Hovercrafts landeten – zwei an jeder Seite – direkt daneben. Bond sah, dass das Mutterschiff bis an die Zähne bewaffnet war. Es hatte Maschinengewehre, Munition, Mörser, Flammenwerfer, Landminen, kugelsichere Westen und eine reiche Auswahl von kleineren Waffen an Bord. Aus den Flanken glitten tiefe Schubfächer, in denen sich weitere Waffen befanden.

»Panzerabwehrraketen, Flammenwerfer, Schnellfeuerwaffen und genug Munition, um einen kleinen Krieg zu führen«, erklärte Moon stolz. Dann lächelte er zum ersten Mal. »Die Diamanten?«

Bond reichte ihm den Koffer, und Moon gab ihn an den Mann weiter, der hinter ihm stand. Dieser öffnete den Aktenkoffer und zeigte Moon den funkelnden Inhalt.

»Geben Sie nicht alles auf einmal aus«, meinte Bond leichthin.

»Oh, für diese Lieferung habe ich spezielle Pläne«, erwiderte Moon.

Der Mann mit der Brille legte den Koffer auf einen

Tisch, zog ein Okular hervor und begann, die Beute zu untersuchen. Bond war enttäuscht, dass Moon den mit Sprengstoff bestückten Koffer nicht bei sich behielt, ließ sich aber nichts anmerken.

Ein Handy klingelte. Zao fasste in seine Jackentasche und holte das Gerät hervor. Nachdem er sich einen Hörer ins Ohr gesteckt hatte, nahm er seine PDA-Kamera zur Hand. Über Bonds Bild blinkte ein großes rotes X.

Bond spürte bereits, dass etwas schief gelaufen war, und als Zao ihm aus zusammengekniffenen, echsenartigen Augen einen Blick zuwarf, war er sich dessen sicher.

Zao ging auf den Colonel zu und flüsterte ihm etwas ins Ohr.

Moon lächelte wieder und wandte sich an Bond. »Ich möchte Ihnen unsere neue Panzerfaust zeigen.«

Er griff seitlich in das Mutterschiff und holte eine schwere Waffe hervor – eine Mischung aus Granatwerfer und Maschinengewehr.

»Natürlich aus abgebauten Uranschalen«, sagte er.

»Natürlich«, erwiderte Bond beklommen.

Moon sah sich auf dem Gelände nach einem geeigneten Ziel um. Dann wirbelte er ohne Vorwarnung herum und richtete die Waffe auf den Hoodlum-Hubschrauber, in dem Don und Lee noch immer saßen. Bevor Bond reagieren konnte, feuerte Moon. Eine wuchtige Granate schoss durch den Helikopter, der mit einem ohrenbetäubenden Knall explodierte.

Im gleichen Augenblick zog Zao eine Handfeuerwaffe und richtete sie auf Bonds Kopf. Bond blieb nichts anderes übrig, als die Hände zu heben.

Durch die schwarze Rauchwolke kam einer der Südkoreaner gelaufen – sein Körper stand in Flammen. Colonel Moon betätigte die Kippschaltung, richtete das

Maschinengewehr auf den bedauernswerten Mann und streckte ihn mit einem Schuss nieder.

»Erstaunliche Treffsicherheit«, bemerkte er, beeindruckt von der Waffe. Dann wandte er sich an Bond. »Sie sind also James Bond, ein britischer Attentäter. Und wie gedenken Sie nun, mich zu töten, Mr. Bond?«

Bond erstarrte. Woher kannten sie seinen Namen? Und wie sollte er sich aus dieser Klemme befreien?

2 Schießstand

Es gab noch eine Chance.

Als Moon auf den Tisch mit dem Aktenkoffer zuging, griff Bond nach dem Auslöser an seiner Armbanduhr.

»Keine Bewegung!«, befahl Zao, zwang Bond, erneut die Arme zu heben, und klopfte ihn ab. Er fand die Walther und nahm sie an sich.

Moon fauchte Bond an: »Es ist erbärmlich, dass ihr Briten immer noch glaubt, ihr hättet das Recht – nein, die Pflicht – euch als Weltpolizei aufzuspielen. Ihr seid so überflüssig, wie diese Minen dort draußen es bald sein werden.« Er hielt inne, um seine Fassung wiederzugewinnen und fuhr dann fort. »Aber Sie werden den Tag nicht mehr erleben, an dem Korea vom Norden regiert wird.«

»Dann haben Sie und ich ja etwas gemeinsam«, erwiderte Bond.

Moon lächelte schief und ging wieder auf den Diamantenkoffer zu. In diesem Moment beschloss Bond, sich für diese Mission zu opfern. Er würde den Koffer in die Luft jagen und alle mit sich nehmen. Die Explosion würde nicht gewaltig sein – möglicherweise überlebte er sogar. Bond schob seine Hände zusammen, bereit, die Bombe zu zünden, als Zaos Walkie-Talkie summte. Während Moons Handlanger lauschte, glitt ein Ausdruck der Besorgnis über seine sonst unbewegte Miene. Er reichte Moon den Empfänger und sagte auf Koreanisch: »Der General.«

Bond sprach kaum Koreanisch, doch reichten seine Kenntnisse, um das Wesentliche zu verstehen.

Moon sprach, offensichtlich alarmiert, in das Walkie-Talkie. »Vater?« Er horchte einen Augenblick, versteifte sich dann und schaltete ab. »Er ist nur fünf Minuten von hier entfernt«, erklärte er Zao. »Er hörte die Explosion und will wissen, was hier los ist.« Moon schüttelte den Kopf und schlenderte davon. Über seine Schulter gab er allen, die sich in seiner Nähe befanden, den Befehl: »Schafft die Waffen weg!«

Dann blieb er stehen, als hätte er etwas vergessen, wandte sich an Zao und sagte: »Töte den Spion.« Diesen Satz verstand Bond ohne Schwierigkeiten.

Zao nickte und blieb neben dem Tisch mit den Diamanten stehen, während Moon auf das Mutterschiff kletterte. Auf seinen Befehl hin hob sich wenige Sekunden später das Luftkissenboot und schwebte davon, gefolgt von zwei der kleineren Hovercrafts.

Zao hob seine Pistole und richtete sie auf Bond, der im gleichen Augenblick auf den Auslöser an seiner Uhr drückte.

Der Aktenkoffer explodierte nur wenige Meter von Zao entfernt, sodass der Mann mit den Diamanten torpediert wurde. Bond ließ sich fallen und rollte über den Boden, als Zaos Kugeln über seinen Kopf pfiffen. Doch dann brach Zao zusammen, und Bond sprang auf und lief hinter Moons Konvoi her.

Zao hob den Kopf; sein Gesicht war blutig und mit glitzernden Teilchen bedeckt. Trotz seiner Schmerzen sah er sich im Hof um und entdeckte Bond, der auf eines der beiden zurückgebliebenen Hovercrafts zulief. Er rappelte sich auf und taumelte zu dem Jaguar XKR, dem Modell aus Moons wertvoller Automobilsammlung, das am nächsten stand. Rasch beugte er sich durch das offene Fenster und drückte einen Knopf am Armaturenbrett. Aus einem Fach im hinteren Teil des Wagens schob sich ein Maschinengewehr. Zao packte es, richtete es auf Bond und schickte einen Kugelhagel über den Hof, der nur wenige Zentimeter hinter dem feindlichen Spion einschlug und eine Spur der Zerstörung hinterließ. Zaos Wunden im Gesicht machten ihn halb blind, daher waren seine Kugeln zwar höchst gefährlich, aber nicht zielsicher. Einige der Geschosse hatten die Benzintanks von Moons Lieblingswagen durchlöchert und als Dominoeffekt eine Reihe Explosionen ausgelöst. Der britische Agent wich dem Geschützfeuer aus und sprang in dem Augenblick auf eines der Begleitfahrzeuge, als es abhob.

Der Schütze im Heck des Hovercrafts traute seinen Augen nicht, als Bond sich auf dem Deck des fahrenden Vehikels abrollte. Er richtete sein Gewehr auf ihn, doch Bond packte geschickt den Lauf, schwang ihn herum und schlug damit den Schützen bewusstlos.

Vom Hof aus rief Zao der Mannschaft des verbleibenden Hovercrafts den Befehl zu, die Verfolgung aufzunehmen.

Bond warf einen Blick zurück und sah, dass das vierte Luftkissenboot abhob, während sein Fahrzeug gerade den Bogen des Lagertors passierte. Er überlegte kurz, zielte mit dem Gewehr des Heckschützen auf den Kontrollmechanismus oberhalb des Tors und feuerte. Bonds Hovercraft schoss durch die Öffnung, und eine

Sekunde später fiel der riesige Stützpfeiler mit einem ohrenbetäubenden Krachen in sich zusammen. Der Fahrer, der ihn verfolgte, konnte das Hovercraft nicht mehr abbremsen und prallte frontal dagegen. Die darauf folgende Explosion erschütterte das ganze Lager.

Während das Hovercraft in die entmilitarisierte Zone schwebte, lief Bond nach vorne und packte den Piloten an der Kehle, zog den Mann von der Steuerung weg und schleuderte ihn seitlich hinaus. Der Mann fiel direkt auf eine Erdmine und verschwand in einem Feuerball. Jetzt hatte Bond die Kontrolle über das Boot.

Im vorderen Schiff hatte Colonel Moon mit angesehen, was der britische Spion angerichtet hatte. Die Tapferkeit dieses Mannes verblüffte und erregte ihn zugleich. Endlich ein Feind, gegen den es sich zu kämpfen lohnte! Offensichtlich unterschied er sich von den meisten anderen Männern der westlichen Welt. Es würde ein Vergnügen werden, ihn zu besiegen.

Moon hob die Panzerfaust auf, beschoss damit die Erde hinter sich und aktivierte so etliche Minen direkt vor Bonds Hovercraft. Bond hatte sich den beiden Begleitschiffen bereits merklich genähert, als die Explosionen sein Fahrzeug erschütterten und sich ein Hagel von Erdklumpen und Steinen über ihn ergoss. Er hantierte mit dem Steuerknüppel und schaffte es, den Detonationsherden auszuweichen, indem er das Hovercraft vor- und zurückbewegte. Die Steuerung war leicht zu handhaben. Das Hovercraft wurde durch einen Steuerhebel gelenkt, der die Luftruder hinter dem Gebläse kontrollierte. In kleineren Schiffen war durch Verlagerung des Körpergewichts nach links oder rechts ein zusätzlicher Ausgleich möglich. Bond erkannte, dass gute Piloten dabei Beinarbeit einsetzen, aber damit war er nicht vertraut. Das Knifflige bestand darin, die Waagerechte zu halten. Scharfes Wenden war beinahe unmöglich; wenn sich das Schiff zu stark nach einer Seite neigte, landete es unweigerlich auf der Erde. Die Technik glich in vielen Dingen dem Steuern eines Hubschraubers.

Bond ging das Risiko ein, die Geschwindigkeit zu erhöhen. Die beiden Hovercrafts setzten sich zwischen das Mutterschiff und Bonds Fahrzeug, und dann eröffneten die Schützen von hinten das Feuer mit einer Salve aus ihren Maschinengewehren. Kugeln durchsiebten die Front von Bonds Hovercraft und zerfetzten die Windschutzscheibe. Bond duckte sich hinter das Armaturenbrett und stieß dabei versehentlich gegen den Steuerknüppel, woraufhin sein Hovercraft eines der beiden Kampfschiffe rammte und den Piloten aus dem Gleichgewicht brachte. Bond rappelte sich auf, und als er begriff, was er zuerst unabsichtlich getan hatte, rammte er das andere Fahrzeug noch einmal.

Plötzlich tauchte ein riesiger, pyramidenförmiger Betonklotz bedrohlich vor ihm auf. Bond wich gerade noch rechtzeitig aus und flog nur wenige Zentimeter daran vorbei. Als er den Blick über das Minenfeld schweifen ließ, fiel ihm auf, dass sie einen Bereich der entmilitarisierten Zone erreicht hatten, der unwirklich und erschreckend wirkte, wie aus einer anderen Welt. Die Pyramide war eine von vielen Vorrichtungen, die man »Panzerfallen« nannte – Blockaden, die aufgestellt worden waren, um Panzer am Vorankommen zu hindern. Rund um diese Bauten befanden sich Wracks von explodierten und ausgebrannten Panzern und anderen Fahrzeugen. Die Gegend wirkte wie Ödland nach einer Apokalypse.

Für einen Moment vergaß Bond das Opfer seiner Jagd und konzentrierte sich ausschließlich auf die Steuerung, während die Hindernisse auf beiden Seiten an ihm vorbeiflogen. Nur gut, dass er beim MI6 etliche

Stunden in einem Rennsportsimulator zugebracht hatte. Diese Strecke konnte man mit einem Hightech-Videospiel vergleichen, bei dem man nur eine Chance hatte, die todbringenden Hindernisse zu umgehen – man musste blitzschnell reagieren und den Barrieren in letzter Sekunde ausweichen.

Bond hörte weitere Salven von dem Hovercraft, das er gerammt hatte. Der Schütze stand wieder auf den Beinen und nahm ihn erneut unter Beschuss.

Warum bleibt der Kerl nicht unten?, fragte Bond sich verärgert, während er scharf den Kurs änderte und das Fahrzeug noch einmal angriff. Dieses Mal zwang er das feindliche Hovercraft dazu auszuweichen, wodurch es eine der Panzerfallen rammte. Als die Schürze des Luftpolsters sich drehte, kippte das Gefährt zur Seite und schlitterte über den Boden, bis es eine Mine auslöste. Die Explosion verwandelte das Hovercraft in ein brennendes Rad – es drehte sich zweimal um die eigene Achse, bevor es in unzählige Stücke zerbarst.

Colonel Moon kochte vor Wut. Er hatte zwei Hovercrafts verloren, und Bond holte auf. Dem Piloten des beim Mutterschiff fliegenden Luftkissenfahrzeugs schrie er den Befehl zu, Bond abzufangen. Der Pilot schluckte, bestätigte den Empfang der Anweisung und wendete das Hovercraft, sodass er auf direkten Konfrontationskurs mit Bond ging.

Bond bemerkte, dass das Kampfschiff die Richtung änderte und umklammerte das Steuer. *Nun, wenn sie ein Spiel für Feiglinge spielen wollten …*

Plötzlich spürte er eine Bewegung hinter sich. Der Schütze, den er vorher bewusstlos geschlagen hatte, war aus seiner Ohnmacht erwacht und kam nun auf ihn zugestürmt. Bond ließ den Steuerknüppel für einen Augenblick los, drehte sich um und schlug dem Mann mit aller Kraft ins Gesicht. Der Schütze knallte rückwärts mit dem Kopf gegen die Kante einer Bank und fiel wieder in Ohnmacht.

Bond wirbelte herum und konzentrierte sich auf das Hovercraft, das auf ihn zukam. Ein Kugelhagel durchsiebte die Vorderseite seines Gefährts und zwang ihn, in Deckung zu gehen. Trotzdem hielt er den Steuerknüppel fest und forderte so den anderen Piloten heraus, auf Kurs zu bleiben. Im letzten Moment verlor dieser die Nerven und wich aus. Bond erhob sich und lenkte sein Fahrzeug auf das Mutterschiff zu.

Das kleinere Kampfschiff hatte den Vorteil, dass es schneller war. Bond befand sich innerhalb weniger Sekunden neben dem Transporter, doch wie sollte er das viel größere Schiff stoppen?

Bevor er darauf eine Antwort finden konnte, änderte der Pilot des Mutterschiffs den Kurs, rammte Bonds Gefährt und drängte es auf eine Baumgruppe zu. Bond gelang es, sein Hovercraft nach oben zu ziehen und eine Kollision zu vermeiden. Nun befand er sich parallel zu dem Mutterschiff auf der anderen Seite der Baumreihe. Als sein Schiff über ein Wasserloch glitt, bemerkte Bond, dass der andere Pilot gewendet hatte und ihm dicht auf den Fersen war.

Moon eröffnete mit seiner Panzerfaust das Feuer auf Bond, traf jedoch nur die Bäume. Er brauchte etwas Wirkungsvolleres. Rasch ließ er den Blick über die Waffensammlung zu seinen Füßen gleiten, packte einen Flammenwerfer und zielte damit auf Bond. Ein Feuerstrahl schoss über die Bäume und setzte sie in Flammen, deshalb war Bond gezwungen, sich zurückfallen zu lassen. Er steuerte das Schiff durch eine schmale Lücke zwischen den Bäumen und versuchte dem Feuer auszuweichen. Jetzt befand er sich wieder hinter Moon.

Moon rief seinem Piloten zu, die Geschwindigkeit zu erhöhen, doch der Mann reagierte nicht schnell genug.

Erzürnt versetzte Moon dem Piloten einen Karateschlag, zog ihn aus dem Sitz und übernahm das Steuer. Er beschleunigte, ließ sich dann jedoch von einer anderen Eingebung leiten. Nachdem er einige Schalter umgelegt hatte, lehnte er sich zurück und wartete ab, ob sein Plan funktionierte.

Eine dicke schwarze Rauchwolke entströmte dem Heck des Mutterschiffs und legte sich über die Landschaft. Moon lachte und schoss vorwärts.

Durch den Rauchschleier konnte Bond nicht erkennen, wohin das Mutterschiff flog, trotzdem lenkte er sein Schiff ungebremst geradeaus. Schließlich durchbrach er die Rauchwolke und fiel fünf Meter ab, dicht gefolgt von dem anderen Hovercraft.

In dem Schiff, das ihn verfolgte, befanden sich zwei Männer – das verschaffte ihnen einen Vorteil beim Feuern. Bond wandte deshalb Moons Taktik an, wendete und beschoss die Minen am Boden.

Hier handelte es sich jedoch um andere Minen – diese springenden Splitterminen waren so konstruiert, dass sie rund zehn Meter in die Luft flogen, bevor sie explodierten. Bond traf eine davon und konnte damit den Schützen außer Gefecht setzen. Dem Pilot gelang es jedoch, Bond weiter zu verfolgen und ihn auf einen schmalen Pfad zu drängen, der auf beiden Seiten eingedämmt war.

Wie aus dem Nichts tauchte das Mutterschiff auf, setzte sich hinter die beiden Fahrzeuge und trieb sie auf zwei massive Tore zu – offensichtlich Überbleibsel einer antiken Tempelruine, die sich am Ende des Pfads befand.

Moon grinste, als sein monströses Gefährt auf Bond und das andere Schiff zuhielt.

Bond begriff, was geschehen würde, und versuchte, den Pfad zu verlassen, indem er sein Schiff zur Seite zog, scheiterte jedoch, weil die Böschung zu steil war. Es blieben ihm nur noch wenige Sekunden, dann würde er direkt in die Tore krachen.

Leise fluchend verließ er die Steuerung und hastete in den hinteren Teil des Hovercrafts. Sein Verfolger war nur wenige Meter entfernt, und Bond sah die Verwirrung auf dem Gesicht des Piloten. War der britische Spion verrückt?

Verrückt oder selbstmörderisch, dachte Bond, als er von seinem Gefährt auf die Front des anderen sprang; er landete unsanft und hielt sich an der Windschutzscheibe fest. Bevor der Pilot reagieren konnte, kletterte Bond hinein, versetzte dem Mann einen Schlag ins Gesicht und lief nach hinten. Jetzt befand er sich direkt vor der Kanzel des Mutterschiffs. Noch einmal wagte er einen todesmutigen Sprung – auf den Bug des großen Hovercrafts.

Das Luftkissenboot, auf dem Bond sich befunden hatte, stieß gegen die riesigen Tore, gefolgt von dem anderen. Die darauf folgende Explosion brachte die Tore zum Einsturz und zerstörte beide Hovercrafts, während das Mutterschiff unbeschädigt durch das Inferno glitt.

Der große Waffenträger schoss in den antiken Tempel und raste auf die gegenüberliegende Mauer zu. Bond rollte sich auf der Windschutzscheibe ab und ließ sich auf das Deck fallen, während das Hovercraft die Mauer durchbrach, sich auf dem Geröll drehte und zum Stehen kam.

Der Pilot war immer noch bewusstlos, Moon wirkte benommen. Überrascht stellte Bond fest, dass er selbst unverletzt war. Er sah zu dem Colonel hinüber, und ihre Blicke trafen sich. Dann kippte das Hovercraft gefährlich zur Seite.

Sie hatten die Tempelmauern durchbrochen und befanden sich am Rand eines tosenden, mindestens sechzig Meter hohen Wasserfalls. Das Luftkissenboot war wie durch ein Wunder durch einige Felsen zum Stillstand gebracht worden.

Moon sprang auf und griff Bond an. Dieser rollte über den Boden und schleuderte den Colonel an den Rand des Decks. Bis Bond wieder auf den Beinen war, hatte auch Moon sich aufgerappelt. Die beiden Männer standen sich nun gegenüber und machten sich auf einen Nahkampf gefasst. Moon hatte offensichtlich Erfahrung in Kampfsportarten, Bond wusste allerdings nicht, wie geübt sein Gegner war. Ein heftiger Schlag gegen seine Brust zeigte ihm jedoch zur Genüge alles, was er wissen musste.

Er ließ sich nach hinten fallen und wehrte Moons Tritte mit den Füßen ab, hielt sich dann an einem großen Schrank fest, nützte die Hebelwirkung und zog die Beine nach oben. Sein rechter Fuß traf Moons Unterkiefer und brach ihn mit einem hässlichen Knacken genau in dem Moment, als das Hovercraft sich löste, ein Stück weiter auf die Klippe zu rutschte und sich zwischen zwei großen Felsbrocken verkeilte. Der Ruck schleuderte Moon gegen das riesige Gebläse im hinteren Teil des Hovercrafts. Instinktiv griff er nach einer AK-47 zu seinen Füßen.

Bond zog geistesgegenwärtig eine kugelsichere Weste von einem Stapel an Deck und hielt sie sich vor den Körper, während er zum Cockpit lief. Moons Kugeln zischten durch die Luft und schlugen gegen die Weste, bis Bond sie nicht länger halten konnte. Doch er hatte sein Ziel bereits erreicht! Bond schob die Hebel nach oben und setzte den Ventilator in Bewegung. Colonel Moon wurde durch den Sog von den Füßen gerissen und wie ein Magnet gegen das Gitter gezogen, hinter dem sich der Propeller befand. Er versuchte sein

Maschinengewehr hochzureißen, doch die Saugwirkung des Gebläses war zu stark.

Der Druck reichte aus, um das Hovercraft von den Felsblöcken zu lösen. Mit einem Furcht erregenden Knirschen schob es sich einige Zentimeter nach vorne.

Bond sah Moon an. »Sie haben Ihren größten Bewunderer kennen gelernt, Colonel.« Mit diesen Worten rannte er zur Kanzel des Mutterschiffs und sprang in dem Moment auf die Böschung, als der Sog dieses vorwärts zog. Der riesige Waffentransporter kippte und stürzte in die Gischt; er riss Moon mit sich, der immer noch an den Ventilator gefesselt war. Bond sah zu, wie das Hovercraft in der tosenden Leere verschwand.

Er schloss die Augen, rang nach Luft und gönnte sich einen kurzen Augenblick, um über sein Glück nachzudenken. Dann zog er sich das Ufer hinauf auf ebenen Grund. Außer Atem und völlig erschöpft, stolperte er zurück zu dem Tempel und ließ sich auf den Boden fallen. Er rollte sich auf den Rücken, schloss die Augen und dämmerte vor sich hin …

Schritte und das Geräusch von Waffen, die durchgeladen wurden, rissen ihn aus seinen Träumen. Als er die Augen öffnete, sah er etliche Stiefelpaare vor sich. Er setzte sich auf und stellte fest, dass er von Dutzenden Soldaten umgeben war, die ihre Waffen auf seinen Kopf gerichtet hatten. Ein Mann in der Uniform eines Generals bahnte sich seinen Weg durch die Menge und blieb vor ihm stehen. Er war in den Fünfzigern und wirkte irgendwie vertraut. Mit grimmigem Blick sah er auf seinen Gefangenen herab.

Obwohl er sich an die Soldaten wandte, hielt er den Blick auf Bond gerichtet. »Mein Sohn ist tot, und der Spion lebt noch.«

Bond erkannte ihn nun. General Moon.

»Schafft ihn weg!«, befahl der General.

3 Zerreißprobe

Schmerz ist der große Gleichmacher, das Maß dafür, wie Männer und Frauen mit ihren inneren Kräften umgehen können. Schmerz kann gut und schlecht sein; er ist ein Warnsignal und zeigt dem Körper, dass ihm in irgendeiner Weise Schaden zugefügt wird. Schmerzen bei Krankheiten oder Verletzungen können ernüchternd sein – entweder gewöhnt man sich daran oder nicht. Sie können lange anhalten, und oft sind sie ein Vorbote des unausweichlichen Lebensendes. Gelegentlich entsteht aus Schmerz etwas Gutes wie ein Neugeborenes, aber der Schutz vor den körperlichen Qualen, die einem Menschen auferlegt werden, muss als eine der größten Errungenschaften der medizinischen Forschung angesehen werden.

Folter ist die grausamste Erfindung der Menschheit. Körperliche Schmerzen, die einem Menschen beabsichtigt und auf methodische Weise von anderen zugefügt werden, können ebenso großen psychischen wie physischen Schaden anrichten. Warum sonst hätten die Großinquisitoren während der spanischen Inquisition ihre Opfer gefoltert, um sie zu Geständnissen zu zwingen? Dabei war es unerheblich, ob die Eingeständnisse wahr oder falsch waren.

Selbst Gehirnwäsche ist eine Art der Folter. Sie kann standhafte Männer veranlassen, die Seiten zu wechseln, Staatsgeheimnisse auszuplaudern und sogar ihre eigenen Mitstreiter zu verraten. Der Gefolterte sagt oder tut dann alles, um den Höllenqualen zu entkommen, die ihm systematisch von seinen Peinigern zugefügt werden. In allen zivilisierten Ländern ist die Folter von Gefangenen verboten und wird als unmenschlich und barbarisch erachtet. Trotzdem wird sie vielerorts auf dieser Welt noch praktiziert – weil sie funktioniert.

James Bond war darauf trainiert, Foltermethoden jedweder Art standzuhalten, und in seiner Laufbahn hatte er schon viele teuflische Bestrafungen erdulden müssen. In seiner Akte war sogar vermerkt, dass er von allen 00-Agenten des MI6 die höchste Schmerzgrenze aufwies. Seine momentanen Peiniger waren jedoch davon überzeugt, dass es auch bei ihm einen Punkt gab, an dem er zusammenbrechen würde. Alles war möglich, solange sie weitermachten und ihr Opfer dabei nicht zu Tode kam. Sie konnten den Gefangenen wochenlang mehrmals täglich in eiskaltes Wasser tauchen oder ihn von schwarzen Skorpionen stechen lassen, solange sie genügend dieser Tiere fanden. Sie konnten ihn schlagen, solange die Männer mit den Knüppeln nicht müde wurden. Sie konnten ihn hungern lassen und ihm jegliche Hoffnung auf Befreiung nehmen.

James Bond war jedoch ein Mensch, der die geradezu unheimliche Fähigkeit besaß, sich ganz in sich zurückzuziehen. Wenn er sich ausschließlich auf seinen Herzschlag konzentrierte, konnte er sich mit der Abgeklärtheit eines Zen-Mönchs von seiner Umwelt isolieren. Während er sich nach außen hin versteifte, die Fäuste ballte und gegen den Schmerz ankämpfte, blieb er in seinem Inneren ganz ruhig. Sollte das Ende tatsächlich nahe sein, dann war es eben Schicksal. Er hatte über die Risiken Bescheid gewusst. Egal, was sie ihm auch antun mochten – diese Männer würden seinen Willen nicht brechen.

Die Zeit verging. Er war sich nicht sicher, wie lange er schon hier war. Wochen waren zu Monaten geworden, aber das Leben in diesem nordkoreanischen Gefängnis schien wie ein einziger endloser Tag zu sein. Oder wie eine Nacht, je nachdem, wie man es betrachtete. Der Satz »Wir haben alle Zeit der Welt« war hier durchaus zutreffend. Bond machte sich bewusst, dass er abgenommen hatte und sein Bart gewachsen war; er fühlte sich schwach und einsam. Die kalte, schmutzige Zelle, in der er schlief, war der einzige Zufluchtsort vor den Qualen, die er auf der anderen Seite der Stahltür erleiden musste.

Bond dachte nur selten an die Vergangenheit, und im Gegensatz zu den meisten Menschen hielt er normalerweise nichts davon, Erinnerungen wie einen Schatz zu hüten. Diese Juwelen des menschlichen Unterbewusstseins waren ihm immer fremd gewesen. In der dunklen, feuchten Zelle, in der er nun die Zeit totschlagen musste, klammerte er sich jedoch an alle Erinnerungen, die er heraufbeschwören konnte. Diese Übung half ihm, bei Verstand zu bleiben. Er dachte über sein Leben nach, rief sich verschiedene wichtige Ereignisse ins Gedächtnis und stellte sich das Aussehen, die Stimme und den Geruch einiger Personen vor, die seinen Weg gekreuzt hatten. Es war beinahe so, als würde er im Kopf einen Abriss seiner Autobiographie entwerfen. Er dachte an seine Kindheit, als seine Eltern noch gelebt hatten, und wie ihm sein Vater seine Liebe zum Bergsteigen vermittelt hatte. Seine ersten Lebensjahre, an die er sich nur noch schwach erinnern konnte, verband er mit Liebe, Wärme und Sicherheit. Als er elf Jahre alt gewesen war, waren seine Eltern bei einem Unfall in den Bergen ums Leben gekommen. Er hatte nie erfahren, was wirklich geschehen war. Seine Tante, eine bezaubernde ältere Dame, hatte ihn aufgenommen, sich liebevoll um ihn gekümmert und versucht, ihm die Liebe zu geben, die er auf so traurige Weise verloren hatte.

Bond rief sich auch seine Schulzeit als Teenager ins Gedächtnis. Seine Tante hatte sich Sorgen gemacht, weil er meist für sich geblieben war und kaum Freundschaften geschlossen hatte. Sie hatte befürchtet, er entwickle sich zu einem ungeselligen Menschen. Wahrscheinlich hatte sie Recht gehabt, aber das hatte ihn nicht gestört. Bond hatte es vorgezogen, viel Sport zu treiben. Er hatte immer genug gelernt, um damit durchzukommen und trotzdem ausreichend Zeit für sich zu haben. Seine Berufung hatte er schließlich bei der Kriegsmarine gefunden.

Mit großer Zuneigung dachte er an den früheren M, Sir Miles Messervy, den Mann, der ihn zum Geheimdienst geholt hatte. Sie waren nicht immer einer Meinung gewesen, ihre Beziehung jedoch war fast immer von Wärme und gegenseitigem Respekt geprägt. Es gab auch noch einige andere in London, die ihm viel bedeuteten – die loyale und liebenswerte Moneypenny, der gute alte Q, Tanner, die neue M ...

Bonds lebhafteste Erinnerungen drehten sich um seine Arbeit als 00-Agent im Dienste Ihrer Majestät. Sein erster Einsatz, bei dem er einen Feind in New York beseitigen musste, hatte ihm das Tor zu einem Leben voller Abenteuer und ernsthaften Gefahren geöffnet. Seit dieser Zeit hatte er in Ausübung seiner Pflicht noch weitere Menschen getötet. Er hatte sich angewöhnt, die Gedanken daran zu verdrängen, sich nicht schuldig zu fühlen und so zu tun, als sei nichts geschehen. Nachdem er sich gegen die Fakten des Lebens und Sterbens abgehärtet hatte, sah er jedem neuen Tag mit einer völlig unbekümmerten Einstellung entgegen. Dieses Prinzip hatte ihn in all den Jahren am Leben gehalten.

In seinen Fieberträumen tauchten viele Gesichter auf – von angenehmen Personen, wie Felix Leiter, Darko Kerim Bey, dessen Freund Tiger Tanaka ... aber auch von weniger erfreulichen Gestalten wie Ernst Stavro Blofeld, Auric Goldfinger, Dr. Julius No, Hugo Drax ... Die Erinnerung daran war wichtig, damit er eine Linie zwischen Gut und Böse ziehen konnte. Und dann gab es noch die wunderschönen und leidenschaftlichen Frauen, die das Bett mit ihm geteilt hatten – Domino, Solitaire, Tatiana, Tiffany, Honey, Kissy ... und Tracy. Jede von ihnen hatte ihre Spuren hinterlassen.

Mit Hilfe seines Geruchs- und Geschmackssinns konnte Bond sich verschiedene Orte auf der Welt ins Gedächtnis rufen, die einen unauslöschlichen Eindruck bei ihm hinterlassen hatten. Jamaika, die Insel, die er mehr als alle anderen liebte, das exotische und geheimnisvolle Japan, Frankreich mit dem unvergleichlichen Zufluchtsort Royale-les-Eaux, und das Hinterland von New York, das atemberaubend schön war, wenn sich im Herbst die Blätter färbten.

Diese Erinnerungen hielten seinen Verstand wach und ließen ihn durchhalten. Bond hatte nichts verraten und seinen Peinigern nicht die Befriedigung gegönnt, sich als Sieger zu fühlen. Er wusste immer noch, wer er war, warum er hier war, und wofür er eintrat.

Und das war alles, was im Augenblick zählte.

Bond hatte sich an die Schritte vor der Zellentür gewöhnt. Das Geräusch der Stiefel veranlasste ihn automatisch, sich geistig auf die körperlichen Qualen des Tages vorzubereiten. Zuerst hörte er die Schritte, dann das Klappern der Schlüssel und schließlich das Quietschen der Tür, wenn sie geöffnet wurde. Das Licht außerhalb der Zelle blendete ihn – es war beinahe so schmerzlich wie das, was ihm noch bevorstand.

Das war sein Tagesablauf.

Bond saß mit angezogenen Knien in einer Ecke seiner Zelle. Er war barfuß, schmutzig, hungrig und benommen. Als er den Kopf hob, sah er die beiden Wachen, die ihn jeden Tag abholten. Zwei weitere standen hinter ihnen im Flur.

»Heute mal etwas anderes«, meinte einer von ihnen auf Koreanisch.

Bond rührte sich nicht. Der Wächter, der gesprochen hatte, nickte seinem Kollegen zu. Sie gingen zu Bond hinüber und zogen ihn hoch. Einer hielt ihn von hinten fest, während der andere ihm die Handgelenke fesselte. Bond wehrte sich nicht. Mittlerweile stand er über den Dingen.

Als sie ihn in sicherem Gewahrsam hatten, führten die Wächter ihn aus der Zelle den vertrauten Gang hinunter, wo Tag für Tag ein Stück von ihm starb. Wie lange würde er das noch ertragen können? Wie lange würden sie ihm das noch antun? Was konnte er jetzt möglicherweise noch wissen, das für sie von Nutzen war? Er war sich nicht sicher, ob sie ihn jetzt überhaupt noch zum Reden bringen wollten – wahrscheinlich genossen sie es nur, ihn leiden zu sehen.

Die Wärter schoben ihn in die Folterkammer, einen kalten, kargen Raum, der nach Blut roch. Die Tür wurde hinter ihm zugeschlagen, und Bond war allein. Er blickte hinüber zu den Badewannen, die im Schatten lagen, und stellte überrascht fest, dass sie leer waren. Seltsam. Auf dem Tisch sah er das Gehäuse mit den Skorpionen, aber es war an die Wand zurückgeschoben worden – scheinbar vergessen. Was ging hier vor sich?

Die Tür öffnete sich wieder, und General Moon betrat den Raum. Ein Wächter folgte ihm und schloss die Tür. Bond hatte den General seit dem Tag, an dem er gefangen genommen worden war, nicht mehr gesehen. Als er ihn jetzt musterte, bemerkte er, dass sich der Kummer um seinen verlorenen Sohn tief in sein Gesicht eingegraben hatte. In seinen Augen glaubte Bond eine versteckte Spur von Menschlichkeit, eine Andeutung von Mitgefühl wahrzunehmen. Schließlich sprach Moon ihn auf Englisch an.

»Ich billige nicht, was hier geschieht.«

Schwache Erinnerungen an seinen früheren Widerstandsgeist regten sich.

»Es ist nicht gerade ein Fünf-Sterne-Hotel«, erwiderte Bond.

»Sie sind also immer noch zu Scherzen aufgelegt.« Moon seufzte. »Aufsässig bis zum Schluss.«

Bond schwieg.

»Ihre Leute haben Sie im Stich gelassen«, fuhr der General fort. »Sie verleugnen Ihre Existenz. Warum schweigen Sie immer noch? Es zählt nicht mehr. Die Dinge liegen nicht länger in meiner Hand.«

Bond gelang es mit enormer Anstrengung, eine Miene aufzusetzen, die Unnachgiebigkeit und leise Verachtung ausdrückte. Der General wartete auf Bonds Antwort. Schließlich nickte er dem Wachposten zu. Der Mann öffnete die Tür und bedeutete Bond, hinauszugehen.

Was? Heute keine Skorpione? Keine Schläge?

Sie führten Bond hinaus, und seit Monaten sah er zum ersten Mal wieder Tageslicht. Er kniff vor Schmerz die Augen zusammen, als ihn das grelle Licht traf. Der Wärter stieß ihm den Lauf einer AK-47 in die Rippen und scheuchte ihn zu einem Militärtransporter.

Sie fuhren eine Stunde lang. Bond war allein mit dem General und dem Wärter im hinteren Teil des Lastwagens. Alte Gewohnheiten legt man nicht so schnell ab, also wägte Bond seine Möglichkeiten ab, war jedoch gezwungen einzusehen, dass er nichts unternehmen konnte. Er wusste nicht, warum der General sich diese Mühe machte, bevor er ihn hinrichten ließ, und er begriff, dass ihm das gleichgültig war. Mit einem kurzen, traurigen Lächeln gratulierte er sich selbst. Sein Widerstand war nicht gebrochen worden. Der Tod würde seine Belohnung dafür sein – und seine Erlösung.

Der Lastwagen hielt neben einer Eisenbrücke außerhalb eines verlassenen Dorfs. Die nordkoreanische Flagge flatterte an einem riesigen Mast, der an einem tiefen Graben aufgestellt worden war. Am Rand der Kluft rostete das Gerippe eines ausgebrannten russischen T55-Panzers vor sich hin. Dichter Nebel hatte sich über das Land gesenkt und die meisten Grenzsteine eingehüllt. Bond konnte in der Ferne jedoch die Silhouetten von hohen Wachtürmen, Stacheldrahtzäunen und Panzern erkennen.

Sie zogen ihn aus dem Wagen und führten ihn neben die Brücke. Bond warf einen Blick in den Graben und sah, dass er mit Landminen und den Überresten von Militärfahrzeugen übersät war. Die entmilitarisierte Zone. Der Nebel verhüllte alles, was sich jenseits der Brücke auf der anderen Seite des Grabens befand.

Er blieb apathisch stehen, als sechs bewaffnete Soldaten aus dem Dunst auftauchten und sich drei Meter vor ihm in einer Reihe aufstellten.

Das war also sein Geschenk zur Pensionierung: ein Exekutionskommando.

Der General stieg aus dem Lastwagen und musterte Bond grimmig. »Wir sind am Ende angelangt, Mr. Bond. Am Ende meiner Geduld ... und Ihres Lebens.«

»Ersparen Sie mir diese unerfreulichen Bemerkungen«, erwiderte Bond mit einem Blick auf die sechs Soldaten.

»Ich habe uns den Frieden, die Einigung so nahe gebracht – fünfzig Jahre, nachdem die Supermächte Korea in zwei Teile gespalten haben«, sagte Moon. »Und dann kommen Sie. Ein britischer Spion, ein Attentäter. Jetzt haben die Hardliner ihren Beweis, dass man dem Westen nicht trauen kann.« Er holte tief Luft und fuhr fort. »Sie ... Sie haben mir meinen Sohn genommen.«

»Ihr Exekutionskommando hätte das an meiner Stelle erledigen sollen«, entgegnete Bond. »Er arbeitete gegen Sie, General.«

»Ich hoffte, die Erziehung im Westen würde ihm helfen, eine Brücke zwischen unseren Welten zu schlagen, aber stattdessen hat sie ihn nur korrumpiert.«

Bond schüttelte den Kopf. »Bringen wir es hinter uns.«

»Mein Sohn hatte einen Verbündeten im Westen, einen Spion wie Sie. Das ist Ihnen bekannt. Zum letzten Mal: Wer war das? Wer hat ihn dazu gebracht, sein Land und seinen Namen zu verraten?«

»Dieselbe Person, die auch mich verraten hat.«

Moon legte eine Pause ein und wartete ab, ob Bond mehr erzählen würde. Dann sagte er: »Sie haben den schweren Weg gewählt.«

»Was ist so schwer am Sterben, General?«

»Gehen Sie, Mr. Bond.« Moon deutete auf die nebelverhangene Brücke.

Er hatte keine Wahl. Bond presste die Zähne zusammen und ging entschlossen in den Nebel hinein. Er hörte, wie hinter ihm die Gewehrhähne gespannt wurden. *Jetzt ist meine Zeit gekommen ...*, dachte er.

Er ging weiter und wartete auf das Krachen des Gewehrfeuers, auf den Kugelhagel, der ihn niederstrecken würde. Aber nichts geschah.

In der Mitte der Brücke tauchte eine Gestalt im Dunst auf. Ein Mann kam auf ihn zu. Seine Hände waren ebenfalls gefesselt. Die beiden gingen aufeinander zu, und schließlich konnte Bond das Gesicht des anderen Mannes erkennen. Es war Zao, Moons Handlanger.

Über einen Lautsprecher ertönte eine Stimme. »Gehen Sie weiter. Bitte gehen Sie weiter.«

Bond warf einen Blick zurück auf das Exekutionskommando und sah, dass die Soldaten in den Lastwagen stiegen. Jetzt wurde ihm alles klar. Sie hatten versucht, ihn mit einem Trick zum Reden zu bringen. Hier handelte es sich um einen Austausch.

Er wandte sich wieder Zao zu, dessen Gesicht noch immer Narben aufwies. Doch davon abgesehen machte er einen gesunden Eindruck, und es war eindeutig, wer von den beiden Männern eine härtere Zeit hatte durchstehen müssen. Als sie aneinander vorbeigingen, blickten sie sich in die Augen.

»Wir werden also ausgetauscht«, meinte Bond.

»Als Spione scheinen wir gleichwertig zu sein«, stimmte Zao ihm zu.

»Gleichwertig, aber nicht quitt. Ihre Zeit wird kommen.«

Wieder schallte die Stimme aus dem Lautsprecher. »Weitergehen!«

»Nicht so schnell wie Ihre«, erwiderte Zao selbstsicher und ging kopfschüttelnd weiter. Bond drehte sich um und beobachtete, wie er im Nebel verschwand. Dann machte er sich auf den Weg zur anderen Seite des Grabens.

Charles Robinson, M's Sonderberater im MI6, stand an dem geöffneten Grenzposten und starrte durch ein Fernglas auf die Brücke, die die entmilitarisierte Zone überspannte. Neben ihm befanden sich etliche Militärangehörige und Sanitäter sowie einige Männer der National Security Agency in dunklen Anzügen.

»Sehen Sie ihn?«, fragte der Mann, der die NSA-Gruppe leitete. Sein hämischer Tonfall zeigte deutlich seine Verachtung.

»Noch nicht, Mr. Falco«, erwiderte Robinson, ohne den Blick von der Brücke abzuwenden.

Falco war einer der kühlen Sicherheitsberater der Südkoreaner und hielt mit seiner Meinung nicht hinter dem Berg, was den Austausch der Gefangenen betraf, der zwischen Großbritannien und Nord-Korea vereinbart worden war. Robinson hatte von ihm und seinen Männern die Nase voll. Er fragte sich, warum man den NSA überhaupt eingeschaltet hatte. Es war eine Organisation, die sich hauptsächlich mit Geheimverschlüsselungen, Informationssicherheit und der Analyse von Signalen aus dem Ausland befasste.

»Da.« Robinson stellte das Fernglas scharf ein und beobachtete, wie Bond aus den Nebelschwaden auftauchte. Dieser Mann sah aus wie Robinson Crusoe. 007 hatte langes Haar und einen Bart. Sein Körper war mit Blutergüssen und Blasen bedeckt, und er trug nur noch Fetzen am Leib.

Falco hob sein eigenes Fernglas und bemerkte geringschätzig: »Seht ihn euch an. Was für ein Held!«

Robinson ignorierte den Amerikaner und ging auf die Brücke zu. Als Bond ihn sah und erkannte, lächelte er durch seinen dichten Bart. Bevor die beiden sich näher kommen konnten, tauchten jedoch vier Gestalten in silberfarbenen Schutzanzügen auf und stürzten sich auf Bond. Einer der Männer drückte ihm eine Spritze in den Arm.

Erleichtert sank Bond in Ohnmacht.

4 *Ein ungeduldiger Patient*

Bond lag bewusstlos und nackt in der Da Vinci-Maschine, einem ausgeklügelten Gerät, das es Ärzten möglich machte, innere Verletzungen zu untersuchen, ein Blutbild zu erstellen und weitere diagnostische Tests durchzuführen, ohne den Körper verletzen zu müssen.

Die Maschine befand sich in einem mobilen, automatisch gesteuerten Operationssaal, den die britische Armee weltweit zu jeder Basis bringen konnte. In Süd-Korea lag der Stützpunkt außerhalb von Seoul.

Während der blaue Lichtstrahl über Bonds Körper wanderte, und der Tisch, auf den er geschnallt war, sich langsam drehte, verfolgten die Ärzte in einer Kabine die Ergebnisse auf Computer-Bildschirmen.

»Großflächige Gewebevernarbung als Folge von Verbrennungen an Händen und Füßen.«

»Partielle Erfrierungen an Fingern und Zehen.«

»Massive Blutergüsse.«

»Sieht so aus, als hätte er sich die linke Schulter ernsthaft verletzt. Ausgekugelt?«

»Ja, das passierte drei Jahre vor seiner Gefangennahme. Die Verletzung ist in seiner Akte vermerkt.«

Im Laufe der Untersuchung zogen Metallfinger Bonds Lider nach oben und maßen mit einem bleistiftförmigen Strahlenbündel die Erweiterung seiner Pupillen. Künstliche Hände nahmen ihm mit Hilfe einer Spritze Blut ab.

»Erhebliche Spuren von Nervengift. Wahrscheinlich von einem Antiserum gegen Skorpiongift. Entweder stammt dieses Gift von einem Parabuthus oder einem Fünf-Streifen-Skorpion.«

»Meine Güte. Wäre das nicht Bond, würden wir gerade eine Autopsie durchführen.«

In kleinen, um den Tisch angeordneten Maschinen drehten sich Reagenzgläser. Thermische Aufnahmen von Bonds inneren Organen wurden auf die Bildschirme der Ärzte übertragen.

»Der Blutdruck ist ausgezeichnet.«

»Alle inneren Organe sind unter Berücksichtigung der Umstände in außergewöhnlich gutem Zustand.«

»Die Leber ist nicht hundertprozentig in Ordnung.«

»Nun, dann handelt es sich eindeutig um ihn!«

Bond hörte das Gelächter nicht. Er war bewusstlos und würde es auch für einige Tage noch bleiben.

Aber sein Herz schlug kräftig und regelmäßig.

Weiße Decke.

Gedämpftes Licht.

Langsam lichtete sich der Schleier vor seinen Augen. Er sah sich um und stellte fest, dass er in einem Krankenhausbett lag. Der Raum war kahl und von Wänden aus rostfreiem Stahl umgeben. An der gegenüberliegenden Wand neben der Tür stand ein Stuhl – der einzige im Zimmer. Ein Mann in einem weißen Kittel saß darauf und beobachtete ihn. Bond erkannte ihn nicht.

Als der Arzt bemerkte, dass Bond die Augen geöffnet hatte, drückte er auf einen Knopf an der Wand.

Bond setzte sich auf. Seine Benommenheit verschwand mit erstaunlicher Geschwindigkeit. Er fühlte sich wieder frisch. Was hatten sie mit ihm angestellt? Als er die Hände über seinen Körper gleiten ließ, konnte er keinerlei Bandagen oder Gipsverbände feststellen. Er berührte sein Gesicht und fühlte den Bart, der allerdings nun nicht mehr mit Schmutz und Blut verschmiert war.

Bond streifte die Decke ab, schwang die Beine aus dem Bett, blieb einen Augenblick lang sitzen und wartete, ob er das Gleichgewicht verlieren würde. Das Zimmer drehte sich nicht um ihn. Er fühlte sich gut.

Die Tür, neben der der Arzt saß, ging auf, und M kam herein. Bond fand, dass sie bezaubernd aussah. Sie musterte ihn mit einem Blick aus ihren strahlenden Augen, und er lächelte. Dann stand er auf und wollte zu ihr hinübergehen, als er sein eigenes Spiegelbild zwischen dem Bett und der Tür sah, an der sie stand.

Der Raum war durch eine verstärkte, kugelsichere Glasscheibe geteilt!

Das Lächeln verschwand aus seinem Gesicht.

M ließ ihren Blick über seinen Körper wandern und hielt unterhalb seiner Taille kurz inne. Bond hatte vergessen, dass er nackt war; er sah sich um, zog rasch ein Handtuch vom Bettgitter und schlang es sich um die Hüfte.

»Willkommen zurück«, sagte M. Ihre Stimme wurde durch einen Lautsprecher gefiltert und gedämpft.

»Welch Gastfreundschaft«, erwiderte Bond ironisch. Er klopfte an die Glasscheibe und fragte: »Sind Sie auf der Suche nach biologischen Wirkstoffen – oder nach Doppelagenten?«

»Ich nehme an, man hat Ihnen nicht erlaubt, sich zu rasieren?«

Bond fuhr sich angewidert mit den Fingern durch den Bart. »Erinnern Sie mich daran, dass ich diese Angelegenheit demnächst in Genf vorbringe.«

Die Spannung war beinahe fühlbar. Es war eine merkwürdige, unangenehme Situation.

»Wie lange ... wie lange bin ich schon hier?«, fragte er.

»Vierzehn Monate, zwei Wochen und drei Tage.«

Bond war erschüttert. *Sollte das möglich sein? War tatsächlich so viel Zeit vergangen?*

»Nach vierzehn Monaten habe ich aufgehört zu zählen«, erwiderte er trocken. M musterte ihn, ohne eine Gefühlsregung zu zeigen. »Sie scheinen nicht glücklich zu sein, mich wiederzusehen«, meinte Bond.

»Wenn es nach mir gegangen wäre, befänden Sie sich immer noch in Nord-Korea«, erklärte sie ihm geradeheraus. »Ihre Befreiung hatte einen zu hohen Preis.«

»Zao?«

Sie nickte. »Er versuchte, ein Gipfeltreffen zwischen Süd-Korea und China zu verhindern und tötete drei chinesische Agenten, bevor er geschnappt wurde. Und nun ... nun ist er auf freiem Fuß.«

»Ich habe nicht darum gebeten, ausgetauscht zu werden. Lieber wäre ich im Gefängnis gestorben, als ihn frei zu sehen.«

»Sie waren im Besitz Ihrer Zyanidpille«, sagte sie in scharfem Ton.

»Die habe ich schon vor Jahren weggeworfen. Worum, zum Teufel, geht es hier eigentlich?«

»Unser Spitzenagent im Oberkommando Nord-Koreas wurde entlarvt und vor einer Woche exekutiert.«

Sie wartete vergeblich auf eine Reaktion von ihm.

»Und?«

»Die Amerikaner empfingen ein Signal aus Ihrem Gefängnis, in dem sein Name genannt wurde.«

Diese Nachricht traf Bond wie ein Schlag ins Gesicht.

»Und Sie glauben, dass das von mir kam.«

Sie schwieg einen Moment, bevor sie antwortete.

»Sie waren der einzige Insasse.«

Er starrte sie ungläubig an, während er versuchte, die bittere Wahrheit zu verstehen.

»Man nahm an, Sie seien unter dem Druck der Folter zusammengebrochen und gäben Informationen preis. Deshalb mussten wir Sie freibekommen.«

Bond wurde wütend. »Und was denken *Sie*?«

M musterte ihn einige Sekunden lang, wandte sich dann an den Arzt und sagte etwas zu ihm, was Bond nicht verstehen konnte. Der Mann schüttelte den Kopf, aber als M offensichtlich nicht nachgab, ging er zur Wand und drückte einige Knöpfe. Die Glaswand schob sich ein Stück zur Seite, und M trat durch die Luftschleuse neben ihn.

»James«, sagte sie. »Bei den Drogen, die man Ihnen

verabreicht hat, können Sie nicht mehr wissen, was Sie gesagt haben oder nicht.«

»Verdammt, ich kenne die Spielregeln! Und die wichtigste lautet: keine Deals! Wenn man geschnappt wird, wird man fallen gelassen. Nun, ich habe meine Rolle gespielt. Nur die Tatsache, dass ich *nicht* geredet habe, hat mich am Leben erhalten.« Bond schwieg einen Augenblick lang; seine Gedanken rasten. »Die Mission wurde verraten, Ma'am. Moon erhielt einen Anruf, in dem ihm meine Identität mitgeteilt wurde. Er hatte einen Partner im Westen. Selbst sein Vater wusste das.«

M dachte kurz darüber nach. »Es ist nicht entscheidend, ob das stimmt oder nicht.«

»Nein, aber die gleiche Person, die mich verraten hat, hat noch einmal zugeschlagen – um Zao freizubekommen. Also werde ich diesen Menschen suchen.«

»Nein, 007. Sie werden zur Einschätzung in unsere Sicherheitsabteilung auf den Falklands gebracht.«

Sie wandte sich bereits zu der Öffnung in der Trennwand, als Bond sagte: »Dann tausche ich also eine Zelle gegen eine andere – nur damit Sie vor den Amerikanern Ihr Gesicht wahren können?«

M blieb stehen, drehte sich um und warf Bond einen gelassenen Blick zu. »Hier geht es nicht um mich, Bond. Einige Leben stehen auf dem Spiel, und ich werde alles tun, um die Integrität unseres Dienstes zu schützen.« Sie holte tief Luft und fuhr fort: »Im Augenblick sind Sie für niemanden von Nutzen.«

Bond blieb neben seinem Bett stehen, als sie den Raum verließ. Er verzog das Gesicht – seine Miene verriet grimmige Entschlossenheit.

Das werden wir sehen, dachte er.

Um zwei Uhr morgens war es in dem mobilen Krankenhaus völlig still. Die meisten Angestellten hatten sich in ihr Quartier zurückgezogen, M hatte mit Robinson den langen Weg nach Großbritannien angetreten, und die wenigen Patienten, die sich noch hier aufhielten, schliefen tief und fest.

James Bond hatte sich den ganzen Tag Gedanken über das erniedrigende Gespräch mit seiner Chefin gemacht. Er weigerte sich einfach, zu akzeptieren, dass M es wirklich so gemeint hatte – dass nun alles vorbei sein sollte.

Im Augenblick konnte er jedoch nichts unternehmen. Er war immer noch geschwächt von den Torturen in Nord-Korea, also ging er zu Bett und wandte die Entspannungsmethode an, die er gelernt hatte. Sie half ihm, Stress zu bekämpfen und seinen Stoffwechsel zu verlangsamen. Er spürte, wie sein Herzschlag ruhiger und sein Körper lockerer wurde. Das Krankenzimmer verschwamm vor seinen Augen, und er ließ sich treiben und versank in seinen Gedanken und Erinnerungen.

Der diensthabende Arzt vor dem Beobachtungsraum warf einen Blick auf den Monitor, der Bonds Lebenszeichen aufzeichnete. Er bemerkte, dass der Herzschlag sich tatsächlich verlangsamt hatte, nachdem der Patient in einen tiefen Schlaf gefallen war. Der junge Mann kehrte zu seinem Taschenbuchthriller zurück und las einige Zeilen, als der Alarm losging. Aufgeschreckt durch den Lärm, sah er wiederholt auf den Monitor und stellte verblüfft fest, dass die elektronische Linie, die Bonds Herzschlag anzeigte, mehr oder weniger flach verlief und keine pulsierenden Signale zeigte. Er schlug mit der Hand auf den Knopf der Gegensprechanlage und alarmierte seine Kollegen.

Eine knappe Minute später kamen der Arzt, sein Assistent und eine Schwester hereingerannt und fanden

Bond leblos vor; seine Arme hingen über die Bettkante. Die Schwester wusste auch ohne Anordnung des Arztes sofort, was zu tun war. Sie lief hinaus und schob zwanzig Sekunden später eine Herz-Lungen-Reanimations-Maschine auf einem Wagen herein. Währenddessen fühlte der Arzt Bond den Puls und schüttelte den Kopf. Die Krankenschwester beugte sich über den Patienten und versuchte es mit einer Mund-zu-Mund-Beatmung, dann wechselte sie sich mit dem Arzt ab, der bereits mit einer Herzdruckmassage begonnen hatte. Sie arbeiteten zwei Minuten lang, doch das EKG zeigte keine Veränderung. Schließlich riss der Arzt Bonds Hemd auf und strich ihm hastig Elektroden-Gel auf die Brust. Der Assistenzarzt fuhr das Reanimationsgerät hoch und nahm die an den Stromkreis angeschlossenen Polster in die Hand.

»Fertig?«, fragte der Arzt. Sein Assistent nickte. »Bereit!«

In dem Moment, als der Assistenzarzt Bond die wattierten Polster auf die Brust drücken wollte, öffnete dieser die Augen. Bevor das Personal begriff, was geschah, waren Bonds Herztöne wieder zu hören. Bond nützte die momentane Verwirrung des Assistenzarztes, entriss ihm die Druckpolster und presste sie ihm und dem Doktor gegen den Oberkörper.

Der Stromstoß schleuderte beide Männer quer durch den Raum.

Bond schwang die Beine aus dem Bett und lief auf die Öffnung der Luftschleuse zu. Er blieb kurz stehen, fischte seine Gefängniskleidung aus dem Mülleimer und warf der verblüfften Krankenschwester einen Blick zu.

»Ich melde mich hiermit ab«, erklärte er mit einem entwaffnenden Lächeln, bevor er die Luftschleuse hinter ihr und den beiden Ärzten schloss.

»Danke für die Mund-zu-Mund-Beatmung«, sagte er in das Mikrofon der Gegensprechanlage.

Bevor irgendjemand bemerkte, was er getan hatte, war Bond bereits aus dem Krankenhaus verschwunden.

5 Fehde in Seoul

James Bond hatte nicht viel Zeit in Seoul verbracht, aber er wusste, wo er sich aufhalten konnte, ohne aufzufallen. It'aewon in Yongsan-gu, ein zwielichtiges Viertel nördlich des Han River und südlich des Namsan Parks, war bekannt für sein Nachtleben und die entsprechenden Bars; ein nahe gelegener Militärstützpunkt trug zum schlechten Ruf dieser Gegend bei. Die Geschichte dieses älteren Viertels in der Innenstadt Seouls war geprägt von billigen Hotels, Prostitution und ›günstigen‹ Einkäufen, was bedeutete, dass der Großteil der angebotenen Waren gestohlen war. Obwohl es hier auch Luxushotels und seriöse Geschäftshäuser gab, war It'aewon eine Gegend, in der die Passanten eher auf der Suche nach gewagten Abenteuern waren.

Bond ging durch eine berüchtigte Straße, die bei den Einheimischen als ›Nuttenhügel‹ bekannt war. Innerhalb von drei Minuten wurde er von vier Frauen angesprochen. Zwei dubiose Verkäufer boten ihm Lederjacken und maßgeschneiderte Anzüge an, und ein Teenager wollte ihm eine ›echte‹ Rolex-Armbanduhr verkaufen. Bond ignorierte die Händler und machte sich auf die Suche nach einer geeigneten Bar, die von GIs besucht wurde. Der Geruch nach warmem Essen an den Ständen erinnerte ihn daran, dass er ausgehungert war. Alles, was er in den letzten Monaten zu essen bekommen hatte – einschließlich der Verpflegung im Krankenhaus – war nicht gerade nahrhaft gewesen. Leider besaß er sehr wenig Geld, und genau das musste er schnellstens ändern.

Das *Top Hat* lag abseits in einer dunklen Seitenstraße, die für jemanden, der sich hier nicht auskannte, kein sicherer Ort war. Glücklicherweise sah Bond so heruntergekommen aus, dass die Straßenräuber kein Interesse an ihm zeigten.

Bond betrat die verräucherte Kneipe und stellte fest, dass die Einrichtung in keiner Weise zu dem Namen des Lokals passte. Vor vielen Jahren hatte er sich mit einem Agenten des MI6 im *Top Hat* verabredet und konnte sich noch daran erinnern, dass die Bar bereits nachmittags gut besucht war. Wie er gehofft hatte, saßen Dutzende Südkoreaner und vier amerikanische GIs zusammengesunken vor ihren Drinks oder flirteten mit den ›Hostessen‹.

Er setzte sich an die Bar und legte drei Dollar auf die Theke – alles, was er besaß. Der Barkeeper fragte ihn, was er wolle, und Bond bestellte ein Bier. Mehr konnte er sich nicht leisten. Seit seinem Urlaub vor seiner Reise nach Nord-Korea war das sein erstes alkoholisches Getränk – es schmeckte herrlich.

Die GIs lärmten und belästigten die beiden jungen Hostessen mit zotigen Sprüchen und Gelächter. Die Mädchen ermutigten sie offensichtlich, und schließlich stand einer der Amerikaner auf und ging auf einen breitschultrigen Mann zu, der neben dem Aufgang zu einer wackeligen Treppe saß. Bond verfolgte aufmerksam, wie der GI dem Mann ein Bündel koreanischer Won zusteckte und mit dem Finger auf eine der Hostessen zeigte. Das Mädchen lächelte und folgte ihm die

Treppe hinauf. Der Mann an der Tür steckte das Geldbündel in seine Hosentasche und vertiefte sich wieder in die Zeitung auf seinem Schoß. Es handelte sich um eine koreanische Ausgabe der *Tomorrow*, einer Zeitung, deren Produktion vor einigen Jahren eingestellt worden war – anscheinend erschien sie jetzt unter neuem Management wieder auf dem Markt.

Bond trank sein Bier aus und ging zu dem Mann hinüber.

»Wie viel?«, fragte er nuschelnd auf Englisch und gab vor, betrunken zu sein.

»Hau ab«, erwiderte der Mann.

»Komm schon, wie viel? Ich bin genauso gut wie diese Jungs.«

»Verzieh dich, oder ich schlage dir die Fresse ein«, drohte der Mann.

»Was ist los? Warum kann ich nicht auch nach oben gehen?«

Der Mann stand auf und packte Bond am Kragen. »Verschwinde von hier, Mister! Sofort!«

»Hey, was soll das?«, protestierte Bond lallend und verteidigte sich lahm. Dann verlor er absichtlich das Gleichgewicht, prallte gegen den Mann und riss ihn mit sich zu Boden. Der Zuhälter verlor die Geduld und fluchte heftig. Bond rollte sich auf den Mann und sagte: »Es tut mir Leid, Sir, verzeihen Sie mir, ich muss wohl ...«

Der Mann zog mit aller Kraft sein Knie nach oben, stand auf und schleifte Bond über den Boden zur Tür. Die GIs, der Barkeeper und das andere Mädchen sahen belustigt zu, wie der Zuhälter Bond hinauswarf.

»Lass dich hier nicht mehr blicken!«, schrie der Mann.

Bond rappelte sich auf und taumelte davon, immer noch den Betrunkenen spielend. Erst als er um die nächste Ecke gebogen war, richtete er sich auf und zog das Geldbündel aus der Tasche, das er dem Zuhälter abgenommen hatte.

Er zählte die Scheine und stellte fest, dass er genug hatte, um sich ein paar anständige Kleidungsstücke und eine gute Mahlzeit zu besorgen. Und vielleicht konnte er damit sogar noch jemanden bestechen, um von der koreanischen Halbinsel fliehen zu können.

M machte sich auf den Weg zu ihrem Büro im Hauptquartier des MI6 in London, bereit für die Aufgaben eines neuen Tages. Die Zeit, die sie in Korea verbracht hatte, war nicht nur physisch, sondern auch emotional erschöpfend gewesen. Sie dachte nicht gern an ihre letzte Unterhaltung mit Bond zurück, und sie war sich immer noch nicht sicher, ob sie seine Geschichte glauben sollte. Aber ihr war bewusst, dass sie die Politik ihres Landes nicht gefährden durfte. Trotzdem machte es sie sehr traurig, dass sie den Mann, der einmal ihr bester Agent gewesen war, damit konfrontieren hatte müssen, nicht mehr von Nutzen zu sein.

Als sie ihr Vorzimmer betrat, waren Moneypenny und Robinson in ein angeregtes Gespräch vertieft.

»Guten Morgen«, sagte M laut.

Die beiden sahen überrascht auf und erwiderten den Gruß.

»Willkommen zurück«, sagte Moneypenny.

»Ihr seht aus wie auf frischer Tat ertappt. Was ist hier los?«

Robinson und Moneypenny tauschten einen Blick. »Es geht um 007, Ma'am«, sagte Robinson schließlich. »Er ist verschwunden.«

»Was meinen Sie damit?«

»Er ist aus dem Krankenhaus geflohen. Anscheinend hat er einen Arzt und dessen Assistenten angegriffen und ist dann geflüchtet. Die Militärpolizei hat ihn auf der Straße nach Seoul aus den Augen verloren.«

M schien nicht sehr überrascht zu sein. »Ich fragte mich bereits, wie lange das dauern würde. Wurden der Arzt und sein Assistent schwer verletzt?«

»Bond hat sie genau genommen gar nicht angerührt.«

»Aber sie wurden ein wenig durchgeschüttelt«, fügte Moneypenny hinzu.

M warf ihr einen Blick zu und ging dann zur Tür ihres Büros. »Robinson, bleiben Sie an der Sache dran und halten Sie mich auf dem Laufenden. Und geben Sie eine Eilmeldung an alle Abteilungsleiter heraus, dass wir nach ihm suchen.«

»Ja, Ma'am.«

M ging in ihr Büro und schloss die Tür hinter sich. Als sie den Stapel Briefe und Berichte sah, die sie bearbeiten musste, seufzte sie laut.

Trotzdem konnte sie sich ein Lächeln nicht verkneifen, als sie an Robinsons Neuigkeiten dachte.

Bond trug einen billigen dunkelblauen Strickpullover und eine khakifarbene Hose, die er von einem Straßenhändler gekauft hatte. Jetzt sah er nicht mehr wie ein Obdachloser aus, sondern glich eher einem verrückten Professor, der dringend einen Haarschnitt und eine Rasur nötig hatte. Er setzte sich in ein Straßencafé und bestellte eine Schale *Kimch'i*, ein typisch koreanisches Gericht, das aus klein geschnittenem Gemüse, Chili, Knoblauch und Ingwer besteht und in einem Tongefäß gedünstet wird. Danach verspeiste er einen Teller voll *Pulgogi* – gegrilltes Rindfleisch, eingelegt in eine Marinade aus Soja, Sesamöl, Knoblauch und Chili. Das Ganze spülte er mit Bier hinunter und genehmigte sich anschließend noch einen koreanischen Schnaps. Und weil er schon seit Jahren keine Eiscreme gegessen hatte, bestellte er sich zum Nachtisch *Aisuk'urim*.

Er fühlte sich hundertprozentig besser, als er in die Straße einbog, in der das *Top Hat* lag. Aus einer Nische warf er einen Blick auf eine Bar gegenüber, die viel versprechend aussah, doch dann zählte er zuerst seine Finanzmittel. Er besaß noch koreanische Won im Wert von etwa einhundertvierzig Pfund. Das musste ausreichen.

Eine Weile beobachtete er die Soldaten, die in das gegenüberliegende *GI Joe* gingen. Diese Spelunke war mindestens genauso verräuchert wie die andere und wurde ebenfalls hauptsächlich von Südkoreanern in Marineuniform besucht. Bond setzte sich neben sie und bestellte ein Bier. Die Männer sprachen sehr schnell, allerdings so laut, dass Bond das meiste verstehen konnte. Ein Seemann mit einer tätowierten Rose auf dem Unterarm beschwerte sich darüber, dass er am nächsten Morgen nach Hongkong musste und deshalb seine Freundin nicht treffen konnte. Seine Kumpel rissen obszöne Witze darüber, und er rächte sich, indem er sie beschimpfte, bis schließlich alle gemeinsam in Gelächter ausbrachen.

Wenig später betrat ein ungehobelt wirkender Kerl in Zivilkleidung die Bar und sah sich um. Als er den Mann mit der Tätowierung erspähte, ging er zu ihm hinüber und forderte Geld von ihm.

»Ich habe es nicht bei mir. Du bekommst es, sobald ich aus Hongkong zurück bin«, erwiderte der Tätowierte.

»Ich wette, du hast gerade hundert Dollar für Drinks auf den Kopf gehauen!«, beschwerte sich der andere Mann lautstark. »Du solltest deine Schulden besser heute noch bezahlen. Wer weiß, ob du aus Hongkong zurückkommst!«

»Keine Sorge, mein Freund, ich komme wieder. Meine Freundin wohnt hier.«

Der Zivilist stieß einige beleidigende Flüche aus und hielt dem Seemann plötzlich eine Waffe an den Kopf. »Wenn du nicht sofort das Geld rausrückst, wirst du es nicht einmal *nach* Hongkong schaffen!«

»Tragt euren Streit draußen aus, oder ich hole die Polizei!«, schrie der Barkeeper. Die anderen Seeleute standen auf, bereit für einen Kampf. Der Mann mit der Waffe drohte, den tätowierten Seemann zu erschießen, falls die anderen näher kämen.

»Schon gut«, beschwichtigte Mr. Tattoo seine Kameraden und erhob sich. »Das ist ein Freund von mir. Wir haben etwas miteinander zu klären.«

»Wir gehen nach draußen«, befahl der Zivilist. Dann schob er den tätowierten Seemann vor sich her und wandte sich zu dessen Freunden um. »Lasst uns bloß in Ruhe.«

Sobald sie verschwunden waren, stand Bond auf und schlenderte lässig Richtung Tür. In der dunklen Gasse sah er sich um, konnte aber niemanden entdecken. Dann hörte er gedämpfte Stimmen aus einer der Nischen. Leise schlich er sich heran, bis er den Zivilisten erkennen konnte, der ihm den Rücken zukehrte. Der Mann hielt seine Waffe nach wie vor auf den Seemann gerichtet, und dieser hatte offensichtlich große Angst.

Bond tippte dem Bewaffneten auf die Schulter und sagte: »Entschuldigen Sie bitte.«

Der Gangster drehte sich um und stolperte, als er einen heftigen Schlag auf die Nase bekam. Bond nahm dem Mann blitzschnell die Waffe ab, rammte ihm das Knie in den Magen und schlug seinen Kopf an die Hausmauer. Der Kerl fiel bewusstlos zu Boden.

Ehrfürchtig, aber auch misstrauisch sah der Seemann Bond an.

»Ich habe zufällig Ihre Unterhaltung gehört. Falls Sie in Geldschwierigkeiten sind, könnte ich Ihnen einen Vorschlag machen«, meinte Bond.

Der Seemann schüttelte den Kopf. »Halten Sie sich da raus. Wissen Sie denn nicht, wer das ist?«

»Nein, und es ist mir auch gleichgültig.«

»Das ist Kim Dong. Er ist ein sehr gefährlicher Mann.«

Bond warf einen Blick auf den Ganoven vor seinen Füßen. »Mir erscheint er nicht sehr bedrohlich«, erklärte er, drehte sich um und ging zu der Bar zurück. Der Seemann folgte ihm vorsichtig und setzte sich neben ihn an die Theke. Als seine Freunde sich zu ihm gesellen wollten, winkte er ab. Bond warf den Rest seiner Won auf den Tresen.

»Das ist doppelt so viel, wie du besitzt, und alles, was ich habe. Wenn du mich heute Nacht auf dein Schiff schmuggeln und mich nach Hongkong bringen kannst, gehört es dir«, erklärte Bond.

»Bist du verrückt? Wie soll ich das anstellen?«

»Du hast doch einen Seesack? Er gehört zu deiner Ausrüstung, oder?«

»Ja …« Der Mann sah ihn zweifelnd an.

»Darin werde ich mich verstecken. Du trägst mich an Bord und lässt mich an einer Stelle raus, wo mich niemand sehen kann. Ich verspreche dir, dass ich mich sofort aus dem Staub machen werde. Die ganze Fahrt über wirst du mich nicht mehr zu Gesicht bekommen. Mit Schiffen kenne ich mich aus – ich war in der Royal Navy. Ich werde mir ein Versteck suchen, und niemand wird mich finden. Und selbst wenn das passieren sollte, werde ich dich raushalten.«

»Ich weiß nicht …«

»Also gut, ich lege die gleiche Summe drauf, sobald wir in Hongkong angekommen sind«, sagte Bond. »Gib mir deinen Namen und die Daten deiner Einheit, dann überweise ich dir das Geld.«

»Du gibst mir dein Ehrenwort?«, fragte der Seemann skeptisch.

»Natürlich.«

»Du spinnst doch. Warum sollte ich dir trauen?«

»Warum habe ich gerade für dich meinen Kopf riskiert?«

»Weil du verrückt bist!«

Bond grinste. »Vielleicht. Aber nicht so, wie du denkst.«

Sie gingen zu dem Stützpunkt, der sich westlich von Seoul in der Nähe von Inch'on befand. Dort war eine beachtliche Flotte stationiert. Die Südkoreaner nützten sie für ihre regelmäßigen Patrouillen um die Halbinsel und nach Japan, um dann um das chinesische Festland herum nach Hongkong zu gelangen. Chae, der Seemann, ließ Bond vor dem Lager warten und machte sich auf den Weg zu den Kasernen, um seinen Seesack zu holen. Eine Stunde später kam er zurück.

»Ich habe den Sack mit sauberer Kleidung ausgepolstert«, erklärte er.

»Das weiß ich zu schätzen.« Bond stieg hinein, Chae steckte noch einige weitere Kleidungsstücke in den Sack und zog dann die Schnur zu.

»Bekommst du Luft?«, fragte er.

»Ich werde es überleben«, erwiderte Bond mit gedämpfter Stimme.

Chae hievte die schwere Last auf seine Schulter und ging zurück ins Lager. Dort erklärte er dem Wachposten, dass seine Freundin ihm eine Unmenge an neuen Klamotten gekauft hätte.

Die Seeleute mussten um fünf Uhr morgens antreten. Chae wartete bis zur letzten Minute, um seinen Seesack auf den Transporter zu laden, damit Bond oben auf dem Stapel zu liegen kam. Dann stieg Chae mit seinen Kameraden in den Lkw, der sie zu der Anlegestelle am Hafen brachte, wo eine Korvette vom Typ Po Hang lag – ein 88 Meter langes Schlachtschiff, typisch für die südkoreanische Flotte. Es war ausgerüstet mit Torpedos, einer Vielfalt von Waffen und Raketen, Wasserbomben und U-Boot-Fallen.

Chae schleppte Bond an Bord und machte sich auf den Weg zu seinem Quartier unter Deck. In den Durchgängen drängten sich jedoch so viele Matrosen, dass er zur Messe abbog, dann noch einmal die Richtung änderte und schließlich in der Wäschekammer landete. Hier war niemand zu sehen, also stellte er seinen Seesack ab und schnürte ihn rasch auf.

»Lass dich nicht schnappen«, meinte er.

»Werde ich nicht. Danke, Chae«, antwortete Bond, während er aus dem Sack kletterte.

Chae gab Bond zwei Päckchen mit Lebensmittelrationen. »Hier, das wirst du brauchen. Wir kommen erst in zwei Tagen in Hongkong an.«

»Nett von dir«, erwiderte Bond. »Du kannst dich darauf verlassen, dass ich das Geld überweise.«

»Vergiss es. Bevor wir uns auf den Weg gemacht haben, habe ich erfahren, dass Kim Dong eine gebrochene Nase hat. Das ist es mir wert.«

Chae nahm seinen Seesack und verließ rasch den Raum; Bond blieb zwischen Stapeln von Bettlaken und Handtüchern zurück. Als ehemaliger Marineoffizier wusste Bond genau, wie und wo man sich auf einem solchen Schiff verstecken konnte. Der Trick dabei war, dass man sich niemals lange an einem Ort aufhalten durfte. Man musste ständig in Bewegung bleiben und durfte keine verräterischen Spuren hinterlassen.

Das leere Torpedorohr schien Bond ein idealer Platz zu sein, um sich auszuruhen, allerdings war es hier recht kalt und feucht. Normalerweise befand sich in dem Rohr ein 324mm-MK32-Torpedo, aber zu seinem Glück war es jetzt leer. Rasch fielen ihm die Augen zu. Sein Körper war noch erholungsbedürftig, und er brauchte jetzt viel Schlaf. Die Geräusche und Gerüche auf dem Schiff rückten immer weiter in die Ferne, als Bond in das Stadium des REM-Schlafs glitt und nur noch sein Unterbewusstsein arbeitete. Ein Zeichen dafür, dass der Schlafende in der REM-Phase einen Traum hat, ist die Erschlaffung seiner Muskulatur – allerdings bewegen sich die Augäpfel unter den geschlossenen Lidern. Bond erinnerte sich selten an seine Träume, doch in dieser Nacht hatte er einen Traum, der sowohl beunruhigend als auch unheilvoll war.

Er befand sich wieder in dem Gefängnis in Nord-Korea. Seltsamerweise kam ihm die nur allzu vertraute Zelle vor wie sein Zuhause.

Das Geräusch schwerer Schritte hallte im Gang wider, und die Stahltür öffnete sich quietschend. Colonel Moon erschien im Türrahmen und lächelte auf eine merkwürdige Art, so als wüsste er etwas, das er Bond nicht verraten wollte. Bond stand auf. »Wenn Sie tot sind, werde ich Ihnen folgen«, sagte er und ging mit dem Colonel in die Folterkammer. Auch dort war alles anders. In der Badewanne befanden sich keine Eiswürfel, sondern Diamanten. Die Skorpione in dem Käfig hatten sich in Blätter verwandelt. Und auch Colonel Moon sah ganz anders aus – er trug jetzt eine Maske. Oder, besser gesagt, der Mann in der nordkoreanischen Uniform trug eine Maske, die ihm eine Ähnlichkeit mit Colonel Moon verlieh.

Plötzlich lag Bond festgeschnallt auf der Folterbank. Er wusste nicht, was ihm in diesem Moment Schmerzen verursachte, aber er spürte sie dennoch. Mit zusammengekniffenen Augen sah er den Mann mit der Maske an und fragte: »Wer sind Sie?«

Der Mann lachte und riss sich die Maske vom Gesicht. Darunter erschien ein konturloses Gesicht, glatt und fleischig, ohne Augen, Nase oder Mund. Etwas derart Grauenhaftes hatte Bond noch nie gesehen.

Er schreckte auf. Als er begriff, wo er sich befand, atmete er tief durch, und während die Erinnerung an den Albtraum langsam verflog, legte Bond sich in seinem Versteck zurück und schlief wieder ein.

6 Stopover in Hongkong

Durchnässt und verdreckt kletterte James Bond die Kaimauer in Kowloon im Victoria Harbour hinauf und holte tief Atem. Die Meile von dem südkoreanischen Schiff bis hierher war der schwierigste Teil seiner Reise gewesen, denn die zwei Tage an Bord waren relativ schnell und unproblematisch verlaufen. Bond hatte sich, wie geplant, in Lagerräumen versteckt gehalten, doch den größten Teil der Zeit in dem Torpedorohr verbracht, das erstaunlich komfortabel gewesen war. Als das Schiff in den Hafen gelaufen war, hatte Bond sich einfach an Deck begeben und war in das warme grünliche Wasser gesprungen, bevor ihn jemand daran hindern konnte.

Jetzt befand er sich wieder an Land, und es wurde Zeit, etwas zu unternehmen. Hongkong war schon immer eine von Bonds Lieblingsstädten gewesen, und das hatte sich auch nicht geändert, nachdem sie 1997 wieder

China zugesprochen worden war. Wenn man die Stadt genau betrachtete, hatte sie sich seit der Kolonialzeit nicht verändert – sie war immer noch ein Ort, an dem Profit und Vergnügen gesucht wurde.

Bond ging vom Hafen zum Rubyeon Royale, einem der besten Hotels der Welt. Er war schon oft hier abgestiegen, und der Manager war ein Freund von ihm. Das Hotel lag im Herzen des Geschäfts- und Vergnügungsviertels von Hongkong und bot einen herrlichen Blick auf den Hafen. Die gut gepflegte Gartenanlage war ursprünglich nach dem Modell englischer Landschaften angelegt worden und zeigte nun eine verblüffende Mischung aus chinesischer und britischer künstlerischer Gestaltung.

Er ging zur Rezeption. »Meine übliche Suite, bitte.«

Der Angestellte musterte ihn hochnäsig. »Verzeihen Sie, Sir, haben Sie Gepäck bei sich ... oder eine Kreditkarte?«

Bevor Bond antworten konnte, hörte er eine vertraute Stimme. »Mister Bond! Wie schön, Sie zu sehen. Es ist so lange her!«

Ein Chinese mittleren Alters kam aus einem Büro und sagte zu dem Angestellten: »Die Präsidentensuite.«

Bond schüttelte ihm die Hand. »Mister Chang. Könnten Sie mir wohl bitte einen Schneider hinaufschicken. Und etwas zu essen.«

»Der Hummer ist ausgezeichnet, aber dürfte ich Wachteleier mit Reis und Meeresalgen vorschlagen?«

»Dazu den 61er Bollinger, wenn davon noch etwas da ist?«

»Und einen Friseur?«

»Gute Idee.«

Chang beugte sich zu ihm hinüber und flüsterte in vertraulichem Ton: »Sie waren sehr beschäftigt, nicht wahr, Mr. Bond?«

Bond lächelte. »Ich habe mich nur bemüht, zu überleben, Mr. Chang.«

Drei Stunden später legte Bond den Rasierapparat zur Seite, betrachtete sich im Spiegel und stellte fest, dass der Haarschnitt, den er sich kurz zuvor hatte verpassen lassen, nicht allzu schlecht war. Jetzt sah er beinahe wieder aus wie er selbst. Er hatte noch einige Blutergüsse am Körper, aber zum ersten Mal seit Monaten fühlte er sich wie neugeboren. Als es an der Tür klopfte, schlang er sich ein Handtuch um die Hüften und verließ das Badezimmer, schlenderte vorbei an dem Bett, auf dem eine herrliche Auswahl neuer Hemden lag. Im Wohnzimmer blieb er kurz stehen und nahm sich eine Weintraube von dem Tablett, auf dem Obst, Kaviar und Champagner bereitgestellt waren.

Bond öffnete die Tür. Vor ihm stand eine junge Chinesin in einem Frotteebademantel und mit einer Sporttasche in der Hand.

Sie blinzelte ihn mit ihren langen Wimpern an und sagte: »Ich bin Peaceful Fountains of Desire. Die Masseuse. Der Manager schickt mich.«

Bond musterte sie. »Verstehe.«

Während er sie hereinbat, beobachtete er sie genau. Das Mädchen holte eine Flasche Öl aus ihrer Tasche, winkte ihn dann ins Schlafzimmer und deutete auf das Bett.

»Mit dem Gesicht nach unten, bitte.«

Bond legte die Hemden zur Seite, trat lächelnd auf sie zu und umarmte sie.

»Diese Art von Masseuse bin ich nicht«, erklärte sie, doch Bond ließ seine Hand unter ihren Kimono gleiten und zog die Beretta hervor, die sie darunter versteckt hatte. »Und ich bin nicht diese Art von Kunde«, erwiderte er und hielt ihr die Waffe vors Gesicht.

»Bitte ... das ist nur zu meinem Schutz«, stammelte sie.

Bond bemerkte, dass sie ihren Blick auf den großen Spiegel richtete, der fast die gesamte gegenüberliegende Wand einnahm. Er trat einen Schritt zurück, hielt aber weiter die Waffe auf sie gerichtet und hob einen schweren Aschenbecher vom Tisch. Diesen schleuderte er gegen den Spiegel und zerschmetterte die Glasscheibe. Dahinter erschienen Mr. Chang und drei finstere Gestalten in einem abgedunkelten Raum, umgeben von einer Reihe von Abhörgeräten. Zuerst waren die Männer erschrocken, dann peinlich berührt.

»Na so was – ein Zimmer mit Aussicht«, sagte Bond. »Glauben Sie denn, ich hätte nicht schon immer gewusst, dass Sie für den chinesischen Geheimdienst arbeiten, Mr. Chang?«

Der Manager des Hotels betrat mit verbissenem Gesichtsausdruck das Zimmer und wirkte nun nicht mehr so unterwürfig wie gewöhnlich.

»Hongkong gehört jetzt wieder uns, Mr. Bond.«

»Keine Sorge – ich bin nicht hier, um es Ihnen wegzunehmen.«

Bond richtete seine Waffe auf die Leibwächter und bedeutete ihnen mit einer Geste, zur Tür zu gehen. Sie warfen Chang einen fragenden Blick zu, und dieser nickte. Nachdem die Männer das Zimmer verlassen hatten, fragte Chang: »Was zum Teufel wollen Sie?«

»Ich will Ihnen nur helfen, eine Rechnung zu begleichen. Der Terrorist, der sich Zao nennt, hat vor kurzem drei Ihrer Männer umgebracht. Bringen Sie mich nach Nord-Korea, und ich werde mich um ihn .ümmern.«

Chang verzog ungläubig das Gesicht. »Und was ist dabei für Sie drin?«

»Die Möglichkeit, etwas herauszufinden. Zao ist im Besitz einer Information, die ich brauche.«

Chang war immer noch unsicher, doch Bond überraschte ihn, indem er ihm die Beretta reichte. »Betrachten Sie es als Gefallen für Ihr Land. In diesem Fall arbeite ich … freiberuflich«, erklärte er.

»Ich … nun, darüber muss ich erst mit Beijing sprechen«, erwiderte Chang.

»Tun Sie das. Und nun verlassen Sie mein Zimmer.« Bond warf Peaceful einen Blick zu. »Und Sie auch – außer, Sie möchten mir tatsächlich eine Massage geben.«

Sie zog einen Schmollmund und folgte Chang, der immer noch irritiert wirkte. Gemeinsam verließen sie den Raum.

Bond beschloss, sich mit einem Glas des Qualitätschampagners zu belohnen, den er am liebsten trank. Er war wieder im Geschäft.

Noch am gleichen Abend bekam Bond ein großes Kuvert auf sein Zimmer gebracht. Mit Freude stellte er fest, dass es eine umfangreiche Akte über Zao enthielt, sowie eine Notiz von Chang, die lautete: ›Das Hotelzimmer muss um zwölf Uhr geräumt sein. Bitte seien Sie pünktlich.‹ Bond schloss daraus, dass Chang seiner Forderung nachkommen würde.

Er schenkte sich noch ein Glas Bollinger ein und machte es sich mit dem Dossier über Zao auf dem Sofa bequem. Vorher hatte er die Vorhänge aufgezogen und die Aussicht auf den herrlichen, farbenprächtigen Himmel der Stadt bewundert. Die Suite lag so hoch, dass der Straßenlärm nicht zu hören war, aber tief genug, um die blitzenden Neonlichter zu sehen, die für das nächtliche Hongkong typisch waren.

Zaos Geschichte war sehr interessant. Er war in Tan Ling geboren und das älteste von sechs Kindern. Sein Vater war Nordkoreaner, seine Mutter Chinesin. In dem Bericht wurde nicht viel über Zaos Kindheit erwähnt, außer, dass er im Alter von neun Jahren verhaftet worden war, weil er einen südkoreanischen Jeep in Brand gesetzt hatte. Da man diese Tat jedoch in gewisser Weise als patriotisch einschätzte, kam er mit einer Verwarnung davon. Seinen Militärdienst schloss er mit Auszeichnung ab, da er sich als Mitglied einer Spezialeinheit hervorgetan hatte. Dabei hatte er auch unorthodoxe Killermethoden gelernt, und wie man der Akte entnehmen konnte, beherrschte er diese erschreckend gut. Mit einundzwanzig Jahren war er von dem militärischen Nachrichten- und Sicherheitsdienst *Reconnaissance Bureau* rekrutiert worden. Diese Organisation ist mit Informationsbeschaffung auf strategischer und taktischer Ebene für die Streitkräfte befasst und rühmt sich, Agenten durch Tunnel unter der entmilitarisierten Zone und unter dem Meer nach Süd-Korea geschleust zu haben. Zao arbeitete sechs Jahre als Spion, doch im Grunde war er ein Terrorist. Mindestens vierzehn Anschläge in Süd-Korea wurden ihm zugeschrieben, darunter drei Attentate, sechs Bombenanschläge und eine Entführung. Mit achtundzwanzig wurde er aus dem Dienst entlassen und arbeitete auf eigene Rechnung als Agent für verschiedene militärische Gruppen. Es galt jedoch als mehr oder weniger erwiesen, dass er insgeheim immer noch vom *Reconnaissance Bureau* beschäftigt wurde und man ihn wegen seiner Erfahrung im Guerillakrieg und seinen Einschüchterungsmethoden bei unterschiedlichen Einheiten der Armee einsetzte. Da er Taktiken anwandte, die von der Genfer Konvention niemals gebilligt würden, stand er hoch im Kurs.

Ein übler Bursche, fuhr es Bond durch den Kopf. Und Colonel Moon, Zaos ehemaliger Boss, war nicht viel besser gewesen. Über ihn besaß der chinesische Geheimdienst nur lückenhafte Informationen, bis auf die Zeit, die Moon in Großbritannien verbracht hatte.

Bevor er nach Amerika gegangen war, um in Harvard zu studieren, hatte er vier Jahre in Oxford verbracht. Moon hatte mit seinen radikalen Ideen nicht hinter dem Berg gehalten und war schließlich wegen Unruhestiftung von der Universität geflogen. Nach seinem Studium in Harvard war er nach Nord-Korea zurückgekehrt und – mit Hilfe des Einflusses seines Vaters – rasch zum Offizier aufgestiegen. Als der Colonel seine eigene Gefolgschaft um sich versammelt hatte, verließ er den gemäßigten Weg, den sein Vater eingeschlagen hatte, denn dieser war bemüht, Frieden zwischen den beiden Teilen Koreas zu stiften. Der jüngere Moon vertrat einen wesentlich aggressiveren Standpunkt und scheute nicht vor kriminellen Methoden zurück, um seine Unternehmungen zu finanzieren – zum Beispiel tauschte er Waffen gegen ›Konfliktdiamanten‹, mit denen er sich dann den Weg zu weiteren Gräueltaten erkaufte. Niemand wusste genau, was Moon mit seinem Vermögen angestellt hatte, doch ausländische Geheimdienste befürchteten, dass er damit die Entwicklung nuklearer oder biologischer Waffen gefördert hatte.

Nach einer ruhigen Nacht und einem exquisiten Frühstück war Bond erholt und bereit, sich auf den Weg zu machen. An der Rezeption begrüßte Chang ihn auf seine übliche unterwürfige Art.

»Ah, Mr. Bond. Ich habe eine Kleinigkeit für Sie – als Dank, dass Sie uns mit Ihrer Gesellschaft beehrt haben.«

Er stellte eine aufwändig gearbeitete chinesische Schatulle auf die Theke. Als Bond sie öffnete, fand er einen Reisepass, Geld und ein Ticket für einen Frachter nach Havanna.

»Kuba?«, fragte er.

James Bond *(Pierce Brosnan)* ist Spezialagent 007

General Zao *(Rick Yune)* hält Bond mit Waffengewalt in Colonel Moons koreanischem Camp in Schach

Der Agent mit der Lizenz zum Töten jagt auf seiner Flucht mit dem Hovercraft hinter Colonel Moon her

Nach seiner Freilassung reist Bond auf eigene Faust nach Kuba, wo er auf die reizende Jinx *(Halle Berry)* trifft

In London diskutieren M *(Judi Dench)* und Robinson *(Colin Salmon)* über Bonds Zukunft

»Mister Zao scheint sich nach Havanna abgesetzt zu haben.« Chang lächelte. »Und hier ist noch etwas, das Sie möglicherweise brauchen werden.« Er legte einen in braunes Papier eingewickelten Gegenstand neben die Kassette. Als Bond ihn in die Hand nahm, spürte er sofort, dass es sich um eine Walther P99 handelte.

»Es sind vier Magazine dabei«, erklärte Chang.

»Ich bin Ihnen dafür sehr verbunden – Sie haben etwas gut bei mir, Chang.«

»Nicht der Rede wert. Wenn Sie Zao sehen, richten Sie ihm einen Abschiedsgruß von uns aus.«

Bond nahm seine Geschenke an sich. »Das werde ich mit Freuden tun.«

7 Verhext

Bond sah Kuba mit gemischten Gefühlen entgegen. Die größte Insel der Karibik, einst das Juwel des spanischen Imperiums, besitzt herrliche Naturlandschaften und hat sich aus der Kolonialzeit viele großartige Bauwerke erhalten. Im Gegensatz zu Bonds geliebtem Jamaika, wo selbst Verbrechen und politische Unruhen das pulsierende Leben nicht zunichte machen konnten, fehlt es in Kuba an persönlicher Freiheit – die Atmosphäre ist von Misstrauen und Argwohn geprägt. Das einzige kommunistische Land in der westlichen Hemisphäre ist sowohl durch die nahe gelegenen Vereinigten Staaten wie auch durch die karibischen Nachbarinseln isoliert. Der engste Verbündete ist Russland – auch wenn es dort diese Art von Kommunismus, die die beiden Länder zusammengebracht hat, inzwischen nicht mehr gibt. Kuba gilt als Brutstätte für Intrigen und Machenschaften – und ein Paradies für Spione und andere Gestalten, die ihre Aktivitäten verbergen müssen.

Die Reise vom Fernen Osten nach Kuba war ereignislos verlaufen und hatte Bond frustriert. Der Frachter hatte viel zu lange gebraucht – während dieser Zeit konnte eine Menge geschehen sein. Möglicherweise hatte Zao Kuba bereits wieder verlassen, oder M hatte ihre Meinung über 007 geändert – oder die Hölle war zugefroren. Ungeduldig und rastlos beschloss Bond, nach seiner Ankunft keine wertvolle Zeit mehr zu verlieren. Nachdem er das Schiff verlassen hatte, nahm er sich ein Taxi in das Zentrum der riesigen Stadt.

Ungeachtet der politischen Lage in Kuba, war Havanna eine wunderschöne Stadt, möglicherweise die anziehendste in der Karibik. Winston Churchill sagte einmal, er könne sich vorstellen, hier seine letzte Ruhestätte zu finden, und dass an diesem Ort alles nur Erdenkliche geschehen könne. Die Stadt wirkte in der Tat geheimnisvoll, undurchschaubar, aber auch romantisch. Auf den Straßen tummelten sich dunkeläugige verführerische Frauen und Männer mit Panamahüten und weißen Leinenanzügen.

Bond schlenderte durch die kopfsteingepflasterten Gassen in Habana Vieja, dem ältesten Teil der Stadt, wo Ernest Hemingway einmal ein ähnliches Haus besessen hatte wie in Key West, Florida. Der durch Mauern befestigte Stadtteil mit den vielen Bauten aus der spanischen Kolonialzeit, den Klöstern, barocken Kirchen und Schlössern besaß einen verführerischen Zauber und erinnerte Bond an Madrid. Als er in eine Parallelstraße zum Hafen einbog, stieg ihm Tabakgeruch in die Nase – er kam aus einer Fabrik mit der Aufschrift »Raoul'd Cigars«. Durch die Latten vor den Fenstern drang nur wenig Licht nach innen. Die kubanischen

Arbeiter waren an langen Tischen mit Tabakblättern beschäftigt; hübsche junge Frauen rollten Zigarren an den Innenseiten ihrer Schenkel. Bond ging zu dem ersten Tisch in der Reihe und sprach den alten Mann an, der dahinter saß.

»Ich möchte Delectados kaufen.«

Der Mann sah ihn verblüfft an. »Delectados stellen wir schon seit dreißig Jahren nicht mehr her.«

»Universal Exports. Überprüfen Sie das mit Ihrem Boss.«

Kopfschüttelnd hob der alte Mann den Hörer eines antiquierten Telefons und sprach rasch ein paar Worte auf Spanisch, während Bond sich in dem Raum umsah. Die Arbeiter machten jetzt Pause und hatten sich zu einer Karaoke-Session zusammengesetzt. Eines der jungen Mädchen sang lauthals ein karibisches Lied zur Musik aus einem Ghettoblaster.

Der alte Mann legte auf. »Ihren Pass, bitte«, sagte er. Bond reichte ihm den Ausweis und folgte ihm dann eine Treppe hinauf auf das Dach des Hauses. Im Schatten eines Sonnendachs betrachtete ein Mann mit einem Okular eingehend den juwelenbesetzten Griff eines antiken Messers. Hinter ihm erstreckte sich die atemberaubende Silhouette von Havanna.

Raoul hatte sich nicht sehr verändert. Bond schätzte, dass er mittlerweile an die sechzig war, und fragte sich, ob der Mann ihn erkennen würde. Immerhin war es schon lange her.

Der alte Mann reichte Raoul den Pass, zog dann eine Waffe aus seinem Gürtel und blieb neben seinem Boss stehen, während dieser den Ausweis in Augenschein nahm. Schließlich bedeutete Raoul Bond mit einer Geste, auf dem Stuhl gegenüber Platz zu nehmen. Nachdem er ihm den Pass zurückgegeben hatte, musterte er ihn einige Sekunden und holte dann eine Zigarrenschachtel mit der Aufschrift ›Delectados‹ hervor. Mit dem Messer schnitt er das Band durch. »Ich war bereits der Meinung, dass diese Delectados nie mehr geraucht werden.«

Er holte eine Zigarre heraus und biss die Spitze ab. »Sie sind äußerst gesundheitsschädlich, Mr. Bond. Wissen Sie, warum?«

Bond vervollständigte den Code, indem er antwortete: »Das liegt an der Beimischung von Volado-Tabak. Brennt langsam und geht niemals aus.«

»Wie ein Schläfer.«

»Ich bedauere, Sie so unsanft geweckt zu haben.«

Raoul zündete die Zigarre an und zog daran. »Ich bin nicht sicher, ob ich mich freue, Sie wiederzusehen, Mr. Bond«, sagte er und atmete den Rauch aus. »Es ist viel Zeit vergangen.«

»Das ist wahr.«

»Ich dachte immer, ich würde diese Zigarre genießen, doch jetzt finde ich das Aroma zu stark.« Er nahm noch einen Zug und fügte dann hinzu: »Ich liebe mein Land, Mr. Bond.«

»Ich würde Sie nie darum bitten, Ihre Landsleute zu verraten – ich bin hinter einem Nordkoreaner her.«

Raoul schien erleichtert zu sein, blieb aber vorsichtig. »Ein Tourist?«

»Ein Terrorist.«

»Was für den einen ein Terrorist ist, ist für den anderen ein Freiheitskämpfer.«

»Zao ist an Freiheit nicht interessiert.«

Raoul musterte Bond wieder eine Weile, während er an der Zigarre zog. Dann gab er dem anderen Mann einen Befehl auf Spanisch, der daraufhin die Waffe wegsteckte.

»Möchten Sie etwas trinken?«, fragte er Bond. Als dieser nickte, zog Raoul zwei Gläser und eine Flasche ohne Etikett aus einer Schublade des Tisches. Er goss die trübe braune Flüssigkeit ein und reichte Bond eines der Gläser.

»Ich habe immer noch einige einflussreiche Freunde«, erklärte er und hob sein Glas.

»Zum Wohl.« Bond lächelte, als er an dem unverwechselbaren Geschmack erkannte, dass es sich um dreißig Jahre alten Rum aus Havanna handelte.

Raoul rollte eine alte Landkarte von Kuba aus und stellte einen Kerzenhalter auf die eine Seite und ein Mikroskop auf die andere, um sie auf dem Tisch festzuhalten.

Die Sonne war untergegangen, und die Arbeiter hatten sich auf den Heimweg gemacht. Bond und Raoul genossen das gemeinsame Abendessen. Zu den scharf gewürzten Tamales aus frisch gemahlenem Mais und Schweinefleischstückchen im Teigmantel war warmes kubanisches Brot mit knuspriger Kruste gereicht worden. Nach einigen Gläsern Rum war der alte Zigarrenhersteller nun in guter Stimmung. Er entschuldigte sich und zog sich eine Stunde in sein Büro zurück, um einige Anrufe zu erledigen. Dann bat er Bond in den kühlen, abgedunkelten Raum, der mit antiken Möbeln vollgestellt war.

»Einige Leute schuldeten mir noch einen Gefallen, und ich habe ein paar Dollar ausgegeben. Sie finden Ihren Freund in Los Organos.« Raoul deutete auf einen Punkt auf der Landkarte. »Vielleicht ist er krank. Dort gibt es auf einer Insel eine Klinik.«

»Welche Art von Klinik?«

»Sie wird von Dr. Alvarez geleitet, der angeblich eine Kapazität auf dem Gebiet der Genforschung ist. Er behandelt ... nun ja, unsere verehrten Führer und reiche Leute aus dem Westen, um ihre Lebenserwartung zu erhöhen. Wir mögen durch die Revolution unsere Freiheit verloren haben, aber unser Gesundheitssystem ist unübertroffen.«

Bond sah sich in dem Büro um und ließ den Blick über eine fein gearbeitete Waagschale und die anderen Antiquitäten schweifen.

»Ihnen scheint die Revolution nicht geschadet zu haben«, meinte er.

»Wir haben alle unsere Methoden, um durchzukommen. Sie wären überrascht, wenn Sie wüssten, wie viele Regierungsmitglieder sich wegen kleiner Erinnerungen an die dekadenten Zeiten an mich wenden.«

»Ein wenig Dekadenz schadet nichts.«

Bond nahm ein Fernglas aus einem Regal und blies den Staub fort. Als er es vor die Augen hielt, stellte er fest, dass es noch einwandfrei funktionierte – nur die Gläser mussten geputzt werden. Neben einer verblassten Landkarte von der nahe gelegenen Insel San Monique entdeckte er ein altes Buch, das seine Aufmerksamkeit erregte. Er nahm es in die Hand und sah, dass es sich um ein Bestimmungsbuch über die Vögel Westindiens handelte, geschrieben von einem bekannten Ornithologen.

»Würden Sie mir das Fernglas leihen?«, fragte er Raoul.

Der Zigarrenhändler zuckte mit den Schultern und nickte. »Wie ich von meinen Quellen erfahren habe, ist dieser Zao sehr gefährlich. Ich wünschte, ich könnte Ihnen mehr Hilfe anbieten.«

»Verstehe. Da gibt es noch eine Sache – ich könnte einen schnellen Wagen gebrauchen.«

Raoul dachte einen Moment lang nach. »Nun, ich denke, ich habe da etwas für Sie«, erwiderte er dann.

Kurz vor Sonnenuntergang rollte der cremefarbene Ford Fairlane 500 mit aufklappbarem Verdeck, Baujahr

1957, in die üppig bewachsene Gebirgsgegend Sierra de los Organos in Pinar del Río, der westlichsten Provinz Kubas. In Kuba findet man eine unübertroffene Sammlung von amerikanischen Autos aus den 50er Jahren – eine unerwartete Folge der langen Wirtschaftsblockade. Selbst obwohl er etwa alle zwanzig Meilen einen Auspuffknall hörte, genoss Bond es, diesen alten, aber wunderbar restaurierten Wagen zu fahren.

Bond hatte Havanna auf der Autopista verlassen, einer sechsspurigen Autobahn, die quer durch die Insel und dann Richtung Norden zum Parque Nacional La Gúira führte. Dort bog er in die Berge ab und fuhr, mit der Landkarte, dem Fernglas und dem Vogelkundebuch neben sich auf dem Beifahrersitz, durch die dicht bewachsene Tropenlandschaft, bis er das kleine Hotel an der Nordwestküste erreichte, das Raoul ihm ›empfohlen‹ hatte.

Das Hotel De Los Organos war ein verfallenes Überbleibsel aus der Kolonialzeit, auf drei Seiten von Bäumen umgeben. Dahinter erstreckte sich die weite Karibik mit einigen kleinen Inseln in der Ferne. Am Kai neben dem hoteleigenen Strand waren einige kleine Sportboote vertäut. Das Hotel wirkte wie ein bescheidener Ferienort, doch Bond wusste, dass es den Bedürfnissen einer speziellen Klientel diente.

Er fand seine Informationen bestätigt, als er einen Blick auf das Gästebuch an der Rezeption in der verlassenen Lobby warf. Mr. Jones, Mr. Smith – alles Decknamen ... Nachdem er eine Weile gewartet hatte, schlug er auf die Klingel. Alsbald streckte ein Angestellter den Kopf aus einem Büro, aus dem leise Radioklänge ertönten. Bond runzelte beinahe unmerklich die Stirn, denn die Cover-Version von *California Girls* weckte unangenehme Erinnerungen. Der Angestellte kam eilig herbeigelaufen, und Bond trug sich mit seinem richtigen Namen ein und bezahlte bar. Als der Empfangssekretär sich umdrehte, um einen Schlüssel von dem Brett zu holen, stürmte ein stämmiger Kerl mit südafrikanischem Akzent in die Lobby. Er roch unangenehm, rauchte eine Zigarre und rempelte Bond an, als er an die Theke trat.

»Ist meine Suite fertig?«, bellte er.

Der Angestellte zuckte zusammen. »Äh, ja, Mr. Krug. Suite 42. Für eine Nacht. Es dauert nur noch zehn Minuten. Wenn Sie solange ...«

Krug beugte sich über den Tresen und packte den Angestellten an der Krawatte. »Was ist das hier für ein Laden? Erledigen Sie das. Sofort!« Er stieß den Mann zurück und gab Bond erneut einen Schubs, als er davonstampfte. Aus der Fassung gebracht reichte der Angestellte Bond den Zimmerschlüssel und zeigte ihm den Weg. Bond dankte ihm und ging durch die Lobby, vorbei an einem Papagei in einem Käfig, der krächzte: »*Dame un beso!*« An der Wand waren einige zusammengeklappte Rollstühle aufgestapelt.

Eine Rampe führte hinunter zur Strandterrasse, wo etliche Männer im Schatten saßen und sich die Zeit vertrieben. Sie waren gut gekleidet, aber unnatürlich muskulös. Einige Kolumbianer lümmelten vor einem Fernseher, ein paar Europäer beschäftigten sich mit Gameboys, und die Schlaumeier, die Zeitschach spielten, waren offensichtlich Serben. Anscheinend geschah hier außer Warten nicht viel. Bond spürte die kriminelle Energie in dieser Versammlung, aber auch Langeweile und Apathie. Keiner der Männer schaute auf, als er die Terrasse betrat. Die Situation war grotesk.

Krug, der südafrikanische Widerling ohne Manieren, schob sich wieder an Bond vorbei, um einen Bekannten an der Bar zu begrüßen. Nach einer Weile kam ein Kellner auf Krug zu. »Mr. Krug, hier sind die Papiere für Ihren morgigen Termin in der Klinik.«

Der Südafrikaner nahm die Unterlagen entgegen. »Das wurde aber auch Zeit, Fidel«, schnauzte er den Kellner an. »Und jetzt besorg ein paar Mädchen und schick sie auf Zimmer zweiundvierzig.« Er zog eine Pistole und richtete sie auf den Unterleib des Kellners. »Oder willst du Fidel Castrato werden? Los, los, mach schon!« Krug und sein Freund lachten laut, als der Kellner davoneilte.

Bond trat auf die Terrasse hinaus und ließ den Blick über das Meer schweifen. Isla Organos, die Insel, für die er sich interessierte, war der Küste vorgelagert. Bond spähte durch das Fernglas und entdeckte auf dem Gipfel der Insel die Ruinen eines alten Forts. An das verfallene Gebäude schloss sich ein moderner Bau an, vor dem weiß gekleidete Pfleger Patienten in Rollstühlen hin und her schoben. Das erklärte auch die Rollstühle in der Hotellobby. Bond richtete das Fernglas auf ein Schild, auf dem stand »Alvarez-Klinik«.

Am Fuß der Insel entdeckte er einige bewaffnete Männer am Kai. Wachposten für eine Klinik? Was stimmte an diesem Bild nicht?

Bond schwenkte das Glas zum Strand hinter dem Hotel und machte eine Bewegung im Wasser aus. Jemand schwamm auf die Küste zu – ein Mädchen. Er ließ das Fernglas sinken und beobachtete, wie die junge Frau aus dem Wasser stieg. Sie hatte kurzes schwarzes Haar und braune Haut, war schlank und trug einen orangefarbenen Bikini, der ihre atemberaubende Figur gut zur Geltung brachte. Nachdem sie am Strand ein Handtuch aufgehoben hatte, kam sie auf die Terrasse, wobei sie ihr Haar trocknete. Bond täuschte Desinteresse vor und hob wieder das Fernglas, um sich den herrlichen Sonnenuntergang anzuschauen. Sie stellte sich neben ihn und sah lächelnd zum Horizont.

»Ein fantastischer Ausblick«, meinte Bond und ließ das Glas sinken.

»O ja, doch das scheint hier niemanden zu interessieren«, erwiderte sie mit amerikanischem Akzent.

Interessant, dachte Bond. Jetzt, wo sie direkt neben ihm stand, konnte er sehen, wie hübsch sie war. Ihre großen braunen Augen waren von langen, feenhaften Wimpern umrahmt, und ihre Schönheit war von einer verführerischen Reinheit, die durch das Glühen der Abendsonne noch betont wurde.

Ein Kellner erschien an der Tür zur Terrasse und fragte sie nach ihren Wünschen.

Bond bestellte einen Mojito, ein kubanisches Getränk, das aus zwei Teilen leichtem Rum, einem Teil Limettensaft, zwei Teelöffeln Zucker, einer Handvoll Minze und Sodawasser gemischt und in einem hohen Glas serviert wird.

»Das nehme ich auch«, erklärte das Mädchen. Nachdem der Kellner verschwunden war, streckte sie Bond ihre Hand entgegen. »Giacinta. Meine Freunde nennen mich Jinx.«

»Meine Freunde nennen mich James Bond.« Sie schüttelten sich die Hände. »Jinx? Wie der Pechvogel?«

»Ich bin an einem Freitag, dem dreizehnten geboren.«

»Glauben Sie, vom Pech verfolgt zu sein?«

»Lassen Sie es mich so ausdrücken: Meine Beziehungen scheinen nie lange zu halten.«

»Das kenne ich.«

Aus dem dichten Blätterwald, der das Hotel umgab, ertönten die Rufe von Vögeln und Geräusche anderer

Tiere. Bond warf einen Blick auf die Gangster an der Bar.

»Die Raubtiere kommen alle bei Sonnenuntergang aus ihren Löchern«, bemerkte er.

Sie musterte ihn, während der Kellner ihnen die Drinks brachte. »Und warum ist das so?«, fragte sie dann.

Bond nippte an seinem Glas. »Weil zu dieser Zeit die Beutetiere zum Trinken kommen.«

Jinx warf einen raschen Blick auf das Glas in ihrer Hand.

»Zu stark für Sie?«

War das eine Anspielung auf das Getränk oder auf seinen Annäherungsversuch? Sie sah ihm in die Augen. »Ich könnte mich vielleicht daran gewöhnen.« Nach einer kurzen Pause fügte sie hinzu: »Wenn ich Zeit hätte.«

Klang in ihrer Stimme ein Anflug von Bedauern? »Wie viel Zeit haben Sie denn?«, fragte Bond.

»Oh, mindestens bis zum Morgengrauen. Und Sie?«

»Ich bin nur wegen der Vögel hier.« Er deutete auf das Fernglas. »Ornithologe.«

»Was für ein Zungenbrecher!«

Sie wussten, dass sie beide das Gleiche empfanden. Neugier. Misstrauen. Gegenseitige Anziehung. Jinx betrachtete die letzten Strahlen der untergehenden Sonne.

»Sollten Sie sich jetzt nicht auf den Weg machen, um Eulen oder so etwas Ähnliches zu beobachten?«

»In Los Organos gibt es keine Eulen. Bis zum Morgen ist nichts mehr zu sehen. Zumindest nicht hier draußen.«

Sie spürte im Halbdunkel seinen Blick und erwiderte ihn gelassen. »Und was machen die Raubtiere nach Sonnenuntergang?«

»Sie genießen ein Festmahl«, erwiderte Bond und sah ihr in die Augen. »So, als gäbe es kein Morgen.«

Ihr Gesicht leuchtete auf, und ihr Blick verriet ihre Zustimmung und Vorfreude.

Erschöpft und erhitzt von der leidenschaftlichen Begegnung ließ Jinx sich auf die Seite fallen. Bonds Augen glänzten bei dem Gedanken an das Vergnügen, das sie sich gerade gegenseitig bereitet hatten. Durch das offene Fenster fiel Mondlicht ins Hotelzimmer und beschien ihre schimmernde dunkle Haut. Jinx war wunderbar – das perfekte Beispiel für die Schönheit einer Frau.

»Kommst du immer so schnell zur Sache?«

»Ich habe mich sehr nach den Berührungen einer guten Frau gesehnt«, erwiderte Bond.

Lächelnd beugte sie sich vor und fischte etwas aus ihren Kleidern vor dem Bett. Mit einer geschickten Handbewegung ließ sie ein Klappmesser aufschnappen. Die Klinge schimmerte im Mondlicht, und Bonds Herzschlag setzte für einen Moment aus. Gerade wollte er auf sie losgehen, als er sah, dass sie damit lediglich eine Feige aufschnitt, die sie in der anderen Hand hielt.

»Wer sagt, dass ich gut bin?« Sie teilte die Feige in zwei Hälften, ließ ihre Zunge über das Fruchtfleisch gleiten und reichte ihm dann die Frucht. Er aß sie ihr aus der Hand, während sie sich die Samen der Feige von den Lippen leckte.

Mit einem Blick in ihre Augen schleuderte er den Rest der Feige beiseite. »Dann zeig mir deine andere Seite.«

8 🔫 Der Schönheitssalon

Bond hatte normalerweise einen leichten Schlaf, doch nach der langen, abenteuerlichen Nacht mit Jinx schlief er tief und fest. Als die Sonnenstrahlen, die durchs Fenster hereinfielen, über sein Gesicht wanderten, drehte er sich zur Seite und stellte fest, dass das Bett neben ihm leer war. Es war sehr ungewöhnlich für ihn, dass er sie nicht hatte gehen hören.

Er stand auf und sah aus dem Fenster auf den Kai hinter dem Hotel. Eines der Boote wurde offensichtlich für die Fahrt zur Isla Organos vorbereitet. Einige der finsteren Gestalten von der Bar waren bereits an Bord. Dann tauchte Jinx auf, reichte dem Wachposten einige Papiere und kletterte zu den anderen auf das Boot.

Was hatte sie vor?

Bond zog sich hastig an, packte seine Sachen und lief hinunter in die Lobby. Die zusammengeklappten Rollstühle lehnten immer noch an der Wand. Einen davon trug er die Treppe hinauf und ging damit zu Zimmer 42. Dort klopfte er dreimal laut an die Tür, bis er Krugs zornige Stimme hörte.

»Wer zum Teufel ist da?«

»Zimmerservice«, rief Bond. Er hörte unterdrücktes Fluchen und schlurfende Schritte, dann riss Krug im Bademantel die Tür auf.

»Verdammt, was wollen Sie? Ich habe nichts bestellt.« Sein Blick fiel auf den Rollstuhl. »Sie haben das falsche Zimmer erwischt! Dieses gottverdammte Ding brauche ich nicht!«

Bond versetzte ihm einen harten Schlag ins Gesicht, und der stämmige Mann fiel bewusstlos auf den Rücken.

»Doch, jetzt schon.« Bond geruhte zu witzeln.

Er warf einen Blick in den Flur und vergewisserte sich, dass ihn niemand gesehen hatte, dann durchsuchte er rasch das Zimmer. Krugs Kleider lagen über einem Stuhl, und in der Innentasche seines Jacketts befanden sich seine Papiere.

Bond klappte den Rollstuhl auseinander und hievte den Mann hinein. Als wäre er ein Pfleger, schob er den bewusstlosen Ganoven aus dem Hotel hinunter zum Anlegeplatz. Das erste Boot war bereits abgefahren, doch ein weiteres füllte sich bereits. Bond zeigte Krugs Papiere einem desinteressierten Wachposten und rollte dann den schlafenden Mann auf das Schiff.

Die Überfahrt dauerte nur zehn Minuten. Am Kai der Insel überprüften Wachen halbherzig die Dokumente der Ankömmlinge. Sobald er die Kontrollposten passiert hatte, schob Bond Krug über eine Rampe in das Gebäude. Mit einem Aufzug gelangten sie zum Haupteingang der Klinik, wo eine hübsche Empfangssekretärin Bond begrüßte und die Papiere an sich nahm. Lächelnd gab sie ihm die Unterlagen zurück und sagte auf Spanisch: »Warten Sie in der Halle. Jemand wird ihn abholen.«

Bond erwiderte ihr Lächeln und schob den Rollstuhl den Gang hinunter. Die Fensterfront in dem Durchgang bot eine atemberaubende Aussicht auf die See. Bond schätzte, dass die Klinik etwa 60 Meter über dem Meeresspiegel lag. Er erreichte eine Gabelung und sah vor sich einen kleinen sonnendurchfluteten Raum liegen, in dem einige Patienten schweigend in ihren Rollstühlen saßen. Zu seiner Linken führten Stufen zu einer weiteren Passage und zu zwei Doppeltüren. Auf einer stand geschrieben: ›Zutritt verboten‹. Die andere stand offen, und Bond sah an der Schwelle einen Wachposten, der Zeitung las. Zwei Ärzte erschienen aus einem Nebenraum, gingen durch die offene Tür, vorbei an dem

Wächter, der ihren Gruß erwiderte, und bogen dann am Ende des Gangs um die Ecke.

Bond schob Krug in den Warteraum und spähte aus einem der offenen Fenster. Schräg unterhalb musste sich der Teil des Gebäudes befinden, zu dem der Zutritt verboten war. Entlang der Fassade waren einige Fenster geöffnet, es würde also nicht allzu schwierig werden, hinunterzuklettern, doch zuerst musste er für Ablenkung sorgen. Deshalb schob Bond den Rollstuhl zurück zu der Gabelung und versetzte ihm an der Treppe einen kräftigen Stoß. Der Stuhl ratterte die Stufen hinunter, und Krug flog heraus und landete unsanft auf dem Boden. Der Wachposten und ein Arzt aus dem Nebenraum kamen herbeigeeilt, um ihm aufzuhelfen.

Der Aufruhr erregte auch die Aufmerksamkeit der anderen Patienten im Wartezimmer, und Bond ergriff die Gelegenheit, schwang sich aus dem Fenster und kletterte an einem Geländer an der Fassade ein Stockwerk nach unten. Dort tastete er sich auf einem Sims langsam zu dem ersten offenen Fenster vor und sprang hinein. Offensichtlich war das ein Privatzimmer. Ein älterer Mann, an einen Herzmonitor angeschlossen, schlief in seinem Bett. Bond durchquerte leise den Raum und nahm sich eine Traube aus einer Schale, bevor er hinausschlüpfte.

Jetzt befand er sich in der verbotenen Zone hinter den Doppeltüren. Links von ihm waren der Wächter und der Arzt immer noch mit Krug beschäftigt und bemerkten deshalb nicht, dass Bond rasch in die andere Richtung lief. Als er um die Ecke bog, stand er in einer Sackgasse.

Wohin waren die beiden Ärzte gegangen?

Bond warf einen Blick nach oben und entdeckte eine Überwachungskamera, auf eine Stelle an der Wand gerichtet, die von der Decke bis zum Boden mit einem Gemälde bedeckt war. Es zeigte die drei kubanischen Helden Fidel Castro, Che Guevara und Camilo Cienfuegos. Mit dem Rücken dicht an der Wand, streckte Bond einen Arm aus und drehte die Linse der Kamera in eine andere Richtung. Dann untersuchte er das Kunstwerk, ließ seine Hand über die Farbe gleiten und stellte fest, dass der Stern auf Che Guevaras Mütze hervorstand. Als er ihn im Uhrzeigersinn drehte, teilte sich das Bild, und ein Durchgang kam zum Vorschein. Bond trat in ein blaues Licht.

Er befand sich in einem Zimmer, ausgekleidet mit sich ineinander drehenden, verspiegelten Säulen, die an die DNA-Doppelhelix erinnerten. Bond ging weiter den Gang entlang, bis er hinter einer offenen Tür ein Flüstern hörte. Leise schlich er sich in das Zimmer und spähte durch die Plastikvorhänge, die um das Bett drapiert waren. Ein alter Mann lag im Tiefschlaf. Die Pieptöne der Maschinen, an die er angeschlossen war, wurden übertönt durch englische und französische Stimmen von einem Band. Es klang wie ein einfacher Sprachkurs.

Was tat Zao hier?

Bond ging zurück auf den Flur und betrat das nächste Zimmer. Hier lag eine weibliche Patientin hinter den Plastikvorhängen, die sich im Halbschlaf zu befinden schien. Ihr Gesicht war von einem gewölbten Schirm bedeckt. Lichter pulsierten unregelmäßig auf der Vorrichtung, und auch hier kam eine flüsternde Stimme vom Band, zuerst auf Russisch, dann auf Deutsch.

Als er sich über das Bett beugte und versuchte, das Gesicht der Frau zu sehen, bemerkte er, dass ihre Augenlider flatterten. R.E.M. – Rapid Eye Movement. Sie träumte offensichtlich sehr intensiv. Konnte diese Maschine Träume hervorrufen?

Welche Art von Arzt war dieser Dr. Alvarez?

Gerade wollte Bond das Zimmer eines weiteren Patienten inspizieren, als er jemanden kommen hörte. Er schlüpfte rasch durch eine andere Tür und wartete, bis zwei Ärzte vorbeigegangen waren; dann sah er sich im Flur nach beiden Seiten um und setzte seinen Weg fort. Schließlich hörte er, wonach er gesucht hatte – eine koreanische Stimme. Bond schlich sich in den schwach beleuchteten Raum, der mit hoch entwickelten technischen Geräten ausgestattet war. Der Mann im Bett war an Schläuche, an ein Monitor-EKG und andere Geräte angeschlossen. Auch sein Gesicht war von einer ›Traummaschine‹ bedeckt. Vom Band kamen Übersetzungsübungen vom Koreanischen ins Englische.

Bond musste es genau wissen. Er trat näher an das Bett heran und schob vorsichtig den Schirm der Traummaschine zurück. Der unnatürlich blasse Mann kam ihm irgendwie bekannt vor. Bond sah sich das Gesicht genauer an, und dann begriff er.

Das war Zao, aber er war vollkommen verändert worden. Er wirkte unfertig, so als hätte sein menschliches Rohmaterial noch nicht die endgültige Form erreicht.

Das war es also. Die Gentherapie in der Klinik diente dazu, Menschen umzuformen. Es war die perfekte Methode, die eigene Identität zu verändern und dann unterzutauchen. Kein Wunder, dass so viele Schwerverbrecher aus der ganzen Welt diese Klinik aufsuchten. Hier konnten sie einen neuen Körper und ein neues Gesicht bekommen, und sich eine andere Sprache aneignen – was immer sie wollten.

Bond packte die Schläuche, an die Zao angeschlossen war, und verknotete sie so, dass die Flüssigkeitszufuhr abgeschnitten wurde. Einige Sekunden lang geschah nichts. Plötzlich schlug Zao die Augen auf. Seine Pupillen waren unnatürlich blau und reptilienhaft.

Der Terrorist fuhr ruckartig hoch und stöhnte vor Schmerz.

»Gut«, sagte Bond. »Jetzt schenken Sie mir endlich Ihre Aufmerksamkeit.«

Zao starrte Bond ungläubig an. Bond verstärkte mit einer Hand seinen Griff um die Schläuche, zog mit der anderen seine Walther und drückte den Lauf an Zaos Schläfe.

»Wer bezahlt Ihre Umwandlung, Zao?«, fragte er barsch. »Dieselbe Person, die mich in Nord-Korea in die Falle gelockt hat?«

Zao riss den rechten Arm hoch. Ein brennender Schmerz schoss Bond durch die Schulter, und er ließ seine Waffe fallen. Sie schlitterte durch den Raum und landete unter dem Kernspintomograph. Zao hielt ein Skalpell in der Hand, von dem Bonds frisches Blut tropfte. Mit einer Reflexbewegung kippte Bond einen Tropfständer um, der Zao traf und eine der Lampen zerschlug, die von der Decke hingen. Der Terrorist erholte sich jedoch rasch und sprang aus dem Bett. Er stürzte sich auf Bond und zog dabei die Maschinen, die Schläuche und den Wagen mit dem EGK-Gerät hinter sich her. Bond packte eine stählerne Schale und schlug sie ihm auf den Kopf, einen zweiten Schlag konnte Zao jedoch mit dem Plastikvorhang abwehren.

Als Bond Zaos Hand mit dem Skalpell umklammerte, machten beide einen Salto über das Bett. Zao verlor das Skalpell, aber es gelang ihm, den Schlauch seiner Infusionsflasche um Bonds Hals zu schlingen und ihn damit heftig zu würgen.

Bond fasste nach hinten, riss den Schlauch nach oben und schlang ihn um Zaos Nacken. Der Stift, der kratzend Zaos Herztöne aufzeichnete, fuhr hektisch auf und ab. Die beiden Männer kämpften verbissen miteinander und versuchten, sich mit ein und demselben Schlauch gegenseitig zu erdrosseln. Bond ließ plötzlich los und griff rasch nach dem goldenen Anhänger in Form einer Gewehrkugel, der an Zaos Hals baumelte. Er zog mit aller Kraft daran und schmetterte Zao seine Faust ins Gesicht. Die Wucht des Schlags zerriss die Kette, und der Anhänger blieb in Bonds Hand hängen.

Beide fielen rückwärts. Zao wollte sich den Schlauch vom Hals ziehen, aber Bond schlug ihm erneut die Faust ins Gesicht und rammte ihm seinen Ellbogen in den Magen. Zao wollte sich daraufhin auf ihn stürzen, doch Bond sprang zur Seite und stieß den Terroristen gegen einen dunklen Röntgenschirm. Der Kopf des Koreaners krachte durch sein eigenes Röntgenbild und blieb dort stecken. Um ihn herum flogen Funken.

»Raus mit der Sprache. Wer hat Sie rausgeholt?«, fuhr Bond ihn an.

Zao gelang es mit übermenschlicher Anstrengung, seinen Kopf aus dem Monitor zu ziehen und sich gegen Bonds Brustkorb fallen zu lassen. Als Bond stolperte, stürzte Zao sich auf die Waffe unter dem Kernspintomograph, hob sie blitzschnell auf und zielte damit auf Bond. Der griff instinktiv nach einer Isopropylflasche und schleuderte sie auf den Schaltknopf des Geräts. Die Flasche zerbarst, und die Flüssigkeit spritzte durch den Raum.

Der ultrastarke Magnet der Maschine wurde aktiviert und zog Zaos Waffe an. Der Killer duckte sich, als Messer, Skalpelle und Spritzen auf die Maschine zuflogen und ihn nur knapp verfehlten. Bond versuchte an die Waffe heranzukommen, doch Zao warf die zerbrochene, funkensprühende Lampe in die Isopropylpfütze.

Sofort schossen Flammen hoch und setzten das Bett in Brand.

Bond schaltete den Kernspintomograph ab – die Walther landete direkt in seiner Hand, und die Messer und Skalpelle fielen auf den Boden. Gerade noch rechtzeitig konnte er sich umdrehen, um dem brennenden Bett auszuweichen, das Zao auf ihn zu stieß. Bond zielte, doch in dem Moment, als er abdrücken wollte, kam ein Arzt ins Zimmer. Zao riss den Mann an sich und benützte ihn als Schutzschirm, während er zur Tür hastete. Dort stieß er den verängstigten Mann in Bonds Richtung und rannte den Flur hinunter.

Bond öffnete seine Faust – der Anhänger war noch da. Er steckte die Kugel ein und lief dem Terroristen hinterher.

In dem Augenblick, als Bond sich Zutritt zu der verbotenen Zone verschafft hatte, befand Jinx sich zur Konsultation im Büro des Klinikleiters Dr. Alvarez. Der Arzt, ein Kubaner mittleren Alters mit einer dicken Brille und einem buschigen Schnurrbart, ging in dem Zimmer auf und ab, während er Jinx' Unterlagen las. Das Monitor-Licht seines Computers leuchtete hell. Jinx saß vor seinem Schreibtisch und wartete auf seine Beurteilung. Sie sah sich um und bewunderte unwillkürlich die vielen wertvollen Kunstwerke, die der Doktor zusammengetragen hatte. Ein Picasso und ein Degas schmückten die Wände, und in einem Regal befand sich ein Glaskasten mit einem offenen, juwelenbesetzten Fabergé-Ei. Darunter entdeckte sie das, wonach sie suchte – ein Safe unter einem Bücherregal auf dem Boden.

»Sie wollen sich also einer DNA-Austausch-Therapie unterziehen«, stellte Alvarez fest.

»Richtig.«

»Dann werde ich Ihnen jetzt die zwei Phasen erklären. Zuerst werden wir Ihr Knochenmark entfernen und alle Aufzeichnungen über Ihre DNA löschen, bis wir nur noch ein unbeschriebenes Blatt vorfinden, wenn Sie so wollen.« Der Doktor schenkte ihr ein makabres Lächeln. »Phase zwei besteht aus dem Einbringen der neuen DNA, dir wir von gesunden Spendern bekommen – Waisen, Ausreißern, Leuten, die nicht vermisst werden. Ich betrachte mich gern selbst als Künstler, wenn ich … etwas erschaffe. Eine neue ethnische Gruppe oder nur … Korrekturen an einem Körper.« Er trat hinter sie und legte ihr die Hände auf die Schultern. »Leider ist es ein schmerzhafter Prozess, aber es ist große Kunst. Ich werde es mit Sicherheit genießen, an Ihnen zu arbeiten.«

Jinx schauderte unwillkürlich. Sie fasste in ihre Jackentasche und holte einen Scheck heraus. Der Arzt nahm ihn lächelnd entgegen und ging um seinen Stuhl herum hinter den Schreibtisch, um ihn in Augenschein zu nehmen. Er war von einer Bank auf den Caymaninseln ausgestellt. Plötzlich zischte etwas durch die Luft, und in der Mitte des Schecks erschien ein rundes Loch. Alvarez starrte verwirrt auf die Öffnung und dann auf seine Brust. Blut breitete sich auf seinem Hemd aus. Er sah Jinx an und bemerkte die rauchende 9-mm-Browning mit Schalldämpfer in ihrer Hand.

»Natürlich werden die meisten Künstler erst nach ihrem Tod gewürdigt«, sagte sie und feuerte noch einmal. Dieses Mal traf die Kugel den Kopf des Doktors. Seine fassungslose Miene erstarrte, und er fiel auf den Stuhl zurück. Jinx stand auf, beugte sich über den Tisch und sammelte ihre Unterlagen und den Scheck ein. Mit einem Feuerzeug setzte sie die Papiere in Flammen und ließ sie im Aschenbecher verbrennen, während sie um den Schreibtisch herumging und sich über den Computer des Arztes beugte. Sie gab einige Befehle ein, bis ein Bild erschien.

Es war Zaos ursprüngliches Gesicht mit der Bildunterschrift: ›Phase eins abgeschlossen‹.

Jinx nickte und tippte einige weitere Befehle ein. Das Bild verschwand und wurde durch eine computerisierte Darstellung von Alvarez' Safe ersetzt. Nachdem sie einige Zahlen eingegeben hatte, erschien auf dem Bildschirm die Frage: ›Gespeicherte Kombination verwenden?‹ Jinx drückte auf die Taste ›J‹, und der Safe im Zimmer öffnete sich.

Das ist zu schön, um wahr zu sein, dachte sie.

Sie fuhr den Computer herunter und ging zu dem Safe hinüber. Nachdem sie ihn geöffnet und einige Papiere durchstöbert hatte, fand sie die Sicherungsdiskette, die sie gesucht hatte. Jinx hob den Saum ihres Kleids, steckte die Diskette in einen Beutel, der an ihrem Oberschenkel befestigt war, und holte eine Sprengladung heraus. Dann erhob sie sich, öffnete zwei Schubladen, zog wahllos einige Akten heraus und warf sie auf den Boden. Nachdem sie einige Knöpfe an der Sprengvorrichtung gedrückt hatte, erschien auf der Leuchtanzeige ›1.00.‹ Sie platzierte den Sprengkörper inmitten des Aktenstapels und drückte den letzten Knopf. Der Zeitzünder setzte sich in Gang und zählte die Minuten rückwärts.

Als plötzlich eine Sirene aufheulte, verließ Jinx eilig das Büro. Das Feuer in Zaos Zimmer hatte Alarm ausgelöst und damit die Notbeleuchtung und die Sprinkleranlage in Gang gesetzt. Etliche Patienten, ebenso blass und unfertig wie Zao, schlurften mit Infusionsflaschen durch den Gang. Jinx betrachtete den Schwarm der bizarren Gestalten und entdeckte plötzlich am Ende des Flurs ein bekanntes Gesicht.

James Bond. Ihre Blicke trafen sich, und er lief mit seiner Walther in der Hand auf sie zu.

»James!«, rief sie aus und verwandelte sich von einer mitleidslosen Frau in ein unschuldiges Mädchen mit weit aufgerissenen Augen. »Was ist los? Warum trägst du eine Waffe?«

»Du musst hier raus!«, schrie er.

Dann entdeckte er hinter Jinx Zao am Ende des Korridors. Seine reptilartigen Augen blitzten kurz auf, als er Bond erkannte, und er rannte in das Büro des Arztes.

»Los!«, rief Bond Jinx zu, bevor er Zao hinterherlief.

»James ...«, begann sie, doch er war schon weg. Sie runzelte die Stirn – ein Teil von ihr wollte ihn warnen, doch es war zu spät. Mit einem Schulterzucken ging sie weiter.

Bond stürmte in Alvarez' Büro und sah, wie Zao aus dem zerborstenen Fenster hinter dem Schreibtisch sprang. Er lief hinüber, ging in Hockstellung und zielte – genau in dem Moment, als Jinx' Zeitzünder auf Null sprang.

Der Schreibtisch schützte Bond vor der vollen Wucht der Explosion, aber er wurde trotzdem gegen die Wand geschleudert. Ein Teil der Decke über dem Fenster brach ein und blockierte Bonds Fluchtweg. Rauchschwaden zogen durch das Zimmer, als das Geröll Feuer fing. Erst dann sah Bond sich näher um und entdeckte den toten Arzt auf dem Boden, den offenen Safe, die brennenden Papiere ...

Bond versuchte, den Schutt vor dem Fenster zu beseitigen – vergeblich. Zwischen ihm und der Bürotür loderten Flammen. Er saß in der Falle.

Hektisch sah er sich um, entdeckte den Laborkittel des Doktors und benützte ihn als Schutzschild. In einer Ecke stand ein Rollwagen, auf dem sich eine Stahlflasche mit Nitrogen befand. Bond packte sie und zerrte sie über die Glasscherben. Dann richtete er den Zylinder auf die zweieinhalb Meter entfernte freie Wand, riss einen Feuerlöscher von der Wand und schlug damit das Ventil ab. Nitrogen schoss aus der Flasche und trieb den Wagen vorwärts, bis er explodierte. Bond tauchte in die Rauchschwaden ein, sprang durch das Loch und landete im angrenzenden Raum. Von dort lief er in den Flur und weiter zu dem Wartezimmer. Als er einen Blick aus dem Fenster warf, entdeckte er Zao auf dem Landeplatz der Klinik. Er schlug gerade einen Wachposten nieder, der einen Rettungshubschrauber bewachte. Zao sprang in den Helikopter und stieß den Piloten hinaus auf die Rollbahn. Die Rotorblätter begannen sich zu drehen, und der Hubschrauber stieg auf.

Dann sah Bond Jinx. Sie rannte die steile Auffahrt hinauf und feuerte dabei eine Waffe ab. Offensichtlich zielte sie auf Zao, aber der Helikopter stieg zu schnell in die Luft. Zao lehnte sich aus dem Hubschrauber und erwiderte das Feuer mit einem Maschinengewehr, verfehlte aber sein Ziel. Jinx schoss weiter, bis das Magazin ihrer Waffe leer war. Der Helikopter verschwand in der Ferne.

Zwei bewaffnete Wachen gingen auf Jinx zu. Sie ließ ihre Waffe fallen und zog den Reißverschluss ihres Kleids auf. Es fiel ihr auf die Knöchel und enthüllte den sexy Bikini, den sie am Tag zuvor getragen hatte. Sie streifte ihre Schuhe ab und hob die Arme in einer klassischen Geste der Kapitulation über den Kopf. Die beiden Wachposten ließen sich täuschen. Jinx sah nach oben und bemerkte, dass Bond sie beobachtete. Sie warf ihm einen ironischen Blick zu, der jedoch Anerkennung ausdrückte, und ließ sich rückwärts fallen.

Aus sechzig Metern Höhe.

Bond beobachtete verblüfft, wie sie elegant durch die Luft segelte und dann kopfüber wie ein Pfeil in das Wasser tauchte. Scheinbar aus dem Nichts tauchte ein Boot auf, das offensichtlich gekommen war, um sie abzuholen. Jinx tauchte auf und kletterte an Bord. Bond konnte nicht erkennen, wer sonst noch auf dem Boot war – es schoss so schnell Richtung Kuba, dass lediglich eine Spur weißen Kielwassers im blauen Meer zu sehen war.

Unwillkürlich lächelte Bond bewundernd.

Er wandte sich vom Fenster ab und fischte Zaos Anhänger in Form eines Projektils aus seiner Hosentasche. Als er spürte, dass der Anhänger innen hohl war, schraubte er das untere Ende ab und drehte ihn um.

Diamanten fielen in seine hohle Hand.

9 Ein Mann namens Graves

Raoul stellte das kleine Mikroskop aus den 50er-Jahren scharf ein, sodass es eine chromatische Abbildung der Farben im Innersten eines der Diamanten auf eine Karte warf. Er sah angestrengt durch die Linse und studierte das Muster.

Bond stand neben ihm und dachte über die Ereignisse der letzten vierundzwanzig Stunden nach. Indem er sich als Pfleger der Klinik ausgegeben hatte, war es ihm problemlos gelungen, von der Insel Organos nach Kuba zurückzugelangen. Auf dem Boot hatten sich etliche Mitglieder des Personals und Patienten befunden, doch offensichtlich hatten einige es nicht geschafft.

Bis der Notdienst eintraf, war die Klinik bis auf die Grundmauern abgebrannt.

Bond hatte im Hotel nach Jinx gesucht, doch – wie er erwartet hatte – gab es keine Spur von ihr. Er hatte sich sogar am Kai nach ihr erkundigt, der Wachposten hatte ihm allerdings erklärt, er habe sie nicht gesehen. Das Boot war wohl mit ihr zu einem anderen Teil der Insel gerast.

Nun befand Bond sich wieder in Raouls Büro in der Zigarrenfabrik. Da er sicher war, dem Kubaner vertrauen zu können, hatte er ihn gebeten, die Diamanten aus Zaos Anhänger zu untersuchen.

»Hm«, sagte Raoul. »Wunderschön ... aber illegal. Die chemische Zusammensetzung zeigt, dass der Stein aus Sierra Leone kommt. Das sind Konfliktdiamanten. Seit die Vereinigten Staaten sie mit einem Embargo belegt haben, sind sie wertlos.«

Raoul deutete auf das Mikroskop, und Bond schaute durch die Linse. Er war kein Experte für Juwelen, aber er wusste ein wenig darüber Bescheid, wie Diamanten geschnitten und geschliffen wurden.

»Das ergibt Sinn.« Bond bewunderte die Kunstfertigkeit der Arbeit. »Zao hatte bei diesem Handel früher schon seine Finger im Spiel. Schauen Sie, da ist eine Art Markierung. Es sieht aus wie ›GG‹.«

Er trat beiseite und forderte Raoul auf, sich das anzusehen.

»Oh, ja«, stimmte Raoul ihm zu. Auch er sah das kleine Logo ›GG‹, das in eine der Facetten eingeritzt, aber mit bloßem Auge nicht zu entdecken war. »Mein Fehler. Diese Diamanten *sind* legal. Sie stammen von Graves' Mine in Island. Das ist seine Laser-Signatur.«

»Graves?«

»Gustav Graves hat vor etwa einem Jahr dort einen großen Fund gemacht.«

»Ist mir nicht bekannt.«

Raoul sah Bond überrascht an.

»Klären Sie mich auf. Wer ist das?«

»Ein sehr reicher Industrieller, der Publicity liebt. Kam aus dem Nichts und wurde über Nacht erfolgreich. Er arbeitet an einer Art Weltraumtechnik, aber seinen Lebensunterhalt finanziert er mit der Diamantenmine. Außergewöhnliche Exemplare, wie ich finde.«

Bond hob eine Augenbraue. »Und trotzdem ähneln sie den Konfliktdiamanten? Welch erstaunlicher Zufall.«

Miss Moneypenny hoffte, dass M während der hitzigen Diskussion mit den Amerikanern 007's Aufenthaltsort zur Sprache bringen würde.

Die Assistentin der Leiterin des MI6 saß im Vorzimmer von M's Büro und belauschte über Intercom die Gespräche im Büro. Normalerweise kümmerte sie sich um ihre eigenen Angelegenheiten, wenn M hinter verschlossenen Türen Probleme besprach, doch jetzt war Moneypenny sicher, dass sie sich über James Bond unterhielten.

»Interessanter Sender?« Charles Robinson stand überraschend an der Tür – sie hatte ihn nicht kommen hören.

Moneypenny sprang auf und stellte die Gegensprechanlage ab. »Nur eine Sturmwarnung«, erwiderte sie verlegen.

Robinson verstand ihre Botschaft und nickte. Dann betrat er durch die gepolsterte Tür das Allerheiligste.

M war über Video mit dem NSA-Agenten Falco verbunden – der Amerikaner war offensichtlich wütend.

»Ich verstehe nicht, warum Sie sich nicht an die Vereinbarung gehalten haben«, sagte er. »Er sollte hinter Schloss und Riegel bleiben.«

»Wollen Sie damit andeuten, dass ich ihm bei seiner Flucht geholfen habe, Mr. Falco?«, fragte M.

»Nun, es ist ihm sehr schnell gelungen, zu türmen.«

»Dafür ist er ausgebildet.«

»Ich möchte Ihnen etwas zeigen«, fuhr Falco fort. »Dieses Filmmaterial von einer Sicherheitskamera haben wir von der Alvarez-Klinik in Kuba erhalten. Schauen Sie sich das an.«

Auf dem Bildschirm erschienen Aufnahmen von Bond, wie er die Lobby der Klinik betrat und Krug in einem Rollstuhl vor sich herschob. Dann sah man, wie Bond mit einer Waffe in der Hand einen in Rauchschwaden gehüllten Gang entlang lief. Ein BBC-Clip zeigte eine Luftaufnahme der brennenden Klinik. Patienten und Angestellte rannten in Panik hin und her.

M war entsetzt. Falco erschien wieder auf dem Bildschirm.

»Bond ist außer Kontrolle geraten«, erklärte er. »Er trifft in Havanna ein, und kurz darauf erfahren wir, dass ein Krankenhaus in Flammen aufgeht. Jetzt haben wir gehört, dass er sich auf dem Weg nach London befinden soll. Wenn Sie Ihre Angelegenheiten nicht in Ordnung bringen können, werden wir das für Sie tun.«

Falco beendete die Übertragung, ohne sich zu verabschieden.

M warf Robinson einen grimmigen Blick zu.

»Alle Grenzstellen sind informiert«, erklärte er, ihre Befehle vorausahnend. »Aber Bond wird nicht hierher kommen – er müsste verrückt sein, wenn er das täte.«

Der 747-Jumbojet der British Airways ging ostwärts in Schräglage und begann den Landeanflug auf London. Für James Bond war es bald an der Zeit, zu handeln.

Er las die letzten Sätze des Artikels in der Illustrierten *High Life* und betrachtete dann eine Weile das Titelbild. Die Titelgeschichte handelte von den Abenteuern eines Geschäftsmanns und Machers namens Gustav Graves. Der Waise aus Argentinien besaß auch die britische Staatsangehörigkeit und war erst vor kurzem als Multimillionär ins internationale Rampenlicht geraten, als er begonnen hatte, die Entwicklung geheimer Weltraumprogramme zu fördern. Er hatte seine Finger in vielen verschiedenen Geschäftszweigen, aber Bond interessierte sich wegen der Diamanten für ihn. Anscheinend besaß Graves eine Diamantenmine und eine Verarbeitungsstätte in Island. In dem Magazin wurde er als Philanthrop beschrieben, der an etliche Wohltätigkeitsorganisationen großzügige Spenden gab. Er galt als Genie, obwohl er noch nicht einmal dreißig war. Und Graves war ein Abenteurer – er liebte Ballonfahrten und Bergsport und war ein Champion im Fechten. Die Fotos zeigten einen jungen, sehr attraktiven Mann mit dunklem Haar und blauen Augen – er hätte als Model arbeiten können.

Da Bond einer von nur vier Passagieren in der ersten Klasse war, hatte er beinahe die ungeteilte Aufmerksamkeit der hübschen Stewardess, die ihm eine halbe Stunde zuvor einen Martini serviert hatte. Sie ging durch den Mittelgang und traf die üblichen Vorbereitungen zur Landung. Neben Bonds Sitz blieb sie stehen, um sein Glas mitzunehmen. Das Flugzeug geriet in eine leichte Turbulenz, und sie hielt sich an der Rückenlehne fest, um nicht zu stolpern.

»Was für ein Glück, dass ich um einen geschüttelten Martini gebeten hatte«, sagte Bond und reichte ihr das leere Glas. Sie lächelte und bat Bond, seinen Sitz in eine aufrechte Position zu bringen, dann ging sie weiter und sammelte die Gläser der anderen Passagiere ein.

»Bitte stellen Sie die Rückenlehnen gerade«, forderte sie die Fluggäste über Lautsprecher auf. »Wir setzen zur Landung an.«

Sie drehte sich um und wollte noch einen Blick auf den attraktiven Mann werfen, der Martinis bevorzugte, und stellte überrascht fest, dass sein Sitz leer war. Als sie zurückging, fand sie nur eine Ausgabe von *High Life* auf seinem Platz.

Als der Jet parallel zum Fluss den Landeanflug begann, schob sich das riesige Bugrad aus der Klappe unter dem Rumpf hervor. James Bond hielt sich an der Verstrebung fest. Der Wind blies ihm kräftig um die Ohren, aber er genoss die Aussicht – Big Ben auf der einen Seite des Flusses, das Gebäude des MI6 auf der anderen.

Diesen Trick hatte er vorher nur einmal in einem kleineren Flugzeug versucht, die Mechanik war hier jedoch gleich gelagert. Die Schwierigkeit lag darin, von der Kabine in den Rumpf zu gelangen. Außer dem Personal kannten nur wenige den kleinen Raum in der Bordküche, der als Notausstieg in den inneren Rumpf des Flugzeuges diente. Als die Stewardess nicht hersah, schlüpfte er in die Bordküche, öffnete die Falltür und schlich sich nach unten.

Glücklicherweise waren die Wetterbedingungen gut – es war angenehm warm.

Der Jet landete problemlos in Heathrow. Sobald das Flugzeug von der Landebahn gerollt und am Flugsteig angelangt war, öffnete Bond den Gurt und sprang von dem Bugrad. Unbemerkt schlenderte er lässig davon, als die Arbeiter kamen, um das Gepäck zu entladen.

Die Einwohner von London waren es gewöhnt, dass sich vor dem Buckingham Palast große Menschenmengen ansammelten. An diesem Nachmittag hatten sich jedoch Kameraleute von verschiedenen Fernsehsendern, Zeitungsfotografen und eine Ansammlung von Journalisten zu den unzähligen Zuschauern und Touristen gesellt, die vor dem Queen Victoria Memorial auf einen bestimmten Mann warteten. Das Problem war nur, dass er zu spät kam. Der Verkehr staute sich in allen Richtungen, und die Menschen wurden ungeduldig und ruhelos.

James Bond hatte sich unter die Menge gemischt. Auch er wartete auf die unmittelbare Ankunft der berühmten Persönlichkeit, sein Blick war jedoch auf eine attraktive junge Frau gerichtet, die zum Presseteam des Mannes gehörte. Sie war blond, Anfang zwanzig, elegant gekleidet, offensichtlich sportlich und trat sehr professionell auf.

Ein Reporter schrie: »Sieht so aus, als würde er es nicht schaffen!«

Die Blonde antwortete ihm so laut, dass alle es hören konnten: »Oh, Sie sollten doch wissen, dass man mit Gustav immer rechnen kann.« Sie zog ein Handy aus der Tasche, tippte eine Nummer ein und sprach dann leise in die Muschel. Nach einer Weile beendete sie das Gespräch und wandte sich an die Menschenmenge. Anscheinend war sie es gewöhnt, ihre Stimme vor vielen Leuten zu erheben.

»Ich bin sicher, Gustav Graves wird bald hier sein. Ich weiß, dass er bei der Queen nicht zu spät kommen würde.« Sie sah nach oben und lächelte. »Hier ist er ja schon.« Mit einer Hand schirmte sie ihre Augen gegen die Sonne ab und deutete mit der anderen gen Himmel. Alle folgten ihrem Blick.

Soeben war ein Mann aus einem kleinen Flugzeug gesprungen. Innerhalb von wenigen Sekunden öffnete sich ein Fallschirm, der aussah wie der Union Jack, und der Mann schwebte Aufsehen erregend herunter in den

Green Park. Die Fernsehleute richteten ihre Kameras auf ihn, und die Fotografen schossen ein Bild nach dem anderen.

Gustav Graves landete elegant und streifte seinen Fallschirm ab. Unter dem Applaus der Menge ging er zu einer wartenden Limousine, während die Reporter bereits auf ihn zustürmten. Bond betrachtete gelassen den Medienrummel. Graves hatte zweifellos Stil, und er wusste, wie man sich in Szene setzte, um fotografiert zu werden.

»Was für ein herrlicher Tag, um zum Ritter geschlagen zu werden!«, verkündete er in die Kameras. Alle lachten.

Die junge Frau ging zu ihm und drängte entschlossen die Menge auseinander, um den Kameraleuten bessere Sicht zu ermöglichen.

»Und werden Sie Ihren Titel verwenden?«

Graves schüttelte den Kopf und winkte ab. »Sie kennen mich. Ich bin stolz auf die Nation, die ich für mich gewählt habe, aber ich würde niemals auf eine solche Zeremonie bestehen.« Er sprach mit einem kultivierten, sehr englischen Akzent.

»Wundert es Sie, dass Sie nach einem solchen Auftritt als selbstdarstellerischer Adrenalin-Junkie bezeichnet werden?«

»Ich bevorzuge den Ausdruck ›Abenteurer‹.«

»Mr. Graves, worum geht es bei dem Ikarus-Weltraum-Projekt? Angeblich sollen Raketen gestartet werden. Was ist das große Geheimnis?«

Graves lächelte. »Es handelt sich nicht um ein Geheimnis, sondern um eine Überraschung. Glauben Sie mir, schon bald werden wir alles preisgeben.«

»Sie scheinen rund um die Uhr zu arbeiten. Stimmt es, dass Sie kaum Schlaf brauchen?«

Graves tat die Frage mit einer Handbewegung ab. »Wir haben nur ein Leben – warum sollten wir es mit

Schlaf vergeuden? Während andere dösen, denke ich darüber nach, wie man die Welt verbessern könnte.«

Einer der Reporter versuchte, ihn zu reizen. »*Kritiker behaupten, Sie täuschten nur vor, dieses Land zu lieben, um die Sympathie der Menschen zu gewinnen. Alles Teil eines sorgfältig fabrizierten Images.*«

Graves warf dem Mann einen kühlen Blick zu. »Vortäuschen? Ich kann Ihnen versichern, dass ich seit Jahren nichts mehr vorgetäuscht habe.« Die Menge lachte. »Ich möchte, dass die von mir gewählte Nation stolz auf mich ist – und auf sich selbst.«

»*Bemühen Sie sich deshalb auch, in die britische Fechtmannschaft für die olympischen Kämpfe aufgenommen zu werden? Wie wir hörten, trainieren Sie wie verrückt.*«

»Oh, verrückt benehme ich mich nie. Worin läge da der Sinn?«

Wieder wurde Gelächter laut. Graves verabschiedete sich mit einem Winken, drehte sich um und stieg in den Wagen. Die junge Frau hob die Arme, um die Reporter zurückzuhalten.

»Vielen Dank an alle!«, rief sie. »Sicherlich verstehen Sie, dass Gustav Ihre Majestät nicht warten lassen möchte.« Sie nickte drei Polizisten zu, die die Menge in Schach hielten, bis das Auto durch das Palasttor gefahren war.

Bond entfernte sich von der Menschenmenge und dachte über das nach, was er gesehen und gehört hatte. Dieser Mann stellte sich gern zur Schau, war extrovertiert und geltungsbedürftig – drei Charaktereigenschaften, die Bond nicht schätzte. Ihm kam es sehr fragwürdig vor, dass ein solcher Mann scheinbar aus dem Nichts auftauchen konnte.

Er war gespannt darauf, Graves kennen zu lernen.

10 Blitzende Klingen in St. James's

Der etablierte, vornehme Klub in der Nähe von St. James's befand sich in einem Gebäude, das für die Regentschaftszeit typisch war und schon damals seinen Mitgliedern einen sicheren Hafen geboten hatte. Seit dem 18. Jahrhundert versammelten sich hier Gentlemen, um zu dinieren, in Ruhe zu lesen, miteinander zu plaudern, Pläne zu schmieden und die Vorzüge eines gut bestückten Weinkellers zu genießen. Glücks- und Kartenspiele wurden in der englischen Gesellschaft toleriert, solange sie in einem Klub stattfanden, und viele dieser Etablissements boten darüber hinaus auch Sportmöglichkeiten an.

Die Fechthalle, auch ›salle‹ genannt, gilt seit dem achtzehnten Jahrhundert als Habitat für Sportsmänner aus gutem Haus. Der Fechtsport ist sowohl von Angriffslust als auch von Anmut geprägt – und deshalb seit jeher ideal für elegante Gentlemen.

Bond stieg die Stufen zum Eingang des Klubs hinauf. Er fühlte sich in Sicherheit – soviel ihm bekannt war, gab es niemanden beim Geheimdienst, der hier Mitglied war, und es war unwahrscheinlich, dass die Einwanderungsbehörde Wachen an den Türen aufgestellt hatte. Als langjähriges Mitglied musste er nicht nach den Umkleideräumen suchen. In solchen Einrichtungen schreitet die Modernisierung nur langsam voran, allerdings gab es in diesem Klub ein modernes Installationssystem, und man hatte es geschafft, auch Frauen als Mitglieder aufzunehmen, ohne merklich den Charme der Fechthalle mit dem eleganten, leicht verblassten Parkett zu mindern.

Bond begab sich auf direktem Weg zur Garderobe

und zog sich seine eigene Fechtkleidung an. Es war schon eine Weile her, seit er zum letzten Mal gefochten hatte, aber er sagte sich, dass es sich damit genauso verhielt wie mit dem Radfahren.

Nachdem er sich umgezogen hatte, ging er hinunter in die reich verzierte Halle im Untergeschoss. Die Geräusche machten die spannungsgeladene Atmosphäre, in der die Gefechte ausgetragen wurden, beinahe fühlbar.

Bond entdeckte Graves und das Dutzend Zuschauer sofort. Die Halle, in der sich mehrere Fechtbahnen befanden, war mit großen Vitrinen geschmückt, in denen antike Waffen aus verschiedenen Kulturkreisen der ganzen Welt ausgestellt waren.

Der Kampf war in vollem Gang. Zwei Gestalten in Fechtkleidung und mit Masken attackierten sich schnell und geschickt. Die Fechter waren mit Kabeln an ›elektronische Schiedsrichter‹ angeschlossen. Graves' Gegner war eine Frau, die erstaunlich gut focht. Im Augenblick drängte sie Graves aggressiv zurück und zwang ihn in die Defensive. Graves gelang es jedoch, mit einem schnellen Manöver zu parieren, das *In Quartata* genannt wird, eine Ausweichbewegung mit gleichzeitigem Gegenstoß, bei der mit einer Vierteldrehung der Waffe die Vorderseite verdeckt und die Rückseite gezeigt wird. Das ermöglichte ihm, sich zurückzuziehen und wieder seine Position in der Mitte der Fechtbahn einzunehmen. Bevor sie ihren Kampf fortsetzen konnten, leuchteten jedoch die elektronischen Schiedsrichter auf und zeigten das Ende des Matchs an. Graves hatte gewonnen, allerdings mit nur geringem Vorsprung.

Er nahm seine Maske ab und lächelte strahlend. Unter der anderen Maske kam ein blonder Haarschopf zum Vorschein – es war die Frau, die Bond am Parliament Square mit Graves gesehen hatte.

Als die beiden sich die Hände reichten, entdeckte Bond in der Ecke die bezaubernde Trainerin des Klubs. Verity war etwa dreißig, groß und schlank und hatte langes schwarzes Haar. Sie trug ebenfalls einen Fechtanzug, ihre Fechtjacke war allerdings noch nicht geschnürt.

Er ging auf sie zu. »Verity?«

»Ja?«

»James Bond. Ich nehme eine Stunde bei Ihnen.«

»Ach ja, richtig. Ich habe Sie schon erwartet.« Sie musterte ihn von oben bis unten, und ihr Lächeln verriet, dass ihr gefiel, was sie sah. »Man kann sehr viel daraus schließen, wie ein Mann mit seiner Waffe umgeht.«

»Oh, ich bin sicher, Sie können mir noch einiges beibringen«, erwiderte er.

Sie wandte ihm den Rücken zu. »Würden Sie mir helfen?«

»Mit Vergnügen.« Als er die Schnüre festzurrte, zuckte sie leicht zusammen. »Ich kann mich nicht daran erinnern, Sie hier schon einmal gesehen zu haben.«

»Das geht mir ebenso. Ich bin jeden Tag hier. Und wo waren Sie?«

»Auf Reisen. Fechten Sie auch mit anderen Mitgliedern?«

»Natürlich. Ich beobachte sie und lerne daraus. Der beste Fechter dieses Klubs ist gerade hier.«

»Gustav Graves? Haben Sie mit ihm schon die Klingen gekreuzt?«, fragte Bond.

»Ihm geht es nur um Wetten«, erwiderte sie kopfschüttelnd.

»Und seine Gegnerin? Wer ist sie?«

»Miranda Frost, seine Assistentin. Es ist schwierig, sie zu schlagen, glauben Sie mir – ich habe es schon versucht. Sie hat in Sydney Gold geholt.«

Bond zog die Bänder enger und dachte nach. »In Ermangelung einer Gegnerin, wenn ich mich recht erinnere ...«

Verity atmete aus, um den Sitz ihrer Weste zu prüfen. »Ja. Die Frau, die sie besiegt hatte, starb an einer Überdosis von Steroiden. Miranda hat sich ihre Goldmedaille verdient.«

»Und nun bringt sie Graves bei, wie man das macht.«

»Er findet nur schwer Gegner, denn er hat vielen Mitgliedern so viel Geld abgenommen, dass jetzt alle Angst vor ihm haben.«

Bond überlegte einen Moment. »Könnten Sie mich ihm vorstellen?«

Verity sah ihn an, als wäre er verrückt geworden. »Ohne eine Trainingsstunde mit mir? Sind Sie sicher, dass Sie dafür bereit sind?«

Bond lächelte gewinnend und zuckte mit den Schultern.

Gemeinsam gingen sie hinüber zu Graves, der sich gerade mit einem Handtuch den Nacken abwischte.

»Mr. Graves, eines unserer Mitglieder möchte Sie gern kennen lernen«, sagte Verity. Graves sah auf und lächelte Bond neugierig an. »Und vielleicht einen Kampf mit Ihnen wagen«, fügte Verity hinzu.

»Bond. James Bond.« Er streckte seine Hand aus, aber Graves machte keine Anstalten, sie zu ergreifen. In einer Hand hielt er seine Maske, in der anderen einen Degen. Miranda hatte zugehört und trat neben sie.

»Haben wir uns schon einmal gesehen?«, wollte Graves wissen.

»Daran würde ich mich bestimmt erinnern«, erwiderte Bond.

»Natürlich – mein Fehler. Wetten Sie gern, Mr. Bond?«

»Wenn der Einsatz stimmt ...«

»Dann würden Sie doch sicherlich eintausend riskieren, oder?«

Bond sah zu Miranda hinüber. Sie warf ihm einen kühlen Blick zu, während sie sich abkabelte und ihm den Draht reichte. Bond befestigte das Gerät an seiner Schutzweste und führte das Körperkabel vom Schaft seines Degens zur Manschette seiner Jacke.

»Danke ...«, sagte er und wartete darauf, dass sie ihm ihren Namen nannte.

»Frost. Miranda Frost. Und Sie sind Bond, wie ich höre.« Ihre Stimme klang höflich, aber eiskalt, und sie machte keine Anstalten, sein Lächeln zu erwidern.

»Nehmen Sie sich in Acht vor Miss Frost«, meinte Graves. »Sie könnte mehr als nur Ihr Ego ankratzen.«

»Ist Ihre Trainingsstunde mit ihr jetzt beendet?«, stichelte Bond.

Graves sah Bond finster an. »Der dritte Treffer entscheidet?«

Bond nickte.

Die beiden Männer setzten ihre Masken auf und betraten die Fechtbahn. Sie nahmen die Grundstellung *en garde* ein und warteten auf den Start. Miranda und Verity beobachteten gespannt, wie sich die Fechter langsam und vorsichtig bewegten und sich taxierten. Dann begann der Angriff. Ein Ausfallschritt, eine Parade und eine Finte – und Bond wurde von Graves getroffen. Der elektronische Melder leuchtete auf, und ein Piepton zeigte den Treffer an. Verity schüttelte den Kopf – anscheinend war sie überzeugt, Bond sei bereits geschlagen.

Nächste Runde. Graves vollführte geschickt ein *froissement*, einen Angriff, bei dem die Klinge des Gegners mit einer raschen, kräftigen Bewegung abgewehrt wird. Dann landete er seinen zweiten Treffer.

»Zwei zu null«, stellte Graves fest. »Ich werde gewinnen. Vielleicht sind Sie mit dem elektronischen System nicht ganz vertraut, Mr. Bond. Ist es zu … zivilisiert für Sie?«

»Oh, ich werde es einfach noch mal versuchen«, erwiderte Bond lässig.

»Wollen wir den Einsatz erhöhen? Wie viel können Sie sich leisten?«

Bond blieb gelassen. »Und Sie?« Er zog einen von Zaos Diamanten aus der Tasche und warf ihn Graves zu. »Warum spielen wir nicht darum? Ich habe den Stein in Kuba gefunden.«

Graves nahm seine Maske ab und sah sich den Edelstein genauer an. Bond bemerkte, dass in seinen Augen kurz ein Anflug von Zorn aufblitzte.

»Meine Güte, sie scheinen ja überall zu finden zu sein«, meinte Graves beherrscht. »Aber Diamanten sind für alle da.« Er gab den Stein zurück und sah Bond in die Augen. »Ein brillantes Exemplar. Ohne jeglichen Fehler.«

»Und in der chemischen Zusammensetzung identisch mit afrikanischen ›Blutdiamanten‹.«

Graves setzte seine Maske wieder auf und hob seinen Degen. »Sie werden etwas sehr Wertvolles verlieren.« Nachdem beide Männer wieder die Grundstellung *en garde* eingenommen hatten, begann der Kampf von Neuem. Graves attackierte Bond sofort mit einem Manöver, bei dem der Degen des Gegners einmal um die eigene Achse gedreht wird. Bond parierte jedoch mit einer Bewegung, die Graves den Degen aus der Hand schlug, machte einen Ausfallschritt und landete einen Treffer.

Graves war ebenso überrascht wie die anderen.

Bond zuckte bedauernd mit den Schultern. »Pech. Wie Ihr Diamantenfund.«

Graves sprang wütend vor, aber Bond durchtrennte

mit seinem Degen blitzschnell dessen Körperkabel und ritzte sein Handgelenk auf.

»Das tut mir Leid, aber solche Unfälle kommen vor«, meinte er.

Graves schleuderte seine Maske zur Seite und starrte Bond wütend an, während er das Blut von der Wunde saugte. Seine beschädigte Meldeanlage piepste unaufhörlich und machte ihn noch zorniger.

»Wollen Sie weitermachen?«, fragte Bond.

»Verdammt, natürlich will ich!« Er beruhigte sich rasch, entfernte die Reste des Kabels von seiner Weste und ging mit langen Schritten zu einer Wand, an der zwei große Schwerter befestigt waren. »Wenn wir den Einsatz erhöhen, sollten wir auch zu härteren Waffen greifen!« Er zog die Schutzweste aus und stand im T-Shirt da. »Warum wollen wir diesen Kampf nicht auf die althergebrachte Methode führen?« Graves nahm die beiden Schwerter von der Wand. »Der erste Blutstropfen im Bauchbereich zählt«, befahl er und warf Bond eine der Waffen zu.

Bond zog ebenfalls seine Weste aus, legte die Maske ab und warf sie neben die seines Gegners. »Sie verrutschte ohnehin ständig«, meinte er leichthin.

Das Gefecht begann ohne automatische Meldeanlagen. Der Säbel fühlte sich ungewohnt und unhandlich an.

Graves überraschte Bond mit einem wilden Sturzangriff, einer Bewegung, bei der der Angreifer ein Bein quer an dem anderen vorbeiführt, um im Schritt die Richtung ändern zu können. Das Klingenspiel in einem Gefecht wurde ›Konversation‹ genannt, und Bond fuhr der Gedanke durch den Kopf, dass es sich hier um eine hitzige Diskussion handelte. Die Säbel schlugen immer wieder klirrend aneinander, und Bond schnitt dabei schlecht ab. Graves hatte ihn in die Defensive gedrängt und drängte ihn an eine der Vitrinen. Dann setzte er zu einem Stoß an, mit dem er seinen Gegner beinahe aufgespießt hätte. Bond wich jedoch aus, und der Säbel zersplitterte das Glas der Vitrine. Scherben flogen durch die Luft.

Doch das unterbrach den Kampf zwischen den beiden nicht. Graves griff erneut an, aber Bond parierte geschickt und versuchte, die Klinge seines Kontrahenten zur Seite zu drücken. Sobald er eine Blöße sah, attackierte er Graves, berührte ihn aber nur leicht.

In der Halle war jetzt Gemurmel zu hören. Die Zuschauer hatten begriffen, dass es sich hier um einen ernsten Kampf handelte, und alle sahen gespannt zu.

Nachdem sie eine Minute lang verbissen gekämpft hatten, vollführte Graves eine *Balestra*, einen Vorwärtssprung, gefolgt von einem Ausfallschritt, doch Bond hatte das vorhergesehen und wich rechtzeitig aus. Graves prallte gegen einen der Schaukästen und riss ihn herunter. Breitschwerter, Keulen, Streitäxte und andere Stichwaffen jeglicher Art fielen klirrend heraus.

Graves verlor die Fassung, warf den Säbel zur Seite und griff sich ein Breitschwert. Bond zweifelte nicht daran, dass der Mann jetzt mit allen Mitteln kämpfen würde, aber er war sich nicht sicher, ob die Zuschauer erkannten, wie ernst dieser Kampf war. Graves attackierte ihn mit seiner neuen Waffe, und Bond war ihm mit dem Säbel zwangsläufig unterlegen. Wieder drängte Graves Bond in eine Ecke neben eine der Vitrinen und schwang das Breitschwert in einem gefährlichen Bogen, sodass er seinem Gegner beinahe den Kopf abgeschlagen hätte. Bond duckte sich rasch und ergriff eines der anderen Breitschwerter, die vor seinen Füßen lagen. Dann ließ er sich fallen, rollte sich zur Seite und sprang auf.

Bond versuchte eine Finte, doch Graves wehrte sich

mit einem Gegenangriff und stieß ihn gegen die Doppeltüren, die auf einen gepflegten Innenhof führten. Der Kampf wurde nun draußen im Sonnenlicht fortgeführt. Graves hob erneut sein Schwert und ließ es niedersausen. In letzter Sekunde konnte Bond mit einem Sprung dem Schlag ausweichen. Die beiden Männer jagten sich um einen reich verzierten Brunnen in der Mitte des Hofes.

Plötzlich setzte Graves blitzschnell zu einem *coulé* an, ein Angriff, der die eigene Waffe an der Klinge des Gegners vorbeiführt. Das Schwert ritzte Bonds Bauch auf, aber trotz seiner blutenden Wunde parierte Bond und traf Graves am Ohr. Die Augen des Mannes blitzten vor Wut, er schien vor Zorn nicht mehr Herr seiner Sinne zu sein. Es ging ihm nicht darum, die Wette zu gewinnen – er wollte töten.

Graves drängte Bond zu dem Brunnen, indem er versuchte, mit dem Schwertgriff auf ihn einzuschlagen, doch Bond gelang es, Graves am Bein zu treffen und ihn aus dem Gleichgewicht zu bringen. Der Mann versuchte sich mit seinem Schwert abzustützen, doch die Klinge brach ab. Hilflos taumelte er rückwärts in den Springbrunnen und stieß an die Statue in der Mitte. Sofort war Bond neben ihm und presste ihm die Klinge seiner Waffe an die Kehle, als Graves ihn mit seinem zerbrochenen Schwert bedrohte.

Plötzlich sauste ein Schwert durch die Luft und bohrte sich zwischen den beiden Männern in die Statue. Die unglaubliche Geschwindigkeit und die Zielsicherheit ließ die Männer innehalten. Verblüfft starrten beide auf die Waffe.

»Das reicht«, rief Miranda mit einem zornigen Blick auf Bond. Nach einem kurzen Augenblick ließ Bond von Graves ab.

»Gustav, du hast dich vergessen«, tadelte sie ihn.

Erst jetzt wurde Graves sich der Zuschauer bewusst. Er sah die Gesichter an den Fenstern, und ihm wurde klar, welches Spektakel er veranstaltet hatte. Als Bond ihm die Hand reichte, setzte er seine übliche freundliche Miene auf und ließ sich aus dem Springbrunnen helfen.

»Das war nur ein sportlicher Zweikampf, Miranda«, erklärte er.

Sie reichte ihm ein Handtuch und wandte sich dann an Bond. »Sie haben wie ein wahrer Engländer gekämpft. Nehmen Sie einen Scheck an?«

»Von Ihnen?«, fragte Bond. »Aber selbstverständlich.«

Während sie in die Halle zurückgingen, versuchte Miranda, Graves' Wunde abzutupfen, aber er schob sie von sich.

»Sie sind eine Herausforderung, Mr. Bond«, sagte Graves. »Ich werde an diesem Wochenende eine kleine wissenschaftliche Demonstration in Island veranstalten, vielleicht haben Sie bereits davon gehört. Es geht um Ikarus. Ich hoffe, Sie gesellen sich zu uns. Es sind einige unterhaltsame Spiele geplant – und angemessene Gegner sind schwer zu finden.« Er wandte sich an Miranda und bedeutete ihr, ihm das Scheckbuch zu reichen. Graves nahm es in die Hand und schrieb einen Scheck aus.

»Würdest du bitte alles für Mr. Bonds Besuch in Island arrangieren?«, sagte er, während er ihr das Scheckbuch zurückgab.

»Sobald ich mich um diese Angelegenheit im Klub gekümmert habe«, erwiderte sie, ohne sich die Mühe zu machen, ihr Missfallen zu verbergen.

»Was täte ich nur ohne dich?«, säuselte er – ihm war klar, dass sie alles ohne großes Aufheben erledigen würde.

Er ging davon und ließ Miranda mit Bond zurück. Sie riss den Scheck aus dem Heft und reichte ihn ihm.

»Werde ich in Island das Vergnügen Ihrer Gesellschaft haben?«, erkundigte Bond sich leise.

Sie blieb so kühl wie immer. »Dieses Vergnügen werden Sie nie haben, Mr. Bond«, erwiderte sie und stürmte davon. Bond sah ihr nach und fragte sich, warum sie sich so eiskalt verhielt.

Das Personal hatte bereits begonnen, die zerstörten Möbel und Kunstgegenstände zu beseitigen, als der Hausmeister auf Bond zukam. »Das wurde für Sie hinterlegt«, erklärte er und reichte ihm ein Kuvert. »Hier musste ohnehin renoviert werden«, murmelte er dann mit einem Blick auf das Chaos und verschwand.

Bond wog den Brief in seiner Hand und erkannte das Papier. Er riss das Kuvert auf, und ein unverkennbarer Schlüssel aus Eisen fiel heraus.

11 *Wieder im Dienst*

Bond spazierte nach Whitehall und wandte sich dann südwestlich in Richtung Westminster Bridge, wobei er versuchte, den Passanten so gut wie möglich auszuweichen. Er war nur selten zu Fuß unterwegs, doch jetzt hatte er keine andere Wahl. Seine Wohnung wurde wahrscheinlich beobachtet, also konnte er sich dort nicht sehen lassen. Es war am besten, abzuwarten, wie das Spiel weitergehen würde. *Sie* hatten eine Trumpfkarte ausgespielt, und er konnte nun zum Gegenzug ansetzen oder die Regeln befolgen und mitziehen. Er entschloss sich für Letzteres. Bond bog um die Ecke und hielt sich im Schatten. Bevor er auf die dunkle Eisentür unter dem Brückenbogen zuging, sah er sich sorgfältig um und vergewisserte sich, dass er nicht beobachtet wurde. Mit dem schweren Schlüssel schloss er die rostige Tür auf. Sie quietschte erbärmlich, als er sie aufstieß, und nachdem er hindurchgegangen war, fiel sie mit einem lauten Krachen ins Schloss.

Einen Augenblick lang blieb er stehen und wartete, bis seine Augen sich an die Dunkelheit gewöhnt hatten. Als er die Umrisse erkennen konnte, ging er weiter zu einer Wendeltreppe, die nach unten führte. Langsam tastete er sich voran, bis er an den staubigen Bahnsteig einer stillgelegten U-Bahn-Station gelangte. Unterhalb der Stadt London befindet sich ein jenseitiges, unterirdisches Netz. Da es sich um das älteste Untergrundbahnsystem der Welt handelt, ist es nicht verwunderlich, dass einige Stationen, Tunnel und ganze Linien im Laufe des letzten Jahrhunderts außer Betrieb gesetzt wurden. Lords, British Museum und Aldwych sind nur einige dieser gespenstischen, verlassenen Bahnhöfe in London. Einige wie die Station Bull and Bush bei Hampstead Heath wurden niemals eröffnet, andere wie City Road wurden geschlossen, als etliche Linien modernisiert wurden. Solche wie South Kentish Town wurden bald als hoffnungslose Fälle aufgegeben, da sie nur wenige Fahrgäste anzogen.

Manchmal verschwanden sogar ganze Linien, so wie die ursprüngliche Route unter der Themse. Brompton Road und Down Street, zwei Stationen auf der Piccadilly Linie zwischen Berkeley Street und Piccadilly, sind besonders mysteriös. Die Station Brompton Road wurde vom Verteidigungsministerium genutzt, und während des Kriegs gab es Gerüchte, Winston Churchill sei regelmäßig gesehen worden, wie er den Green Park zwischen Whitehall und Down Street durchquerte. Um viele dieser Geisterbahnhöfe ranken sich Gerüchte und Mythen. Bond kannte viele der geheimen Tunnel und Depots, und obwohl er diese Treppe noch nie betreten hatte, wusste er – wie alle 00-Agenten –, was er hier vorfinden würde. Er sah ein Licht am Ende des Tunnels und ging darauf zu.

M wartete an einer geöffneten Tür auf ihn.

Bond reichte ihr den Schlüssel. »Ihre Visitenkarte«, sagte er kühl. Wortlos nahm sie den Schlüssel entgegen. »Ich habe schon von diesem Ort gehört, aber ich habe nicht damit gerechnet, jemals hierherzukommen«, fügte er hinzu und sah sich in dem düsteren Gang um.

»Manche Dinge sind im Untergrund besser aufgehoben«, erwiderte M leise.

»Eine verlassene Bahnstation für einen im Stich gelassenen Agenten?«

M bedeutete ihm mit einer Geste, durch die Tür zu gehen. Gemeinsam gingen sie an verblassten Werbeplakaten aus den 50er-Jahren vorbei. Die Luft war kalt und feucht, und für einen Augenblick wurde Bond an seine Zeit in der Gefängniszelle in Nord-Korea erinnert. Sie bogen um eine Ecke und gelangten zu einem langgestreckten, verfallenen und altmodischen Schießübungsplatz; von der Decke baumelten zerfledderte Zielfiguren aus Karton.

M wischte mit einem Taschentuch einen Stuhl ab und setzte sich. Dann deutete sie auf einen anderen, und Bond nahm ihr gegenüber Platz.

»Also, was haben Sie über Graves in Erfahrung gebracht?«, fragte sie.

Bond blinzelte. »Sie haben mich aufs Abstellgleis geschoben, und jetzt wollen Sie, dass ich Ihnen helfe …?«

»Haben Sie etwa eine Entschuldigung erwartet?«

»Ich weiß, ich weiß – Sie tun alles, was immer auch für Ihre Aufgabe nötig ist.«

»Ebenso wie Sie.«

»Aber es gibt da einen Unterschied – ich schließe keine Kompromisse.«

»Nun, ich kann mir den Luxus nicht leisten, die Dinge nur schwarzweiß zu sehen.« M seufzte und versuchte es auf eine andere Art. »Während Sie weg waren, hat die Welt sich verändert.«

»Nicht für mich.« Er sah sie aus zusammengekniffenen Augen an. »Sie hegen einen Verdacht gegen Graves, sonst wäre ich jetzt nicht hier. Was wissen *Sie* über ihn?«

»Ich kenne lediglich seine offizielle Biographie. Ein Waise, der in Argentinien in Diamantenminen arbeitete und dann Ingenieur wurde, schließlich in Island auf ein großes Vorkommen stieß – und jetzt die Hälfte seines Gewinns Wohltätigkeitsorganisationen zukommen lässt.«

»Also ein Niemand, der zu einem Leben gelangt, das zu schön ist, um wahr zu sein – und das in null Komma nichts.« Bond schüttelte den Kopf. »Und was soll die Vorführung an diesem Wochenende bedeuten?«

M winkte ab. »Wahrscheinlich nur ein weiterer Werbefeldzug. Weltraumtechnologie, um der ganzen Welt zu helfen. Was geschah in dieser kubanischen Klinik? Sie haben Zao dort gefunden, nicht wahr?«

Er nickte. »Gentherapie. Neue Identität durch DNA-Transplantate.«

»Der so genannte Schönheitssalon. Wir haben Gerüchte über diese Klinik gehört, aber ich dachte nicht, dass sie tatsächlich existiert.«

Bond fasste in seine Tasche und holte einige Diamanten heraus. M's Augen weiteten sich.

»Zao konnte entkommen, aber die hat er zurückgelassen. Sie stammen alle aus Gustav Graves' Mine. Ich nehme an, sie dient dazu, afrikanische Konfliktdiamanten zu waschen.«

M runzelte die Stirn. »Wir müssen vorsichtig vorgehen, denn Graves hat Beziehungen zu einigen Politikern.«

»Nur gut, dass ich aus der Sache raus bin«, bemerkte Bond ironisch.

»So wie es aussieht, können Sie uns wieder von Nutzen sein.«

»Dann ist es vielleicht Zeit, mich endlich meinen Job erledigen zu lassen.«

Während des Tages glich das Hauptquartier des MI6 in Vauxhall Cross einem Bienenstock, aber nachts war es hier erstaunlich still. Bond saß in seinem Büro, einem Ort, an dem er so wenig Zeit wie nur möglich verbrachte, hatte ein halb volles Glas Whisky vor sich stehen und reinigte im Licht seiner Schreibtischlampe seine Walther. Sein Jackett hatte er über die Stuhllehne gehängt.

Das Büro hatte sich im Lauf der Jahre kaum verändert. Es war spärlich möbliert und förmlich – nichts wies darauf hin, dass hier ein Mann arbeitete, der besondere Interessen hatte. Es gab keine gerahmten Familienfotos, keine persönlichen Gegenstände auf dem Schreibtisch und keine gerahmten Bilder oder Poster an den Wänden. Der einzige Beweis seiner Karriere war eine 4.2-Kaliber-Kugel aus Gold, in der die Nummer 007 eingraviert war – sie lag versteckt in einer Schublade. Der Raum war ausgesprochen unpersönlich, und genauso hatte Bond ihn immer haben wollen.

Er trank einen Schluck Scotch und überlegte, dass er nach Hause gehen und sich ausschlafen sollte. Er war müde und …

Der gedämpfte Knall eines Schusses versetzte seinem Körper einen Adrenalinstoß. Er war von oben gekommen – von M's Etage?

Bond war mit einemmal wieder hellwach. Er lud seine Waffe und war mit wenigen Schritten an der Tür. Vorsichtig spähte er auf den Gang, konnte aber niemanden entdecken. Leise schlich er sich an dem Lift vorbei zum Treppenhaus, rannte ein Stockwerk hinauf und lauschte an der Tür, die zur nächsten Etage führte.

Zu ruhig.

Er stieß die Tür auf und entdeckte einen der Sicherheitsbeamten – tot, in einer Blutlache liegend. Zwei Schatten huschten über den Boden. Bond drehte sich blitzschnell um und feuerte zweimal. Einer der Eindringlinge fiel nach hinten und krachte mit dem Rücken gegen einen Schrank, der mit lautem Getöse zusammenbrach. Der zweite Mann stürzte heftig zuckend zu Boden. Bond lauschte, sah sich um und ging dann zu den Leichen hin. Er hatte sie noch nie gesehen. Sie waren etwa dreißig, schwarz gekleidet, und einer der beiden hielt eine Smith & Wesson in der Hand.

Bond glaubte, einen erstickten Schrei aus M's Büro zu hören. Geschmeidig wie eine Katze pirschte er zur Tür, legte sein Ohr daran und stieß sie auf.

Ein weiterer schwarz gekleideter Schütze hatte die verängstigte Moneypenny gepackt und hielt ihr den Mund zu. Sie wehrte sich heftig und konnte schließlich seine Hand wegschieben. »James, hilf mir!«, schrie sie, bevor ihr der Mann den Lauf seiner Smith & Wesson an die Schläfe drückte.

Bond biss die Zähne zusammen und hob die Walther. Er zielte sorgfältig und drückte ab. Ein perfekter Schuss. Der Mann ließ Moneypenny los, die Waffe entglitt seiner Hand, und er selbst fiel zusammengekrümmt auf den Boden. Bond ging zu Moneypenny hinüber, aber sie starrte mit weit aufgerissenen Augen an ihm vorbei.

Blitzschnell wirbelte Bond herum und erblickte eine weitere schattenhafte Gestalt mit einer Waffe in der Hand. Wieder hob er seine Walther, doch dann trat der Mann ins Licht – es war Robinson. Bond seufzte erleichtert auf – nur gut, dass er nicht geschossen hatte. Robinson legte einen Finger auf die Lippen und deutete auf M's Tür. Bevor Bond reagieren konnte, hatte Robinson bereits den Raum durchquert und die Tür aufgestoßen. Gemeinsam mit Bond stürmte er in das Büro, doch es war leer.

»Kommen Sie«, sagte Robinson.

Bond folgte ihm gerade auf den Korridor, als der Knall eines Schusses die Luft zerriss. Robinson schrie auf, taumelte und fiel rückwärts gegen eine Pinnwand. Auf den dort befestigten Papieren zeichnete sich eine Blutspur ab, als er nach unten auf den Boden glitt.

Bond riss eine Schranktür auf und benützte sie als Schutzschild, während er zu den Aufzügen spähte. Ein weiterer Attentäter hielt M vor seinem Körper an sich gepresst. Der Aufzug war auf dem Weg nach oben – auf der Digitalanzeige sah Bond, dass er noch zwei Stockwerke unter ihnen war. Wenn die Türen sich öffneten und es den Verbrechern gelang einzusteigen, würde Bond keine Chance mehr haben, M zu retten.

»Komm schon, wenn du dich traust«, rief der Mann.

Noch ein Stockwerk, und der Lift würde hier sein. Bond zögerte und richtete dann seine Waffe auf den Kopf des Gauners. M stand ihm im Weg – so konnte er keinen sauberen Schuss auf den Mann abfeuern. Es gab nur eine Möglichkeit.

Die Aufzugtüren öffneten sich, und Bond drückte ab. Die Kugel durchschlug M's Schulter und landete direkt im Herzen des Attentäters. Der Mann ließ M los und blickte nach unten auf das Loch in seiner Brust. Auf seinem Gesicht spiegelten sich Wut und Ungläubigkeit wider, als er seine Waffe auf Bond richtete.

Noch einmal drückte Bond ab. Dieses Mal stürzte der Eindringling rücklings in den Aufzug.

Einen Augenblick lang herrschte Stille, dann erhob sich der Mann plötzlich mit verminderter Geschwindigkeit, schwebte in der Luft und landete auf den Füßen – es sah aus, als würde ein Film rückwärts abgespult werden. Ohne ein Wort blieb er wie angewurzelt stehen und wiederholte dann seine Bewegungen, die er gemacht hatte, als Bond auf ihn geschossen hatte.

»Bedauerlich, 007 – ich fürchte, den Boss zu erschießen wird als Versagen gewertet.«

Bond seufzte, als Q durch die hintere Wand des Korridors ging, die flimmerte und ein Drahtgeflecht sichtbar machte. Dahinter erschien der Rest des virtuellen Schießübungsraums, und die illusionären Bilder des MI6 verschwanden. Q konnte kaum seine Begeisterung darüber verbergen, dass sein Simulator Bond eine Niederlage beschert hatte.

Bond nahm seinen Kopfhörer ab und trat von der beweglichen Bodenplatte.

»Spulen Sie zurück, Q. Sie werden sehen, dass er tot ist und sie nur eine Fleischwunde hat.«

»Irgendeine Entschuldigung gibt es immer, nicht wahr?«

Bond verdrehte die Augen und schob seine Waffe ins Halfter. »Der Whisky war nicht schlecht, aber ich bevorzuge immer noch die üblichen Schießübungsplätze, Quartiermeister«, bemerkte er, während er auf den Ausgang zuhielt.

Q folgte ihm auf den Fersen. »Nun, das ist die Zukunft, also gewöhnen Sie sich daran!«

Sie gingen durch die Tür und betraten einen anderen Bereich des Untergrunds. Bond war überrascht, dass der SIS abseits vom Hauptquartier über so viele Räume verfügte. Er hatte nicht gewusst, dass die Abteilung Q in diesem Teil Londons eine weitere Werkstatt für Experimente unterhielt. Vielleicht war er tatsächlich zu lange weg gewesen.

»Wir sind schon seit dem Krieg hier«, bemerkte Q stolz. »Das ist einer der wenigen Orte im Zentrum Londons, wo man bei Bombenangriffen ungestört schlafen konnte. Ich genieße die Stille – hier unten kann ich ungestört arbeiten.«

Der Raum war übersät mit alten und neuen Utensilien. Bond überfiel ein leichtes Gefühl der Nostalgie, als er die Gegenstände aus längst vergangenen Zeiten sah – ein Jet-Pack an einem Ständer, ein winziges Kreislauftauchgerät, eine Enterhakenpistole, ein altes zerlegbares Scharfschützengewehr und ein Spezialaktenkoffer. In einer Ecke entdeckte er von Kugeln durchsiebte Dummys mit fehlenden Gliedern und mehrere Regale mit etlichen Waffen. Ein Gyro-Copter im Miniaturformat, überzogen von einer Staubschicht, lag dort offensichtlich schon seit Jahren unbenützt herum.

»Hier bewahren Sie also die alten Relikte auf«, meinte Bond.

Er fuhr leicht mit dem Finger über einen der Knöpfe an dem Jet-Pack. Ein lautes Dröhnen ertönte, und alle Papiere in unmittelbarer Umgebung wurden herumgewirbelt. Q schob Bond rasch zur Seite und schaltete das Gerät ab, bevor es sich in die Luft erheben konnte.

»Ich werde Ihnen beweisen, dass dies der Ort ist, an dem unsere modernsten technischen Errungenschaften entwickelt werden«, knurrte Q.

Aber Bond war schon weitergegangen. Er befühlte den alten Aktenkoffer und fand den versteckten Knopf, der das Wurfmesser auslöste.

»Schon verstanden«, erwiderte er.

Q setzte eine Schutzbrille auf, nahm eine .375-Magnum in die Hand und zielte auf einen Punkt direkt neben Bond. Rasch sprang Bond zur Seite, als Q feuerte. Es gab einen enormen Knall, und Bond suchte das Objekt, auf das Q geschossen hatte, konnte jedoch nichts entdecken. Erst einen Moment später bemerkte er eine Glasscheibe, in der eine zertrümmerte Kugel steckte.

»Eine unzerbrechliche Glasscheibe und ein scheinbar normaler Ring. Man dreht ihn – und *voila*!« Q hob seine rechte Hand und drehte an dem Ring an seinem Ringfinger. Bond hörte einen hohen Pfeifton, dann begann die Scheibe zu vibrieren. Mit einemmal zersplitterte sie in tausend Stücke. Q grinste begeistert, nahm den Ring ab und reichte ihn Bond.

»Darin steckt ein Gerät, das im einstelligen Bereich mit Ultrahochfrequenz den Schall durchbrechen kann.«

»Sie sind klüger, als Sie aussehen«, bemerkte Bond.

»Besser als umgekehrt.« Q nahm eine Uhr von einem Tisch und gab sie Bond. »Ich glaube, das ist Ihre zwanzigste.«

»Wie die Zeit vergeht ...«

»Allerdings, aber warum versuchen Sie nicht, einen Rekord aufzustellen, indem Sie mir diese zurückbringen? Wenn Sie mir jetzt bitte folgen wollen.«

Q ging, gefolgt von Bond, einige Stufen zu einem gekachelten Durchgang hinauf. Sie erreichten eine weitere geschlossene U-Bahn-Station.

»Ihr neues Fahrzeug.« Q drückte auf einen Knopf an der Wand, und ein Tieflader kam auf den Schienen herangerollt. In dem Zwielicht im Tunnel schien er auf den ersten Blick unbeladen zu sein.

Bond warf Q einen Blick zu und sah dann wieder auf den Laster. »Ich habe schon gehört, dass unser Budget gekürzt wurde, aber …«

Q kletterte auf den Transporter und ging an den Außenseiten entlang, seinen Blick in die Luft gerichtet. »Das ist die Perfektion britischer Technik.«

»Vielleicht sind Sie schon zu lange hier unten, Q.« Bond starrte ihn verblüfft an.

Q spielte mit einem Schlüsselanhänger, und Bond traute seinen Augen nicht – die Umrisse von Q's Körper wirkten plötzlich seltsam verzerrt.

»Das soll wohl ein Scherz sein«, sagte Bond zu sich selbst.

»Von meinem Vorgänger habe ich gelernt, *nie* Scherze über meine Arbeit zu machen, Bond«, kam die Antwort. Q drückte einen weiteren Knopf auf dem Schlüsselanhänger, und auf dem Laster begannen sich Konturen abzuzeichnen. Zuerst sah man nur ein verschwommenes Bild, doch dann stand da mit einemmal ein schnittiger Wagen.

»Bei Aston Martin nennen sie ihn Vanquish. Und wir können ihn verschwinden lassen«, erklärte Q.

Es war erstaunlich.

»Adaptive Täuschung«, fuhr Q fort. »Winzige Kameras auf allen Seiten projizieren das Bild auf einen Schirm aus Polymer, der sich auf der anderen Seite befindet. Für das menschliche Auge ist das Objekt dann praktisch unsichtbar. Natürlich besitzt das Auto auch die übliche Ausstattung: Schleudersitz, Torpedos und …« Er bediente wieder den Schlüsselanhänger, und zwei Waffen wurden aus beiden Seiten des Wagens ausgefahren. »… zielsuchende Maschinengewehre vom Kaliber 12.«

»Aber wie fährt sich der Wagen?«, wollte Bond wissen.

Q verzog das Gesicht. »Er fährt 300 Stundenkilometer und beschleunigt in weniger als fünf Sekunden von 0 auf 100 km/h. Dieser Wagen ist mit einem 6.0-Liter-V12-Motor ausgerüstet und besitzt ein 6-Gang-Getriebe, das elektro-hydraulisch betrieben wird. Mit Hilfe von Wippschaltern am Lenkrad können Sie innerhalb von 250 Millisekunden schalten – weniger Zeit, als Sie brauchen, um einmal zu blinzeln, 007.«

Dann streckte Q den Arm durch das Fenster des Wagens und zog ein großes Buch heraus, das dem Londoner Telefonbuch glich. »Sie sollten sich mit der Betriebsanleitung vertraut machen. In ein paar Stunden haben Sie das ohne Zweifel geschafft.«

Er reichte Bond das Buch. Es war unglaublich schwer. Bond warf einen Blick darauf und sah dann auf die zielsuchenden Waffen. Als Q begriff, was Bond vorhatte, war es bereits zu spät, ihn daran zu hindern, die Betriebsanleitung in hohem Bogen auf das Dach des Autos zu werfen. Die Waffen wurden sofort aktiviert und zerfetzten das Buch. Zerrissene Seiten flogen durch die Luft.

»Es hat nur ein paar Sekunden gedauert«, bemerkte Bond.

»Könnte ich nur *Sie* verschwinden lassen«, knurrte Q.

Während Q Bond durch die Abteilung Q im Untergrund führte, befand sich M bereits wieder in ihrem Büro im Hauptquartier des MI6 in Vauxhall und studierte die Akten über Gustav Graves. Sie nahm den Telefonhörer in die Hand und zitierte eine der jüngeren, viel versprechenden Agentinnen zu sich. »Herein!«, rief sie, als es an der Tür klopfte.

Als die beiden allein waren, wandte sich M an die junge Agentin. »Bevor ich Sie auf Ihre Mission nach

Island entlasse, sagen Sie mir, was Sie über James Bond wissen«, forderte sie sie streng auf.

»Ein 00-Agent«, erwiderte die Agentin kühl und beherrscht. »Wie ich heute beobachten konnte, ein sehr stürmischer Mann. Er würde in jeder explosiven Situation sofort die Lunte zünden. Zuerst töten und später Fragen stellen. Eine Gefahr für sich und alle anderen. Ein abgestumpfter Mensch, der in erster Linie provozieren und andere herausfordern will. Ein Weiberheld.«

»Nun, in Island werden Sie ihn noch oft zu sehen bekommen.«

»Verzeihen Sie, aber ein solcher Mann könnte meine Deckung gefährden.«

»Nur wenn er herausfindet, wer Sie sind. Sie haben sich für diese Operation freiwillig gemeldet, und Sie haben Ihre Sache gut gemacht, als Sie uns über Bonds Ankunft informierten – in den vergangenen drei Monaten haben Sie allerdings ansonsten kein Material geliefert.«

»Graves scheint sauber zu sein.«

»Bond denkt anders darüber. Ich werde ihn also tun lassen, was Sie soeben so treffend beschrieben haben. Er soll Mr. Graves ein wenig aus der Fassung bringen. Und solange Sie dabei sind, kann die Sache ja nicht aus dem Ruder laufen.«

M sah der jungen Agentin ihren Missmut an und fuhr fort: »Bond mag einiges durchgemacht haben, aber ich bin sicher, dass sich eine Sache nicht geändert hat: seine Vorliebe für schöne Frauen. In den drei Jahren, in denen Sie für uns in der Kryptologie gearbeitet haben, scheinen Sie Geschäftliches und Privates getrennt zu haben.« Sie warf einen Blick auf die Akte der Agentin. »Sie haben sich trotz einiger Annäherungsversuche mit keinem Ihrer Kollegen eingelassen.«

»Es wäre dumm, mit jemandem aus der Organisation intim zu werden«, erwiderte Miranda Frost. »Vor allem, wenn es sich um James Bond handelt.«

12 Der Eispalast

Der Aston Martin Vanquish rollte ruhig über die Straße auf der Klippe, die den 8400 km² großen Vatnajökull, den größten Gletscher Islands, umgibt. Der Vatna, wie die Einwohner ihn bezeichnen, liegt in einer fast übernatürlich schönen Landschaft – Bond war überwältigt von dem herrlichen Ausblick. Die Vulkane in dieser Gegend sind noch aktiv, und das Gebiet ist gekennzeichnet von wellenförmigen Formationen aus geschmolzenem Felsgestein, das zu dieser Jahreszeit natürlich mit Eis bedeckt war. Lakagigar, auch Laki genannt, war der gefährlichste Vulkan in dieser Gegend, doch Bond wusste, dass auch andere Vulkane hin und wieder aktiv waren und trotz der Eisschicht ausbrachen. Damit richteten sie einen noch größeren Schaden an, denn der Druck, die Hitze und der Dampf sprengten die Eisdecke und ließen die Gletscher schmelzen, was zu Überschwemmungen führte.

Dank der Erfindung moderner Transportmittel mit Allradantrieb war es möglich, die Gletscher zu befahren, und Bond machte die Erfahrung, dass das ein einzigartiges Erlebnis war. Die Reifen des Vanquish mit speziellen Spikes und der Allradantrieb ermöglichten es Bond, problemlos auf direktem Weg zu Gustav Graves' Besitz zu gelangen, der in der Nähe der Stadt Höfn in der südöstlichen Ecke der Insel lag. Graves hatte dort am Rand eines zugefrorenen Sees einen so genannten Eispalast errichten lassen – mit einem Kraftwerk, Hotel und einem Labor.

Bond war vor allem an Graves' Aktivitäten interessiert. Sein instinktives Misstrauen hatte ihn mittlerweile zu dem Glauben bewogen, dass der Mann ein Schwindler sein musste. Leider gab es in Graves' unmittelbarer Vergangenheit nichts, das in irgendeiner Weise verdächtig war. Wie ihm also die Illegalität der Diamanten nachweisen? Bond hatte die letzten Tage damit verbracht, alles über Graves auszugraben, was er finden konnte. Der Mann war nicht vorbestraft, aber darüber hinaus gab es nur wenige Informationen über ihn. Über Graves' Leben war kaum etwas bekannt: keine Freunde aus der Kindheit, keine Liebschaften, keine anderen Familienmitglieder, mit denen man sich hätte unterhalten können. Und genau das weckte Bonds Misstrauen. Wie konnte eine Person wie Graves über Nacht international so berühmt und trotzdem so mysteriös sein? Bond war klar, dass man sich Ruhm mit Geld erkaufen konnte, doch dieser Fall lag anders. Graves hatte das Vertrauen von Politikern und die Bewunderung der Öffentlichkeit gewonnen und sich einen geheimnisvollen Nimbus geschaffen, wie es nur wenigen Unternehmern vor ihm gelungen war.

Das gefiel Bond nicht. Graves hatte keine Spuren in seinem bisherigen Leben hinterlassen, und dafür musste es einen Grund geben.

Zwanzig Meilen hinter Höfn gelangte Bond mit seinem Aston Martin auf der F985 nach Skálafellsjökull, einem breiten Gletschervorsprung, hinter dem sich eine weiße Schneeplatte ausbreitete. Bond folgte der Wegbeschreibung, die Miranda Frost ihm gegeben hatte, und fuhr nach einer weiteren halben Stunde einen vereisten Bergrücken hinauf. Plötzlich tauchte der zugefrorene See vor ihm auf. Auf der anderen Seite lag eine Felswand, in die ein riesiger Gebäudekomplex aus miteinander verbundenen Kuppeln eingebettet war. Der Felsendom bestand aus Dutzenden von achteckigen Bauten, die riesigen Iglus mit Bienenwabenstruktur glichen. Aus einem futuristisch anmutenden geothermischen Kraftwerk und dem davor liegenden Warmwasserbecken stieg Rauch auf. Das größte Gebäude war durch einen Zaun und zwei Tore gesichert.

Den eindrucksvollsten Anblick bot jedoch der Palast aus Eis. Er stand etwa 300 Meter von dem Gebäudekomplex entfernt auf dem zugefrorenen See und schien aus mehreren Ebenen zu bestehen. Das Gebilde erinnerte Bond ein wenig an das riesige herrschaftliche Wohnhaus, das am Ende des Films *Dr. Schiwago* zu sehen ist, allerdings wies Graves' Palast einen moderneren architektonischen Stil auf.

Als er näher kam, konnte Bond erkennen, dass vor dem Palast reges Treiben herrschte. Wagen mit Allradantrieb, Schneepflüge, Helikopter, Schneemobile und Übertragungswagen von Fernsehsendern fuhren vor. Einige der Gäste spielten Golf auf einem Platz, der auf dem See angelegt worden war.

Bond parkte seinen Aston Martin vor dem Palast neben einer Reihe von exklusiven Wagen. Als er ausstieg, hörte er das immer lauter werdende Dröhnen eines Jetmotors und sah sich, wie alle anderen, nach der Quelle des Geräuschs um. In der Ferne schoss in einer Wolke ein weißes Objekt über den See. Der sich mit rasender Geschwindigkeit bewegende Punkt zog eine Dampfwolke wie einen Schweif hinter sich her.

Bond holte sein Gepäck aus dem Wagen und gesellte sich zu einigen der anderen Zuschauer. Jetzt konnte er erkennen, dass es sich um ein mit einem Propeller versehenes Fahrzeug handelte, aus dem hinten wie bei einer Rakete Flammen schossen. Er schätzte, dass es mit einer Geschwindigkeit von etwa 480 km/h direkt auf den Palast zuraste. Vor dem Gebäude standen einige Männer auf einem Vorfeld und erwarteten offensichtlich die Ankunft des Fahrzeugs.

Hinter dem Eisjet öffnete sich ein Fallschirm und bremste die Geschwindigkeit ab. Dann grub sich ein Ankerhaken in das Eis und brachte den Jet in der Nähe von Bond zum Stehen. Die Männer eilten zu dem Fahrzeug, und einer von ihnen half dem Fahrer aus dem Cockpit. Selbstverständlich war es Graves.

»518 Stundenkilometer«, sagte einer der Männer und zeigte Graves eine Stoppuhr. »Ein neuer persönlicher Rekord.«

»Das zweite Triebwerk ist ausgefallen, Vlad«, murrte Graves und warf dem Mann einen bösen Blick zu. Vlad schien sich auf eine Rüge gefasst zu machen, doch dann entdeckte Graves Bond und winkte einen anderen Mann zu sich. »Das Gepäck, Mr. Kil.«

Kil, ein grobschlächtiger Hüne, stampfte auf Bond zu und packte dessen Reisetaschen.

»Kil – für diesen Namen würde ich sterben«, witzelte Bond, doch der Mann ignorierte ihn.

Graves trat auf Bond zu, reichte ihm aber wieder nicht die Hand. »Wie schön, dass Sie kommen konnten, Mr. Bond. Waren Sie schon einmal in Island?«

»Ein- oder zweimal, allerdings noch nicht in dieser Gegend.«

»Hier wird alles von der Natur beherrscht. Wie gefiel Ihnen mein Rennen?«

»Es sah aus, als wären Sie kurz davor, die Kontrolle zu verlieren«, erwiderte Bond, während sie die Stufen zum Eingang hinaufstiegen.

»Nur indem wir uns mit den Naturgewalten messen, können wir zeigen, wer wir wirklich sind. In unserem tiefsten Inneren. Denken Sie an Donald Campbell. 1967. Geschwindigkeitsrekord zu Wasser mit seinem Boot Bluebird.«

»Campbell starb auf dem Rückweg.«

»Aber er starb, als er dabei war, sich einen Traum zu erfüllen. Gibt es einen schöneren Weg, diese Welt zu verlassen?« Graves schlug Bond auf die Schulter und betrat den Palast. Bond folgte ihm, zögerte jedoch einen Moment, als sein Blick auf einen fuchsienroten Thunderbird fiel, der gerade auf den Parkplatz fuhr. Darin saß Jinx.

Das Foyer mit den dicken, durchscheinenden Wänden, durch die das Licht hereinfiel, wirkte unwirklich und verwirrend. In eine der Wände war ein riesiges Becken mit seltenen exotischen Fischen eingebaut. Eisskulpturen schmückten weiße Podeste, die überall im Raum aufgestellt waren. An der Decke hing ein gigantischer, mit Eiszapfen bedeckter Kronleuchter. Von ihrem Aussichtspunkt auf der Theke an der Rezeption beäugte eine langhaarige weiße Katze mit einem glitzernden Diamantenhalsband die ankommenden Gäste. Vertreter der Medien aus der ganzen Welt hatten sich hier versammelt – es wimmelte geradezu von Menschen, die wie die Ameisen in alle Richtungen liefen.

Bond war beeindruckt. »Sie hingegen träumen nicht nur – Sie leben Ihre Träume …«

Der Gastgeber schien erfreut zu sein. »Das ist richtig, Mr. Bond, aber auf eine andere Art und Weise. Vielleicht haben Sie schon gehört, dass ich nicht schlafe?«

»Das habe ich tatsächlich. Wie schaffen Sie das?«

»Jahrelanges Training. Schlaf ist Verschwendung – dafür ist nach dem Tod noch genügend Zeit. Aber Sie haben Recht – ich verwirkliche meine Träume. Warten Sie ab, bis Sie Ikarus sehen.«

Graves trat in einen gewundenen Gang, der sich über das Eis erstreckte und den Palast mit den Bauten am Ufer des Sees verband. Als Bond ihm nachsah, bemerkte er Mr. Kil, der ihm mit einem Kopfnicken bedeutete, ihm in eine andere Richtung zu folgen – dorthin, wo Miranda Frost wartete.

»Miss Frost«, sagte Bond herzlich.

»Mr. Bond«, erwiderte sie kühl.

»Ein Eispalast? Sicherlich fühlen Sie sich hier wie zu Hause.«

»Kaum.« Sie kniff die Augen zusammen. »Gustav hat ihn nur für die heutige Vorführung bauen lassen. Wie man mir sagte, war das Wichtigste dabei, das Gleichgewicht zwischen Hitze und Kälte zu halten.«

»Da der Palast auf einem See gebaut ist, kann ich nur hoffen, dass er die richtige Balance gefunden hat«, erwiderte Bond und warf einen Blick auf die Passage, wo Graves verschwunden war. »Wohin führt dieser Gang?«

Sie zog ihn in die entgegengesetzte Richtung. »Zur Diamantenmine. Und zu Gustavs Wohnräumen. Sie werden sie nicht zu sehen bekommen – seine Privatsphäre ist ihm kostbarer als seine Diamanten. Die Sicherheitsvorkehrungen sind dementsprechend verstärkt.«

Ihre kühle Art faszinierte Bond. Sie blieb vor einer Tür stehen.

»Das ist Ihr Zimmer«, erklärte sie. Kil schob einen riesigen Eisblock zur Seite und gab den Blick auf eine atemberaubende, mit Pelzen ausgekleidete Suite frei.

Bond sah Miranda in die Augen. »Würden Sie mir noch mehr zeigen?«

Sie warf ihm einen verächtlichen Blick zu und stolzierte mit Kil davon.

Die nächste halbe Stunde verbrachte Bond damit, sich für die Vorstellung am Abend zurechtzumachen. Er duschte und war erstaunt, dass das Badezimmer nicht schmolz. Dann schaltete er das TV-Gerät mit Plasmabildschirm ein, während er seinen Smoking anzog. Ein Film über Graves wurde gezeigt.

Der Mann stand in einem riesigen Gewächshaus, in dem alle Arten von exotischen Pflanzen wuchsen. Große Palmen neigten sich über Farne, Bromelien und fremdartige, Wasser speichernde Pflanzen. Hinter ihm toste ein Wasserfall.

»Mein Name ist Gustav Graves, und ich möchte Sie in Island herzlich willkommen heißen«, sagte er in die Kamera. »In meinen Biobauten werden meine Diamanten abgebaut und mit Hilfe neuester Lasertechnologie geschliffen. Tief im Inneren der Erde werden in der Dunkelheit die Juwelen herausgebohrt, anschließend mit Laser geschliffen und mit meinem Zeichen, dem doppelten ›G‹ versehen. Und hier oben wandle ich die Abfallprodukte in Dünger um, der wiederum dafür sorgt, dass neue Diamanten und Kohle entstehen.«

Bond zog sein Jackett an und rückte seine Krawatte zurecht. Dann schaltete er das Gerät ab und verließ den Raum.

Die Bar des Eispalastes war gut besucht – überall sah man elegant gekleidete Männer im Smoking und Frauen in Abendkleidern. Die Beleuchtung hatte man so geschickt installiert, dass das Eis ein vielfältiges Farbenspektrum widerspiegelte. Alle schienen aufgeregt und in festlicher Stimmung zu sein.

Bond trat an die Theke. »Einen Wodka Martini, bitte. Mit viel Eis, wenn Sie genügend vorrätig haben.« Der Barkeeper quittierte seinen Scherz mit einem Augenzwinkern und machte sich an die Arbeit. Bond sah sich in dem Raum um – er suchte nach einer bestimmten Person und entdeckte sie schließlich am anderen Ende des Tresens. Jinx trug ein am Rücken tief ausgeschnittenes Kleid und sah aus wie ein Hollywood-Star.

Bond nahm seinen Martini in die Hand und ging zu ihr hinüber. »Mojito?«, fragte er und deutete auf den Barkeeper.

Jinx musterte ihn beiläufig. »James. Willst du wieder einmal die Aussicht genießen?«

»Ja, herrlich wie immer. Aber im Augenblick bin ich nur an gefährdeten Arten interessiert.«

»Falle ich auch in diese Kategorie?«

»Kommt drauf an, was du dieses Mal vorhast.«

Sie wusste, worauf er anspielte, und zuckte mit den Schultern. »Ich habe dich in einer gefährlichen Situation allein gelassen, aber ich war der Meinung, du könntest selbst auf dich aufpassen.«

»Kein Wunder, dass deine Beziehungen immer in die Brüche gehen.«

»Ich bin eben eine Frau, die sich nicht gern binden lässt.«

Bond wäre am liebsten mit ihr an einen ruhigen Ort verschwunden, um herauszufinden, was sie wusste. Wahrscheinlich ging es ihr ebenso, aber beiden war klar, dass sie dieses Risiko nicht eingehen durften.

Miranda Frost kam auf sie zu. Auch sie trug ein wunderschönes, glänzendes Kleid mit tiefem Ausschnitt.

»Guten Abend, Mr. Bond«, sagte sie. »Und Miss …?«

Jinx begann rasch zu sprechen, bevor Bond sie vorstellen konnte. »Swift«, sagte sie. »Vom Space and Technology-Magazin. Ich bin anstelle von Dr. Wiseman gekommen. Wir haben ihn im Orionnebel bei diesem neu entdeckten Quasar verloren.«

Sie schüttelten sich die Hand, aber Bond bemerkte, dass Miranda Jinx' Geschichte nicht glaubte.

Miranda deutete auf Bond. »Ich nehme an, Mr. Bond erklärt Ihnen gerade seine Theorie über den Urknall?«

»Miss Frost?« Ein Mitarbeiter unterbrach ihr Gespräch. »Die Vorführung beginnt in fünf Minuten.«

»Bin schon unterwegs, Mr. Werner«, erwiderte sie und wandte sich wieder den beiden zu. »Gustavs großer Moment ist gekommen. Gehen wir?«

Während Miranda sich auf den Weg machte, flüsterte Bond Jinx ins Ohr: »Nicht mehr Jinx?«

»Oh, für dich immer«, wisperte sie.

Bond schaute sich um, in welche Richtung Miranda gegangen war, trat ein paar Schritte vor und wandte sich dann wieder um, um Jinx' Arm zu nehmen. Doch sie war verschwunden.

13 Es werde Licht ... und die Liebe möge über uns kommen

Die Menschenmenge schob sich nach draußen auf den großen Vorplatz. Die Sonne war bereits untergegangen, und der strahlende Vollmond erhellte die Landschaft – so war die Sicht ausreichend. Riesige Bildschirme waren aufgestellt worden, damit alle das Geschehen verfolgen konnten. Die Fernsehkameras übertrugen live, und die Moderatoren aus allen Teilen der Welt hatten bereits mit ihrer Einleitung begonnen.

Graves schritt, begleitet von mehreren Sicherheitskräften, zu einem Podium. Bond bemerkte, dass die Wächter ihr Augenmerk weniger auf Graves, sondern vielmehr auf eine große, geöffnete Kiste gerichtet hatten, die auf einem Sockel neben dem Podium stand.

»Meine Damen und Herren«, begann Miranda Frost. »Hier ist ein Mann, den ich Ihnen nicht vorstellen muss – Gustav Graves!« Die Zuschauer applaudierten laut, als Graves das Podium betrat. Er winkte, verbeugte sich und formte mit den Lippen ein Dankeschön. Dann griff er in die offene Kiste und machte sich an einem Objekt zu schaffen. Bond konnte nicht genau erkennen, worum es sich handelte – es schien ein Metallgegenstand zu sein, der die gesamte Länge der Kiste einnahm.

Plötzlich war das System aktiviert. Auf den Bildschirmen erschien eine Satellitenaufnahme der Erde, und ein Raunen ging durch die Menge. Als Graves wieder nach dem Mikrofon griff, flimmerten Codes über die Monitore.

»Wie Sie wissen, bemühe ich mich, dem Planeten etwas zurückzugeben – als Gegenleistung für diese kleinen Scherben des Himmels, die wir Diamanten nennen. Nun, Diamanten sind nur sehr teuere Steine. Sie sind der Stoff, aus dem Träume gemacht sind – aber sie können auch Träume wahr machen.«

Graves griff nach dem Objekt in der Kiste und drehte an einem silberfarbenen Trackball. Alle Augen waren auf ihn gerichtet, nur Bond ließ seinen Blick über den Platz und die Menge schweifen. Die Kuppelgebäude hinter dem Palast glitzerten im Licht. Welche Geheimnisse sie wohl bargen? Als er sich Jinx zuwandte, stellte er fest, dass auch sie sich nicht auf Graves konzentrierte. Bond folgte ihrem Blick und sah drei Asiaten mit schlecht sitzenden Anzügen. Das Trio beobachtete Graves mit lebhaftem Interesse. Möglicherweise Investoren?

Graves fuhr fort: »Stellen Sie sich vor, dass man Licht und Wärme in die dunkelsten Teile der Welt bringen kann, das ganze Jahr über säen und ernten und so den

Hungersnöten ein Ende bereiten kann. Stellen Sie sich eine zweite Sonne vor, die wie ein Diamant am Himmel funkelt.« Graves ließ seine Worte wirken und rief dann: »Es werde Licht!«

Hoch über der Erde entfaltete ein Satellit sein silbernes Segel und formte daraus einen riesigen Spiegel. Die Sonnenstrahlen trafen auf die Oberfläche und fielen zurück auf den kleinen weißen Landfleck im Südosten von Island.

Neben dem Palast veränderten sich die Schatten des Mondes, als es auf der anderen Seite der Erde immer heller wurde. Vom Blickwinkel der Zuschauer sah es aus, als tauchte eine zweite Sonne auf.

»Ich schenke euch ... Ikarus!«, rief Graves.

Die neue Sonne warf ihr grelles Licht auf das Grundstück. Zu Beginn war das Publikum zu verblüfft, um zu reagieren, doch dann klatschte und jubelte die Menge – die Crews der Fernsehsender, das Personal des Palastes, die Würdenträger aus dem Ausland ...

Graves erhob seine Stimme, um sich verständlich zu machen. »Zumindest haben die benachteiligten Menschen nun die Möglichkeit, ihr Schicksal in die eigene Hand zu nehmen«, schrie er.

Bond begriff nun, warum Graves sich diesen Ort für die große Enthüllung ausgesucht hatte. Unter der Mitternachtssonne begann der Palast förmlich zu schwitzen – seine Fassade schmolz langsam. Aus dem dicken Eis am Boden stiegen Dampfwolken.

Demonstrativ setzte Graves sich eine Sonnenbrille auf, wandte sein Gesicht dem gleißenden Licht zu und gab sich wie ein Superstar, der Wunder bewirken konnte und nun vor der Masse seiner staunenden, bewundernden Fans stand. Vielen der Zuschauer traten bei diesem magischen Spektakel Tränen in die Augen.

Nachdem Graves einen Schalter betätigt hatte, erschien auf den Bildschirmen eine CGI-Animation, die zeigte, wie Ikarus in der Erdumlaufbahn sein Segel entfaltete.

»Ikarus ist etwas Besonderes«, erklärte er. »Ein Spiegel, der denkt, bevor er widerspiegelt. Seine Oberfläche mit einem Durchmesser von 400 Metern kann die Sonnenstrahlen einfangen und sie sanft auf die Städte abstrahlen, die im Dunkeln liegen.«

Graves' Gesicht kam Bond in dem künstlichen Licht fremdartig vor. Noch während er den Mann musterte, drehte Graves sich um und schien seinen Blick direkt auf ihn zu richten.

»Das schenke ich Ihnen!«, verkündete er.

Plötzlich ging das Licht aus, und die Schatten im Mondlicht erschienen wieder. Die Gäste waren verblüfft und aufgeregt. Erneut ging ein Raunen durch die Menge, bevor Applaus einsetzte.

Graves gab sich wie immer als Showman und ergriff das Mikrofon. »Und nun werden *wir* die Nacht erhellen – mit dem Glanz, der aus unserem Inneren kommt.«

Tanzmusik ertönte, die Türen des Palastes gingen auf, und das Personal geleitete die Gäste zur Party hinein. Bond blieb jedoch zurück und beobachtete, wie Graves und seine Männer zusammenpackten. Vlad und Kil betraten das Podium, schlossen die große Kiste und hoben sie hoch.

»Schöne Rede, Boss«, meinte Kil.

»Du bist ein Genie, Vlad«, erklärte Graves.

Bond versteckte sich, als Vlad und Kil um den Palast herum zu einem Range Rover gingen. Sie verstauten die Kiste, stiegen in den Wagen und fuhren in die Richtung, wo das doppelte Sicherheitstor lag. Bond kam eine Idee, und er lief rasch zu seinem Vanquish. Es wurde Zeit, auszuprobieren, ob Q's neueste Erfindung für die freie Welt in Diamanten aufgewogen werden konnte.

Der Parkwächter blieb stehen. Irgendwie hatte er das Gefühl, dass sich etwas verändert hatte, aber er kam nicht darauf, was es sein könnte, also setzte er seinen Rundgang fort. Wahrscheinlich war er übermüdet. Schon bald würde seine Schicht vorüber sein – dann konnte er sich einen Wodka genehmigen und sich schlafen legen.

Dass ein Wagen fehlen könnte, kam ihm gar nicht in den Sinn.

Der Range Rover fuhr auf die Sicherheitstore zu, die sich öffneten, nachdem Kil einen Knopf am Armaturenbrett gedrückt hatte. Der Wagen fuhr hindurch und blieb dann stehen. Vlad und Kil nahmen die Kiste heraus und gingen damit auf die große Kuppel zu.

Bond stieg aus, schloss die Tür des unsichtbaren Aston Martin und verfolgte die beiden Männer bis zu dem Verbindungsgang. Er hielt sich draußen versteckt und beobachtete durch das durchscheinende Eis, wie das Paar auf das geothermische Kraftwerk zuging und an der Verbindungstür zu einer der anderen Kuppeln stehen blieb. Obwohl er die Männer nur verschwommen wahrnehmen konnte, sah er, wie einer von ihnen seine Hand auf einen Scanner legte, um die Tür zu öffnen. Wahrscheinlich ein biometrisches Gerät, das die individuellen Abdrücke der Handflächen lesen konnte, vermutete Bond.

Die Männer verschwanden im Inneren des Kuppelbaus und waren für Bond nicht mehr zu sehen. Er ging um den Gebäudekomplex herum, vorbei an dicken Rohren, die sich aus dem Kraftwerk schlängelten. Ein laut zischendes Geräusch lenkte seine Aufmerksamkeit auf eine der Leitungen, die durch eine Röhre geführt war, auf der stand: ›Achtung! Hochdruckabsperrventil – nicht vor Schließen des Einlassventils absperren!‹

Neben der Leitung befand sich ein kleineres Belüftungsrohr mit einer Klappe am Ende. Bond ging in die Hocke, öffnete die Klappe und sah hinein. Er konnte einen Teil des Wasserfalls sehen, der in dem Film in seiner Suite gezeigt worden war. Der Pool darunter war umgeben von Pflanzen. Einige herabgefallene Blätter bedeckten die Wasseroberfläche. Das war offensichtlich das »Gewächshaus«, in dem die Diamanten abgebaut wurden.

Als Bond einen Blick nach unten warf, stellte er fest, dass er durch das Eis sehen konnte. Unter ihm bewegten sich kleine dunkle Schatten – dahintreibende Blätter. Der Pool war also tatsächlich mit dem See verbunden. Als Bond den Kopf wieder hob, entdeckte er auf der anderen Seite der durchscheinenden Wand des Kuppelbaus eine Gestalt. Der Größe nach zu urteilen, konnte es sich nur um Kil handeln.

»Keine Bewegung«, befahl eine Stimme hinter ihm.

Bond hob die Hände, drehte sich dann blitzschnell um und schlug den Wächter mit einem gezielten Faustschlag nieder. Er hörte, dass weitere Posten im Anmarsch waren – und sie befanden sich zwischen ihm und dem Vanquish. Es gab keinen Ausweg. Außer ...

Zeit für ein Spielchen, dachte Bond. Rasch drehte er das Absperrventil zu und ging in Deckung. Das Zischen des Dampfs wurde immer lauter, bis die Leitung plötzlich explodierte und ein großes Loch in die Sicherheitsabsperrung riss. Im gleichen Augenblick gingen Alarmsirenen los; der Dampf strömte aus dem Rohr und hüllte die Umgebung in dichten Nebel.

Bond rannte los und schlüpfte durch das Loch im Zaun. Er sah sich nach den anderen Wachposten um, doch der Nebel war so dicht, dass er nur einen Meter Sichtweite hatte. Als er weiterlief, schlugen in der Nähe Wachhunde an. Sein gut geschulter Orientierungssinn ermöglichte es Bond, zur Vorderseite des Kuppelgebäudes zu gelangen. Von dort aus ging er an dem Verbindungstunnel entlang, bis er auf Miranda Frost stieß. Sie hielt ein Gewehr in beiden Händen und richtete den Lauf direkt auf ihn.

»Zieh dich aus«, befahl sie.

An der Kuppel hatten Kil und die anderen Wachen Schwierigkeiten, die Hunde festzuhalten. Die beiden schwarzen Dobermänner hatten die Fährte aufgenommen und zerrten an ihren Leinen, um zum Palast zu gelangen. Kil leuchtete mit seiner Taschenlampe auf den Boden und entdeckte die Spuren im Schnee, die zu dem Warmwasserbecken führten.

»Hier entlang«, rief er. Sie rannten mit den Hunden durch den Nebel und gelangten an die in Dampf gehüllte heiße Quelle. Bond und Miranda waren nackt im Wasser und flüsterten eng aneinander geschmiegt miteinander, während sie sich immer wieder küssten.

»M hat mich davor gewarnt, dass das passieren könnte«, wisperte Miranda atemlos.

»Du kannst dich nicht so gut verstellen, wie du glaubst«, erwiderte Bond.

»War mein Verhalten so offensichtlich?«

»Du hast dich zu sehr bemüht, kein Interesse an mir zu zeigen.«

»Meine Güte, du bist schlimmer, als es in deiner Akte nachzulesen ist. Ich hätte dich ihnen ausliefern sollen. Jetzt bin ich bloßgestellt.« Sie entdeckte Kil, der sie durch den Dampf hindurch beobachtete, und küsste Bond wieder.

»Du täuschst niemanden. Steh einfach dazu«, meinte Bond. Miranda ließ sich tatsächlich gehen und stöhnte leidenschaftlich, während sie Bond mit Küssen überhäufte. Kil gab angewidert auf und schickte die anderen

Wachposten mit den Hunden zurück. Kurz darauf verstummten die Alarmglocken.

»Ich weiß alles über dich, 007«, murmelte Miranda, während sie Bond küsste. »Sex zum Abendessen, Tod zum Frühstück. Nun, bei mir wird das nicht funktionieren.«

»So ist es schon besser«, erklärte er und erwiderte ihre leidenschaftliche Umarmung. Sie flüsterten sich süße Nichtigkeiten ins Ohr und küssten sich immer wieder, doch dann kam Miranda auf den geschäftlichen Teil zu sprechen.

»Ich bewundere deine Zurückhaltung – immerhin warst du schon zwei Stunden hier, bevor du alles in die Luft gejagt hast. Was hast du in der Mine angestellt?«

»Nur ein wenig Dampf abgelassen«, erklärte Bond. »Du hattest Recht, was die Sicherheitsmaßnahmen anbelangt.«

Sie biss ihn ins Ohr und schlang unter Wasser ihre Beine um seine Taille.

»Das machst du wirklich gut«, bemerkte Bond.

»Hm, du auch«, murmelte sie. »Werden wir noch beobachtet?«

»Oh, ich denke, wir haben ihn reingelegt. Er ist vor einer Weile verschwunden.«

»Und er konnte nicht einmal sehen, was du mit deinen Händen angestellt hast ...«

»Es ist eben wichtig, seine Aufmerksamkeit auf Details zu lenken.«

Plötzlich bemerkte Bond eine Gestalt im Dampf, die sie beobachtete – Gustav Graves. Der Mann trat an den Rand des Beckens. »Sie scheinen sich ständig in aufregenden Situationen zu befinden, Mr. Bond.«

Miranda schrie peinlich berührt auf und tauchte kurz unter.

»Miranda, du gibst dem Begriff ›Public Relations‹ eine neue Bedeutung«, meinte Graves. »Ich hoffe, dein Arbeitseifer wird dich nicht daran hindern, morgen pünktlich zu erscheinen.«

Sie schenkte ihrem Boss ein schwaches Lächeln, bevor dieser sich umdrehte und davonging.

Graves marschierte auf direktem Weg zum Treibhaus und um den Pool herum hinter den Wasserfall, wo Vlads Werkstatt lag. Vlad war bereits dabei, einige Anpassungen an dem Koffer vorzunehmen, in dem sich Ikarus befand. Er sah lächelnd auf, als Graves den Raum betrat.

»Zufrieden, Boss?«, fragte er.

»Vlad, ich habe dir heute Abend schon gesagt, dass du ein Genie bist«, erwiderte Graves. »Nun zeig mir die ... Änderungen.«

Vlad drückte einige Knöpfe, und aus der Kiste schob sich ein gebogenes Metallteil nach oben. Es war ein Panzerhandschuh mit einer metallenen Armschiene, an der ein Trackball befestigt war. Daneben befand sich eine Art Visier. Das Gerät summte leise.

Graves streckte die Hand danach aus, doch Vlad hielt ihn zurück. »Der Selbstverteidigungsmechanismus, den Sie eingebaut haben wollten ...!«

»Fünfzigtausend Volt?«

»Hunderttausend«, erklärte Vlad stolz. Er drückte einen Knopf auf der Armschiene, und das Summen verstummte. Aufgeregt nahm Graves das Gerät in die Hand und betrachtete es wie einen kostbaren Schatz.

»Bewaffnet und sehr gefährlich«, sagte er hingerissen.

Bond öffnete die Tür zu seiner Suite und warf einen Blick zurück auf Mr. Kil, der am Ende des Korridors stand. Zum ersten Mal erwiderte Kil sein Lächeln. Bond schloss die Tür und trat in den Raum, der nun mit brennenden Kerzen geschmückt war. Miranda saß auf dem mit Fellen bezogenen Bett und wartete angespannt auf ihn.

»Du solltest heute Nacht besser hier bleiben«, meinte er, »und die Scharade von den frisch Verliebten aufrechterhalten.«

»Nur für eine Nacht«, stimmte sie zu und begann ihre Kleidung abzustreifen. »Aber wenn wir so weitermachen, wie du das willst, werden wir beide umkommen.«

»Bei einem Angriff besteht die Chance, dass die Kugel ihr Ziel verfehlt – bei einem Rückzug niemals.« Er nahm seine Krawatte ab und zog Jackett und Hemd aus. Miranda schlüpfte unter die Felldecke und betrachtete bewundernd seinen Körper. Dann bemerkte sie die Narben an seinem Bauch.

»Was ist in Nord-Korea wirklich geschehen, James?«, fragte sie.

»Ich wurde verraten, das ist alles.«

Bond schob seine Walther unter das Kopfkissen und legte sich zu ihr ins Bett. »Berufsrisiko«, fügte er hinzu.

»Ich hatte eine andere Vorstellung von dir.« Sie musterte sein Gesicht und betrachtete die kalten blauen Augen, den harten Mund, die verblasste Narbe auf seiner rechten Wange. Das alles ließ ihn verteufelt attraktiv aussehen.

»Wie meinst du das?«

»Du bist viel ... lebendiger.«

»Du auch.« Er küsste sie auf den Mund, und sie wich ein wenig zurück und sah ihm in die Augen. Dann zog sie ihn an sich und erwiderte seinen Kuss.

»Das ist verrückt«, murmelte sie. »Du bist ein 00 ...«

»Das ist nur eine Nummer.«

Er drückte sie an sich, und sie begannen ihr Liebesspiel.

14 　 Im Treibhaus

Mitten in der Nacht tappte ein Mann mit einer Schneebrille und einer Skimütze durch den Gang am Treibhaus vorbei an Vlads Büro zur Treppe, stieg hinauf in den ersten Stock und ging auf die geschlossene Glastür zu, die zu Gustav Graves' Büro führte. Langsam öffnete er die Tür und betrat den ungewöhnlichen Raum, in dem fast alles aus Glas bestand – der Boden, die Decke, der Schreibtisch und Teile der Wände.

Graves lag auf einem Sessel mit verstellbarer Rückenlehne. Sein Gesicht war bedeckt von einem gebogenen Schirm – die gleiche Traummaschine, die auch in dem Schönheitssalon in Kuba benützt wurde. Lichter blinkten an dem Gerät auf, während Graves' Augäpfel sich im Halbschlaf unter halb geschlossenen Lidern heftig bewegten.

Der Fremde nahm Brille und Mütze ab und legte beides auf einen Tisch. Dann ging er zu Graves und legte ihm seine Hand auf den Arm. Graves wachte auf, schob den Schirm zur Seite und erhob sich, als er seinen Besucher erkannte. Die beiden Männer sahen sich wortlos an und begannen dann, sich auf Koreanisch zu unterhalten.

»Sie sehen schrecklich aus«, meinte Zao.

»Du gefällst mir auch nicht«, erwiderte Graves. Zao war immer noch sehr blass und glich auf bizarre Weise einem Reptil.

Graves sprach auf Englisch weiter. »Ich muss diese Fassade noch eine Weile aufrechterhalten.«

Zao deutete auf den Schirm und fragte ebenfalls auf Englisch: »Haben Sie immer noch mit Nebenwirkungen zu kämpfen?«

»Permanente Schlaflosigkeit«, erwiderte Graves. »Aber eine Stunde pro Tag an der Traummaschine hält mich bei Verstand. Und was ist mit dir geschehen?«

Zao kniff die Augen zusammen. »*Bond.*«

»Er kommt viel herum, nicht wahr?« Graves hob lächelnd die Hand an sein Gesicht. »Aber er weiß nichts. Ich stand so nahe vor ihm, und er hat keine Ahnung, wer ich wirklich bin.« Er hielt inne und zögerte, beinahe ängstlich, die nächste Frage zu stellen. »Hast du meinen Vater gesehen, nachdem du ausgetauscht worden bist?«

Zao sah Graves vorsichtig an. »Ja. General Moon trauert immer noch um seinen Sohn.« Plötzlich übermannten ihn seine Gefühle, und Zao verbeugte sich. »Wie stark Sie sind! Sie haben sich in einer Hülle verstecken müssen, die Sie hassen!«

Graves, alias Colonel Moon, legte Zao die Hand auf die Schulter und ging dann zu einem Spiegel. Einen Augenblick lang musterte er sein Bild, dann verzog sich sein Gesicht vor Ekel bei diesem Anblick. Er schlug mit der Faust in den Spiegel, um dieses verabscheuungswürdige Abbild zu zerstören, immer und immer wieder, bis das Glas in tausend Stücke zersplittert war.

Als er sich schließlich beruhigt hatte, betrachtete er die Scherben auf dem Boden, die nun ein verzerrtes Bild von ihm widerspiegelten.

Plötzlich ertönte ein Alarmsignal, und auf einer elektronischen Schaltplatte über dem Schreibtisch leuchtete in blauer Schrift die Meldung auf: ›Eindringling!‹ Graves und Zao wechselten einen Blick, und Graves ging hinüber zu dem Tisch, auf dem die Armschiene lag. Er drückte auf einen Knopf, und das System begann zu summen.

Jinx war nicht nur eine erstklassige Schwimmerin und Taucherin, sondern auch eine Meisterin, wenn es um Tarnung ging. Sie konnte klettern wie eine Katze und ihr Gleichgewicht so geschickt halten wie ein Seiltänzer. Als kleines Mädchen hatte sie tatsächlich mit dem Gedanken gespielt, auszurücken und sich einem Zirkus anzuschließen. Sie hatte ihren Vater dazu gebracht, im Garten ein aufwändiges Gerüst aufzubauen, an dem sie Drahtseilakte und Trapezkunststücke üben konnte. In der Schule war sie der Star der Turnmannschaft gewesen.

Jinx besaß die idealen Voraussetzungen, um den Kuppelbau leise und schnell zu erklimmen. Gekleidet in einen schwarzen, eng anliegenden Hosenanzug, erreichte sie die Spitze der Kuppel, schnitt eine der achteckigen Membrane auf, stieß einen Eisenstab durch den Rahmen und ließ sich durch die Öffnung gleiten. Der Draht, der sich aus dem Stab abspulte und an ihrem Gürtel befestigt war, machte es ihr möglich, sanft auf dem Dach des Treibhauses zu landen. Jinx löste den Draht, zog ein Messer hervor und war bereit zur Jagd.

Zuerst jagte ihr die Größe des Treibhauses ein wenig Angst ein. Wo sollte sie anfangen? Sie sah sich um und entdeckte den Gang, der hinter dem Wasserfall entlang führte. Dort befanden sich wahrscheinlich die Büros. Sie schlich um den Pool herum und betrat die Passage. Am Ende des Gangs brannte ein Licht, und eine Tür stand offen. Als sie näher kam, sah sie, dass es sich um Graves' Büro handelte.

Ein seltsames Summen kam aus dem Raum. Vorsichtig schob sie die Tür auf und ging hinein. Ein Mann lag auf einem nach hinten gekippten Sessel – er hatte eine der kubanischen Traummaschinen über sein Gesicht gestülpt. Graves.

Jinx zog die Browning aus dem Halfter und zielte auf die Brust des Mannes. Sie feuerte drei Schüsse ab, die jedoch mit lautem Knall an einer kugelsicheren Glaswand abprallten, die sie nicht gesehen hatte. In der Scheibe bildeten sich Risse.

Verdammt, warum hatte sie das Glas nicht bemerkt?

Bevor sie sich umdrehen konnte, nahm Zao die Traummaschine ab und lächelte sie an. In dem blauen Licht glich sein schauerliches Gesicht noch mehr dem eines Reptils. Jinx trat erschrocken einen Schritt zurück und wurde von tausend Volt getroffen, als Graves aus seinem Versteck herauskam und sie mit seinem seltsamen Handschuh anfasste. Sie zuckte heftig und fiel bewusstlos zu Boden.

Kurz vor der Morgendämmerung zog Bond sich einen schwarzen Schutzanzug an und streifte seine Kleidung darüber. Dann ging er zu dem Bett, in dem Miranda schlief, und hob vorsichtig das Kissen an, um seine Waffe hervorzuholen, doch Miranda legte ihre Hand darauf, bevor er sie anfassen konnte.

»James?«, flüsterte sie. »Sei vorsichtig.«

Er nahm die Walther in die Hand. »Geh in dein Zimmer und schließ dich ein«, befahl er. »Ich werde kommen und dich holen.«

Bond beugte sich über sie und küsste sie sanft auf die Stirn, bevor er das Zimmer verließ.

Der Flur war leer und still. Auf dem Weg zur Lobby fiel ihm auf, dass hinter der Rezeption und an der Eingangstür Wachposten standen. Als er sich umschaute, bemerkte er, dass an der Tür zum Korridor einige Eisstücke abgebrochen waren – er nahm an, dass einer der Angestellten mit einem Servierwagen dagegengestoßen war. Er bückte sich, hob ein Stück Eis von der Größe eines Golfballs auf und schleuderte es durch die Lobby in den Gang, der zu dem Verbindungstunnel führte. Beide Wachen sahen auf; der Mann an der Eingangstür zuckte mit den Schultern und ging hinüber zu dem Tunnel, um zu sehen, woher das Geräusch gekommen war.

Bond schlich sich um die Ecke in die Lobby, duckte sich, um nicht von der Empfangsdame gesehen zu werden, und schlüpfte zur Eingangstür hinaus.

Die Morgenluft war eiskalt. Soeben stieg die Sonne auf und warf einen magischen goldenen Schimmer auf den gefrorenen, vom Wind freigefegten See, doch Bond hatte keine Zeit, die Aussicht zu genießen. Er ging zum Parkplatz und warf einen Blick auf den Sicherheitszaun, der den großen Kuppelbau umgab. Vor dem Loch, das Bond am Tag zuvor hineingerissen hatte, stand ein Wachposten. Bond holte den Schlüsselbund aus seiner Tasche und drückte einige Tasten. Er wartete eine Weile, bis er das leise Schnurren des Motors neben sich hörte. Dann betätigte er wieder einige Knöpfe und wartete, bis der Aston Martin sichtbar wurde – er hatte den Wagen über das Eis durch das Loch im Zaun gesteuert, ohne dass es jemand bemerkt hatte. Bond öffnete gerade den Kofferraum, als ein flackerndes blaues Licht aus dem Gewächshaus seine Aufmerksamkeit erregte.

Als Jinx die Augen öffnete, konnte sie nur verschwommen sehen. Die Figur vor ihr wurde langsam deutlicher, und sie glaubte, einen Albtraum zu haben. Das Gesicht war weiß und hatte reptilienhafte blaue Augen. Und dann erkannte sie den Mann – Zao, der Terrorist.

Sie versuchte aufzuspringen, musste jedoch feststellen, dass sie an eine Bank gefesselt war. Um sie herum befanden sich merkwürdige Roboter, deren Arme mit Lasern ausgestattet waren – der neueste Stand der Technik zum Schleifen von Diamanten. Als Zao einen Knopf auf einem Schaltfeld drückte, erwachten die Maschinen zum Leben.

»Warum wollen Sie mich töten?«, fragte er.

Dann sah sie, dass er eine seltsame Armschiene trug, das Ding, das sie bei Graves' Vorführung in der Kiste gesehen hatte. Von diesem Gerät ging das Summen aus, das sie hörte.

»Ich dachte, das wäre das Menschlichste, was ich tun kann«, erwiderte sie.

Zorn blitzte in seinen Augen auf. Zao streckte seinen Arm aus und berührte sie mit der Schiene. Sie zuckte heftig, als der Strom durch ihren Körper fuhr. Für einen Augenblick war sie bewusstlos, kam aber schnell wieder zu sich.

Jinx räusperte sich. »Sie haben sich also ein elektrisches Gerät zugelegt, mit dem man normalerweise irgendwelches Vieh in Schach hält. Tolle Sache.«

»Wer hat Sie geschickt?«, wollte Zao wissen.

»Ihre Mutter. Sie ist sehr enttäuscht von Ihnen.«

Wieder berührte er sie mit dem Gerät. Jinx' Körper versteifte sich, und sie keuchte vor Schmerz.

»Ich verrate Ihnen ein Geheimnis«, sagte Zao. »Die Mine ist nur eine Fälschung, aber die Laser sind echt.«

Eine andere Stimme wurde laut. »Warum benützen wir sie nicht?« Jinx drehte den Kopf und sah Kil an Zaos Seite stehen. Seine Augen funkelten bösartig.

»Zuerst werden wir das hier noch eine Weile ausprobieren«, erwiderte Zao. Er streckte den Arm aus und berührte sie erneut mit der todbringenden Panzerhand.

Dieses Mal schrie sie laut auf.

Bond versteckte sich im Schatten des Vanquish. Er richtete seine neue Armbanduhr auf das Eis, schaltete den eingebauten Laser ein und begann ein Loch zu fräsen, das groß genug war, um ihn hindurchschlüpfen zu lassen. Es ging sehr schnell. Bond löste mit dem Laser ein Stück Eis und hob es ab wie einen Einstiegdeckel. Darunter rauschte der Fluss vom Treibhaus zum See. Er holte tief Luft und sprang in das eiskalte Wasser. Dann zog er die freigelegte Eisplatte wieder über seinen Kopf.

Bond machte einige Züge und versuchte sich zu orientieren. Er befand sich in einer kalten blauen Welt, die ganz anders war als alle Gewässer, in denen er sich bisher bewegt hatte. Über ihm befanden sich die Umrisse des Eispalastes vor den Kuppelbauten – ein bizarrer Anblick, der einer Blaupause glich.

Er konzentrierte sich auf seinen Herzschlag, eine Übung, die er schon seit langem beherrschte, um seinen Körper zu kontrollieren. Nur so konnte er die extreme Kälte aushalten. Bond schwamm schneller, bis er in der Ferne einen Lichtstrahl erkennen konnte und wusste, dass er sein Ziel beinahe erreicht hatte.

In dem Augenblick, als er zu ersticken drohte, tauchte er im Becken des Treibhauses an die Oberfläche.

Jinx war kaum noch bei Bewusstsein. Zao hatte ihr vier Stromschläge verpasst und sie dabei jedes Mal für kurze Zeit in Ohnmacht versetzt. Schließlich begriff er, dass es hoffnungslos war.

»Sie wird nicht reden.« Zao reichte Kil eine Waffe. »Lassen Sie uns die Sache zu Ende bringen.«

Kil brachte einen der Laser, die zum Schleifen der Diamanten dienten, in Position. »Kann ich die Laser verwenden?«, fragte er begierig.

Zao wandte sich zur Tür. »Hinterlassen Sie keine Unordnung.«

Mit einem Blick auf sein Opfer stellte Kil die Laser geschickt ein und schaltete sie mit der Fernbedienung an. Der hellrote Lichtstrahl schoss aus dem Gerät direkt zwischen Jinx' Beine. Die Bank, auf der sie lag, bewegte sich langsam auf den Strahl zu. Kil grinste und steckte der verängstigten Frau einen Knebel in den Mund.

Nicht weit entfernt bahnte sich James Bond mit der Walther in der Hand seinen Weg durch das Treibhaus. Als er jemanden kommen hörte, duckte er sich hinter einen großen Busch und wartete, bis der Wachposten vorbeigegangen war. Als er sich wieder in Sicherheit fühlte, schlich er vorsichtig zum Wasserfall. Wieder tauchte eine Gestalt auf, und Bond musste sich ein weiteres Mal verstecken. Er traute seinen Augen nicht – es war Zao, und er trug Graves' Armschiene.

Soll ich ihn jetzt erledigen?, fragte er sich. Die Schusslinie war frei, also hob Bond seine Waffe, aber er wartete zu lange. Zao verschwand hinter den dicht wuchernden Pflanzen.

Als Bond weiterging, entdeckte er das Drahtseil, das von der Decke baumelte, und wusste instinktiv, wem es gehörte. Er betrat den Gang hinter dem Wasserfall. Eine der Türen stand offen, und er sah einen Arm, der an eine Bank gefesselt war. Rasch schlich er sich heran und spähte in den Raum.

Bond war entsetzt, als er Jinx gefesselt und geknebelt auf der Bank liegen sah. Der Laser befand sich nur wenige Zentimeter von ihrem Körper entfernt. Außer ihr befand sich niemand in dem Raum, also stürmte Bond hinein, steckte seine Waffe in den Hosenbund und packte die Fernbedienung. Nachdem er einen kurzen Blick auf die Tasten geworfen hatte, drückte er einen Knopf, und die Bank bewegte sich in die entgegengesetzte Richtung. Jinx war vorläufig außer Gefahr.

Als er einen ihrer Arme befreit hatte, riss sie sich den Knebel aus dem Mund. »Vorsicht!«, schrie sie.

Zu spät. Kil tauchte aus dem Nichts auf, sprang auf Bonds Rücken und riss ihn zu Boden. Als die Fernbedienung den Boden berührte, schalteten sich drei weitere Lasergeräte ein und schossen unkontrolliert Strahlen durch den Raum. Jinx versuchte verzweifelt, ihren anderen Arm zu befreien, konnte aber die Fessel nicht erreichen.

Bond rollte sich ab, bevor Kil ihm einen Schlag in die Magengrube versetzen konnte. Der Hüne verlor das Gleichgewicht und stolperte, wobei er beinahe in den Bereich einer der Laserstrahlen geriet, die über den Boden tanzten. Er rappelte sich gerade noch rechtzeitig auf, doch Bond hatte genug Zeit, wieder auf die Beine zu kommen. Er verpasste Kil einen Faustschlag ins Gesicht, doch der Hieb zeigte keinerlei Wirkung. Den zweiten Schlag blockte Kil so ab, dass Bond gegen die Bank fiel, auf der Jinx lag.

»Hör auf zu tanzen und unternimm etwas«, rief sie.

Die Bank bewegte sich immer noch auf einen der Laserstrahlen zu. Dieser Strahl würde sie in wenigen Sekunden im Gesicht treffen, wenn Bond nicht rechtzeitig handelte. Doch er hatte keine Zeit mehr, sich nach der Fernbedienung umzusehen – er musste sich selbst verteidigen, denn Kil kam wieder wie ein Rhinozeros auf ihn zugestampft. Der grobschlächtige Kerl stieß Bond mit brutaler Wucht gegen eine Bedienungskonsole, aus der Funken sprühten. Bond ignorierte den brennenden Schmerz in seiner Schulter, riss sein Bein nach oben und traf Kils Brustkorb. Der Mann taumelte rückwärts, als der dritte Laser plötzlich seinen Angriffsweg änderte. Nun schwang er wie ein Pendel zwischen Bond und Kil hin und her. Der Strahl hinterließ eine rauchende Spur auf dem Boden.

Das gab Bond Zeit, sich nach der Fernbedienung umzusehen. Er entdeckte sie eineinhalb Meter vor sich auf dem Boden, doch Kil hatte sie ebenfalls gesehen. Beide Männer wussten: Wer sie zuerst an sich reißen konnte, würde die Laser abstellen können, sich aber gleichzeitig einem Angriff des anderen aussetzen.

Bond stürzte sich auf die Fernbedienung, und Kil warf seinen riesigen Körper in die gleiche Richtung. Dem Agenten gelang es, sie zu packen und mit einem Knopfdruck die zuckenden Laserstrahlen abzustellen.

»Diesen auch noch!«, schrie Jinx. Der Laserstrahl, den sie meinte, bewegte sich nur wenige Zentimeter vor ihrem Gesicht und brannte gerade eine Spalte in den Tisch vor ihr.

Gnadenlos packte Kil Bond an der Kehle und drückte zu. Während Bond mit einer Hand versuchte, seinem Griff zu entkommen, fasste er mit der anderen wieder nach der Fernbedienung. Schließlich gelang es ihm, den Laserstrahl abzustellen, der in wenigen Sekunden Jinx' wunderschönes Gesicht entstellt hätte. Die Arme des Roboters bewegten sich allerdings immer noch.

Kil drückte Bond so heftig gegen die Tür, dass diese zuknallte. Jinx begriff, in welch verzweifelter Situation Bond sich befand, und bemühte sich umso mehr, ihr Messer aus der Hosentasche zu ziehen. Endlich gelang es ihr, den Griff zu packen. Sie zielte sorgfältig und schleuderte es auf Kil.

Das Messer blieb in Kils linkem Arm stecken. Er drehte sich mit schmerzverzerrtem Gesicht zu Jinx um und zog dann einfach die Klinge heraus. Eine Hand hatte er immer noch um Bonds Hals gelegt, mit der anderen drehte er das Messer so, dass er es dem Agenten in die Brust rammen konnte.

Bond bemerkte, dass einer der Roboterarme sich hob und auf Kils Hinterkopf gerichtet war. Als Kil den Arm hob, um sein Opfer zu erstechen, drückte Bond eine Taste auf der Fernbedienung.

Der Laserstrahl fuhr direkt in Kils Kopf. Seine Augen weiteten sich, und sein Mund öffnete sich zu einem stummen Schrei. Aus seinem Mund drang Rauch, und er landete mit einem lauten Krachen auf dem Boden. Bond betätigte noch einmal die Fernbedienung und schaltete die Laser ab.

»Du hast Kil getötet«, sagte Jinx bewundernd.

»Ein richtiger Hitzkopf«, witzelte Bond und schenkte ihr ein lässiges Lächeln.

»Hier haben wir also das Mädchen, das sich nicht binden will ...« Er musterte sie, machte aber keine Anstalten, sie zu befreien.

»Mach mich endlich los!«

Offensichtlich genoss er die Situation. »Bist du von der CIA?«

»NSA. Wir stehen auf derselben Seite!« Sie kämpfte mit den Fesseln.

»Das heißt nicht unbedingt, dass wir dieselben Ziele verfolgen.«

»Natürlich tun wir das«, fauchte sie. »Weltfrieden. Bedingungslose Liebe. *Und dein Freund mit den teuren Narben im Gesicht.*«

»Zao.« Bond machte sich daran, sie zu befreien.

»Wärst du nicht im Schönheitssalon aufgetaucht, hätte ich ihn dort schon geschnappt«, erklärte sie. Sie stand auf und rieb sich die Handgelenke. »Nun ist er hier mit seiner seltsamen psychedelischen Lichtmaske. Wahrscheinlich hat er das Ding aus der Klinik mitgebracht.«

Bond dachte einen Augenblick lang nach. »Er kann sie nicht mitgebracht haben – sie war bereits hier.

Das Gerät gehört einem anderen Koreaner ... seinem Boss.«

Sie gingen zur Tür und mussten feststellen, dass sie abgeschlossen war. Bond untersuchte den biometrischen Scanner am Türrahmen.

»Ich fürchte, da muss uns Kil noch mal zur Hand gehen.« Er ging zu der Leiche hinüber, packte sie unter den Armen und schleifte sie mühsam über den Boden. Der Mann war unglaublich schwer.

»Es gibt einen einfacheren Weg«, sagte Jinx. Sie tauschten einen Blick, und Bond wurde klar, was sie meinte. Er ging zurück und positionierte einen der Roboterarme so, dass er auf Kils Handgelenk gerichtet war.

»Schade, dass er schon tot ist«, murmelte Jinx.

Bond betätigte den Schalter der Fernbedienung, und der Laser wurde aktiviert.

Eine Minute später war die Tür offen, und Bond und Jinx schlichen sich aus dem Büro. Bond warf einen Blick in das Treibhaus.

»Die Luft ist rein.«

Rasch liefen sie zu der verschlossenen Verbindungstür. Bond presste Kils abgetrennte Hand an den Scanner und warf das grausige Anhängsel in die Pflanzen, nachdem die Tür sich geöffnet hatte.

»Ich muss zurück«, erklärte Jinx.

»Geh zuerst zu Miranda«, bat Bond. »Sie gehört zum MI6. Warne sie – sie muss von hier verschwinden.«

Jinx ging voraus und wandte sich dann noch einmal um. »Und wohin willst du?«

»Ich habe noch etwas zu erledigen.« Er schloss die Tür hinter ihr.

15 Erneuter Verrat

Jinx bahnte sich einen Weg durch die überfüllte Hotellobby, in der es von abreisenden Gästen wimmelte. Ohne Mühe fand sie Miranda Frosts Suite und klopfte an die Tür, erhielt aber keine Antwort.

»Miss Frost!«, rief sie.

Als sie an der Tür rüttelte, stellte sie zu ihrer Überraschung fest, dass nicht abgeschlossen war. Zögernd trat Jinx ein und rief noch einmal Mirandas Namen. Dann ging sie ins Schlafzimmer – es war ebenfalls leer, das Bett unberührt.

Wo mochte die Frau nur stecken? Plötzlich vernahm Jinx ein Geräusch aus dem Wohnzimmer. Sie wirbelte herum und suchte Deckung hinter der Schlafzimmertür, doch es tat sich nichts. Verwirrt schlüpfte sie aus dem Schlafzimmer und hastete zur Tür der Suite.

Sie war eingeschlossen.

Als Gustav Graves in sein verglastes Büro kam und Licht machte, musste er feststellen, dass James Bond an seinem Schreibtisch saß. Seine Walther war direkt auf ihn gerichtet.

»Also haben Sie überlebt und sich einen anderen Tag zum Sterben ausgesucht, Colonel?«, höhnte Bond.

Zu seiner Überraschung ließ Graves sich nicht aus der Ruhe bringen. »Endlich«, meinte er. »Ich habe schon geglaubt, Sie würden nie dahinterkommen.«

Bond winkte ihn von der Tür weg, und Graves folgte seiner Anweisung.

»War die Gentherapie sehr schmerzhaft?«, erkundigte sich Bond dann.

»Schlimmer, als Sie es sich je vorstellen könnten«, erwiderte Graves. Er schauderte bei dem Gedanken daran.

»Freut mich, das zu hören.«

»Allerdings bin ich dafür entschädigt worden. Es war ein Genuss, mit ansehen zu können, wie Sie im Trüben fischten. Ich habe Ihnen einen Tag zu leben gegeben und Ihnen dann noch einen weiteren geschenkt, nur um Zeuge zu werden, wie Ihnen ein Licht aufgeht. Und dabei lag die Antwort direkt vor Ihrer Nase. Es war ein Heidenspaß.«

Durch die offene Tür stellte Bond fest, dass Miranda sich dem Büro näherte. »Tja, aber nun ist der Spaß vorbei«, entgegnete er und erhob sich.

»Wir kennen uns zwar noch nicht lange, aber Sie haben einen bleibenden Eindruck auf mich hinterlassen«, fuhr Graves fort, ohne auf die Pistole zu achten. »Als Sie mich durch Ihre Einmischung gezwungen haben, der Welt ... ein neues Gesicht zu zeigen, habe ich mich kundig gemacht und beschlossen, den Widerling Gustav Graves ganz nach Ihrem Vorbild zu gestalten. Dabei habe ich besonders auf die Arroganz und die hochtrabende Art geachtet, die jeglicher Grundlage entbehrt. Und dann noch Ihre klugen Sprüche, eine Abwehrreaktion, um Ihren bedauerlichen Mangel an Intelligenz zu verschleiern.«

»Meine Abwehrreaktion sehen Sie hier vor sich.« Bond wies auf die Walther.

Miranda trat ein, zog wortlos eine P99 und zielte damit auf Graves.

»Also ist Miss Frost auch nicht das, was sie zu sein vorgibt«, meinte Graves schmunzelnd.

»Äußerlichkeiten können täuschen«, sagte Bond.

»Wie haben Sie übrigens herausgefunden, wer Sie in Nord-Korea verraten hat?«, wollte Graves wissen.

»Das war nur eine Frage der Zeit.«

»Haben Sie denn nie Verdacht gegen Ihre eigene Organisation geschöpft?«

Bonds Blick wurde argwöhnisch. Als er Miranda ansah, musste er feststellen, dass sie inzwischen mit der Walther auf ihn anlegte.

»Sie hätten sie eigentlich durchschauen müssen«, ergänzte Graves.

Bond zielte weiter auf Graves und drückte ab. Doch statt eines Knalls ertönte nur das blecherne Klicken eines verbogenen Schlagbolzens.

»Es war wirklich nett von dir, die Waffe mit ins Bett zu nehmen«, spöttelte Miranda.

Bond musterte sie. »Berufsrisiko«, entgegnete er verächtlich.

Zao und einige Wachmänner, die vor der Tür gewartet hatten, kamen hereingestürmt, um Bond die Waffe abzunehmen.

Graves amüsierte sich großartig. »Ich habe ein Talent dafür, die Schwächen meiner Mitmenschen für mich zu nutzen, Mr. Bond. Und Mirandas Schwäche ist gleichzeitig ihre Stärke: Sie ist eine absolut miserable Verliererin. Und seit ich der wahren Siegerin in Sydney eine tödliche Überdosis verabreicht habe, ist Miranda meine ganz persönliche Agentin beim MI6. Sie setzt alle Mittel ein, die ihr zur Verfügung stehen. Ihren Verstand, ihre Begabungen, ja, sogar ihren Sexappeal.«

»Die kälteste aller Waffen«, meinte Bond zu Miranda.

»Her mit deiner Ausrüstung«, entgegnete Miranda ungerührt.

Bond wurde klar, dass ihm nichts anderes übrig blieb. Er nahm die Armbanduhr ab und reichte sie ihr.

»Nach mir werden andere kommen«, warnte er sie dennoch.

»Ach, Sie spielen wohl auf Ihre amerikanische Freundin Jinx an?«, erkundigte sich Graves. Er warf Miranda einen fragenden Blick zu.

»Die kühlt sich in meinem Zimmer ab«, höhnte Miranda.

»Und sie wird bald Opfer einer Tragödie werden. Ein Eispalast kann ein sehr gefährlicher Aufenthaltsort sein«, fügte Graves genüsslich hinzu.

Bonds Welt drohte einzustürzen – jetzt hatte er nur noch eine einzige Chance. Er wandte sich an Zao.

»Ihre schillernde Persönlichkeit habe ich ganz besonders vermisst«, hänselte er ihn.

»Sehr witzig«, sagte Zao. »Aber ich kenne eine bessere Pointe.« Er trat auf Bond zu und verpasste ihm einen kräftigen Magenschwinger. Bond krümmte sich vor Schmerzen und fiel auf die Knie. Als Zao ihm noch einen Schlag versetzte, sank er auf den gläsernen Boden. Bond konnte unter sich die Büsche im Gewächshaus sehen.

»Töte ihn«, befahl Graves Miranda.

Heimlich nahm Bond Q's Ring vom Finger. Miranda näherte sich, hob die Pistole und zielte auf seinen Kopf.

»Ich fand es letzte Nacht sehr schön, James«, sagte sie. »Und jetzt bekommst du von mir eine Kugel zum Frühstück.«

Bond aktivierte den Ring und presste ihn gegen den Boden. Plötzlich begann das Glas zu zittern, als würde die Welt um sie herum von einem Erdbeben erschüttert. Den Männern im Raum gelang es, sich an verschiedenen Möbelstücken festzuhalten, Miranda hingegen verlor das Gleichgewicht. Dann zersprang der Fußboden in tausend Stücke, und Bond und Miranda fielen ein Stockwerk in die Tiefe und landeten zwischen den Büschen.

Miranda war zwar benommen, doch dauerte es nicht lange, bis sie sich wieder aufgerappelt hatte. Ihre Pistole lag in Reichweite. Sie hob sie auf, blickte sich um und glaubte zu sehen, wie Bond sich durch das Gebüsch davonmachte. Ohne Zögern legte sie die Walther an und drückte ab.

Ein Stockwerk über ihr eilte Graves, gefolgt von Zao und den Wachen, auf den Flur hinaus.

»Schnappt ihn!«, rief er. »Aber versucht, kein Aufsehen zu erregen. Es sind noch Gäste hier.«

Die Männer schraubten Schalldämpfer auf ihre Waffen und rannten die Treppe hinab in den Dschungel. Miranda schloss sich den ausschwärmenden Wachen an. Hin und wieder konnten sie einen Blick auf den fliehenden Bond erhaschen.

Er läuft in die falsche Richtung, dachte Miranda. Es würde nicht lange dauern, ihn zu umzingeln.

Das Pfeifen einer Kugel ließ sie aufhorchen. Einer der Wachposten feuerte durch die Bäume. Sie folgte dem Mann und sah Bond mitten durch das Gewächshaus davonhasten.

»Er ist in der Mitte, kreist ihn ein!«, befahl sie.

Die Wachen verteilten sich am äußeren Rand der Kuppel und rückten vor. Zao, der sich dem Verfolgungstrupp ebenfalls angeschlossen hatte, trieb die Männer zur Eile an. Der Kreis wurde immer enger, und Miranda war sicher, dass Bond nun in der Falle saß.

Doch plötzlich schoss Bond aus dem Gebüsch nach oben und sauste an Jinx' Kletterdraht die über dreißig Meter hohe Kuppel hinauf. Zao und die anderen erholten sich rasch von ihrem Schrecken, hoben die Waffen und drückten ab. Dennoch gelang es Bond, unbeschadet den achteckigen Ausstieg zu erreichen und hindurchzuschlüpfen. Als die Gegner durch das durchscheinende Material seine Silhouette erkennen konnten, eröffneten sie erneut das Feuer.

Kugeln durchschlugen die Membran und pfiffen ihm um die Ohren, als er die Außenseite der Kuppel hinunterkletterte. Den Draht weiterhin an seinem Gürtel befestigt, warf er sich, gefolgt von einem Kugelhagel, in die Tiefe. Unverletzt kam er auf dem eisigen Boden auf und eilte auf die Gäste zu, die gerade aus dem Palast strömten.

Dann hastete er zum Parkplatz, wo viele Gäste sich gerade zur Abfahrt bereitmachten. Der Aston Martin stand noch wohlbehalten da, wurde allerdings von zwei Wachmännern beaufsichtigt. Zunächst glaubte Bond, es mit ihnen aufnehmen zu können, doch dann sah er, dass aus dem Palast Verstärkung anrückte. Also trat er den Rückzug an, um sich am ersten Loch des Golfplatzes zu verstecken. Er hoffte, sich eines der dort geparkten Schneemobile unter den Nagel reißen zu können.

Als er auf den Golfplatz zusteuerte, schlugen plötzlich Kugeln vor ihm ins Eis. Die Wachen hatten ihn entdeckt und versuchten, ihm den Weg abzuschneiden. Bond wirbelte herum und rannte, gefolgt von einem Kugelhagel, in die andere Richtung. Da bemerkte er vor sich den Eisjet und sprintete darauf zu. Die Kugeln aus schallgedämpften Pistolen trafen das Eis, während er ins Cockpit sprang. Bond nahm sich ein paar Sekunden Zeit, um das Armaturenbrett zu studieren, drückte auf einen Knopf und hoffte das Beste.

Die Raketen sprangen an, und das Fahrzeug machte einen Satz nach vorne.

Graves, der Bonds überstürzten Aufbruch vom Palast aus beobachtet hatte, wandte sich an Zao. »Die Jagd ist das Schönste am Töten. Holen Sie die Generäle.«

Vlad stand hinter Graves. Bedächtig zog er seine Stoppuhr heraus und schaltete sie ein.

Der Eisjet raste, heftig vibrierend, auf den gefrorenen See hinaus. Nachdem Bond sich eine Weile mit den Knöpfen und Schaltern abgemüht hatte, kam er gut mit dem Fahrzeug zurecht, hielt es gerade und beschleunigte innerhalb kürzester Zeit auf 300 Stundenkilometer. Allerdings sagte ihm ein Blick in den Rückspiegel, dass zwei der Schneemobile sich in Bewegung gesetzt und an die Verfolgung gemacht hatten. Aber obwohl die kleinen Fahrzeuge ziemlich schnell und wendig waren, war Bond überzeugt, dass sie den Eisjet nicht einholen konnten. Ein nicht zu leugnendes Problem bestand allerdings darin, dass Graves' Handlanger, die in den Schneemobilen saßen, über Automatikwaffen verfügten und auf ihn schossen.

Durch sein Fernglas beobachtete Vlad von der oberen Etage des Gewächshauses aus die Szene, während Graves die drei Asiaten hereinführte, die bei der Vorführung am gestrigen Abend dabei gewesen waren.

»General Han, General Li, General Dong«, verkündete er. »Ich hatte Ihnen eine Demonstration versprochen.«

»Auch wenn General Han Ihnen glaubt, habe ich bis jetzt nichts zu sehen bekommen, was mein Vertrauen in Sie gestärkt hätte. Auf mich machen Sie eher den Eindruck, als ... fühlten Sie sich nicht ganz wohl«, meinte General Li.

Graves verlor die Geduld. »Ich habe dieses Theater nur Ihnen zuliebe veranstaltet«, brüllte er. »Und jetzt zweifeln Sie an mir! Wie können Sie es wagen!«

Die Generäle waren entsetzt angesichts von Graves' heftigem Ausbruch und seinem arroganten Verhalten. Graves stolzierte zu der Kiste, nahm Panzerhandschuh und Visier heraus, legte beides an und drehte sich dann zu dem gewaltigen Bildschirm neben sich um.

»Hier, meine Herren, ist Ihr Beweis«, verkündete er. Der Monitor sprang an und zeigte ein Satellitenbild, das den Vatna-Gletscher darstellte. Als Graves ein paar Knöpfe betätigte, rückte das Bild heran. Es kam immer näher und näher, bis der Bildschirm völlig von einem blendenden Weiß erfüllt war. Ein schwarzer Punkt glitt über die weiße Fläche, und den Männern wurde klar, dass es sich um den Eisjet handelte, betrachtet aus der Perspektive von Ikarus. Graves drückte ein paar weitere Knöpfe auf der Armspange, und der Spiegel des Satelliten entfaltete sich und richtete sich auf den See aus.

Im Cockpit des Eisjets spürte Bond, wie ihm mit einemmal heiß wurde. Schweißperlen standen ihm auf der Stirn. Als er sich umblickte, stellte er fest, dass der Schnee greller funkelte als zuvor. Dann bemerkte er, dass der Eisjet einen zweiten Schatten warf. Bond drehte sich um, sah nach oben und entdeckte zwei Sonnen am Himmel.

Rings um ihn her stiegen Dampfwirbel aus dem Eis auf. Es wurde so unbeschreiblich hell, dass er kaum noch etwas sehen konnte. Und dann, ohne Vorwarnung, kam ein örtlich begrenzter Wind auf, der sich spiralförmig wie ein kleiner Wirbelsturm in die Luft erhob. Das Fahrzeug wurde von den Luftturbulenzen durchgeschüttelt.

Graves beobachtete am Bildschirm das Geschehen, während er sich weiter an der Fernbedienung der Armschiene zu schaffen machte und gemeinsam mit seinen Komplizen jeder Bewegung des Eisjets folgte.

»Der westliche Spion versucht zu fliehen, aber er kann sich nirgendwo verstecken. Ikarus orientiert sich an der Wärmeabstrahlung seines Fahrzeugs«, erklärte er.

Der Bildschirm zeigte einen riesigen Lichtkegel über dem Gebiet, das Bond gerade durchquerte. Dunst und verdampfender Schnee brachten die Luft um den Eisjet zum Flirren und verzerrten seine Umrisse.

Wegen des blendenden Lichts musste Bond die Augen zusammenkneifen. Der Lack des Eisjets warf in der Hitze Blasen. Bond änderte die Richtung, um dem gebündelten Lichtstrahl auszuweichen, doch dieser folgte ihm beharrlich. Mit entschlossener Miene erhöhte Bond die Geschwindigkeit und wendete wieder, aber es war unmöglich, dem tödlichen Lichtkegel zu entrinnen. Da entdeckte Bond trotz des gleißenden Lichts ein Stück links von sich einen Ausweg und lenkte den Eisjet mit einem raschen Manöver an den Rand des Gletschers. Er wusste, dass es Wahnsinn war, denn hier ging es zweihundert Meter in die Tiefe, und unten wartete ein See voller Eisberge.

Graves, der den Punkt auf dem Bildschirm beobachtete, ahnte, was Bond vorhatte. Typisch Engländer, dachte er. Lieber ein Tod in Ruhm und Ehren, als sich von seinem Feind bei lebendigem Leib rösten zu lassen.

Vlad drückte auf die Stoppuhr. »Er hat Ihren Rekord gebrochen.«

Graves schnaubte höhnisch. »Und jetzt tritt er auf dem Höhepunkt seiner Karriere ab.«

Bond kämpfte mit den Hebeln und zwang den Eisjet in eine gerade Haltung. Die Kante des Gletschers näherte sich unaufhaltsam. Jetzt musste er exakt den richtigen Zeitpunkt abpassen ...

Er aktivierte den Anker, als der Eisjet über die Gletscherkante ins Leere stürzte. Der Anker rutschte mit einem kratzenden Geräusch über das Eis und suchte Halt. Das Seil spulte sich ab, während der Eisjet weiter in die Tiefe trudelte. Bond schaltete den Motor ab, klammerte sich im Cockpit fest und wartete auf den erhofften Ruck.

Endlich grub sich der Anker ins Eis und bohrte sich ein winziges Stück vor dem Abgrund in den Gletscher. Als das Seil den Eisjet heftig zurückkriss, wurde Bond gegen das Armaturenbrett geschleudert. Für einen Moment war ihm schwarz vor Augen, und als er wieder zu sich kam, herrschte um ihn herum eine unheimliche

Stille. Nur das Heulen des Windes und das Knirschen des am Ankertau baumelnden Eisjets war zu hören. Bond ging davon aus, dass er für ein paar Minuten die Besinnung verloren hatte.

Er sah nach unten. Zweihundert Meter tiefer ragten die Eisberge empor wie Zähne in einem Schlund, der darauf wartete, ihn zu verschlingen. Ein Blick nach oben sagte ihm, dass sich die schimmernde Kante des Gletschers etwa fünf Meter über ihm befand.

Vorsichtig befreite Bond sich aus dem Cockpit und klammerte sich an die Karosserie des Eisjets. Langsam und mühevoll kroch er Zentimeter um Zentimeter außen am Fahrzeug entlang bis zum Ankertau. Dann holte er ein paar Mal tief Luft, konzentrierte sich auf seinen Herzschlag und zwang sich, ruhig zu bleiben. Er packte das Seil und begann, nach oben in Richtung Gletscherkante zu klettern.

Im Palast beobachtete Graves die Vorgänge auf seinem Bildschirm. Der Lichtkegel verharrte an der Kante des Gletschers, und Graves bemerkte die Rutschspuren im Eis. Sie führten zu der rot glühenden Wärmeabstrahlung der Raketenmotoren, die von der Eiswand verdeckt wurden und deshalb nicht zu sehen waren. Grinsend ließ Graves den Finger über den Trackball gleiten. Auf dem Bildschirm erschien eine rot eingezeichnete Linie, die sich quer über die Gletscherkante erstreckte.

»Zeit für den Schlussstrich«, verkündete Graves.

Bond spürte, wie das Licht greller wurde und über die Kante des Gletschers glitt. Über sich hörte er ein grässliches Donnern und Krachen.

Der Gletscher gab nach!

Ohne lange zu überlegen, rutschte Bond an dem Seil hinunter und landete auf dem daran baumelnden Eisjet. Ein ohrenbetäubendes Geräusch wie Kanonendonner ertönte, und oben auf dem Gletscher bildete sich ein ge-

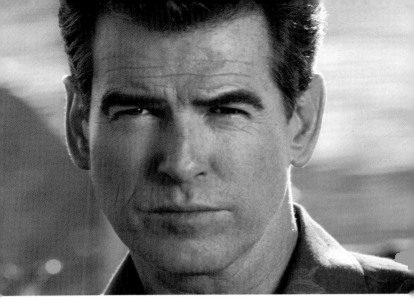

Bond trifft in Kuba erneut auf Zao, der sich in eine mysteriöse Klinik zurückgezogen hat

Gustav Graves *(Toby Stephens)* ist ein dynamischer Geschäftsmann mit einem Faible für Diamanten

Oben: Graves Assistentin Miranda Frost *(Rosamund Pike)* arrangiert für Bond ein Treffen
Unten: Nachdem Bond wieder im Geheimdienst aufgenommen ist, erklärt ihm Q *(John Cleese)* die Vorzüge des neuesten Aston Martin

Gustav Graves und Miranda Frost bei der spektakulären Präsentation im Eispalast in Island

Bond wird bei einer dramatischen Verfolgungsjagd über die isländische Eislandschaft gejagt

Jinx wird zu Bonds Komplizin, was diesem alles andere als unrecht ist

waltiger Riss. Während rings um Bond Eisbrocken in die Tiefe stürzten, riss er die Verkleidung des Bremsfallschirms hinter dem Fahrersitz ab. Wieder erklang ein lauter Knall, und ein Hagel aus Eis und Schnee ergoss sich über Bond. Im nächsten Moment löste sich die Hälfte der Gletscherwand ab und rutschte in den Abgrund. Der Eisjet hing noch immer am Seil, und Bond klammerte sich daran fest.

16 Feuer und Eis

Die gewaltige Eisplatte stürzte klatschend ins Wasser, und Bond sowie ein Teil des Fahrzeugs verschwanden hinter einer Gischtsäule.

Graves sah gebannt zu. Der Gletscher hatte nun eine neue Kante – in der Tiefe war nur noch ein mörderischer weißer Wirbel aus Tausenden von Tonnen umherfliegender Eissplitter zu erkennen. Niemand konnte so etwas überleben. Graves drehte sich zu den Generälen um, schaltete das Gerät an seinem Arm aus und nahm das Visier ab.

»Die Erderwärmung ist wirklich eine Schande«, bemerkte er.

General Li verbeugte sich tief. »Verzeihen Sie mir, Colonel«, erwiderte er auf Koreanisch.

Die letzte Eisplatte versank in den Wellen, und eine riesige Woge hüllte die kleineren Eisberge ein, während sie sich von der Gletscherwand entfernte.

Oben auf dem Wellenkamm glitt, getragen von dem zerfetzten Bremsfallschirm des Eisjets, eine winzige Gestalt über das schäumende Wasser. Bond war es gelungen, den Lukendeckel in eine Art Gleitbrett zu verwandeln; einzig und allein seine Willenskraft hatte verhindert, dass er in dem tosenden Inferno unterging. Es kostete ihn Mühe, sich an seinem improvisierten Gefährt festzuklammern, denn Wind und Wellen drohten ständig, ihn in den Abgrund zu schleudern. Auf einer anschwellenden Woge steuerte Bond, auf allen Seiten von hoch aufragenden Eisbergen umgeben, sein Brett geschickt durch den unwirklich anmutenden Hindernisparcours und raste – halb surfend, halb fliegend –, durch das reißende Wasser. Wenn es nicht um Leben und Tod gegangen wäre, hätte er die abenteuerliche Fahrt genossen.

Schließlich erreichte Bond jedoch ein Hindernis, vor dem selbst er kapitulieren musste: Direkt vor ihm erhob sich eine steile Eiswand, die den See am gegenüberliegenden Ufer begrenzte. Die riesige Welle trieb ihn mit rasender Geschwindigkeit darauf zu. Als Bond verzweifelt an den Schnüren des Fallschirms zerrte, stieg das Brett aus dem Wasser auf, und das selbst gebastelte Gleitbrett segelte vor den gewaltigen Wassermassen durch die Luft. Als ihm das Brett unter den Füßen wegkippte, klammerte Bond sich an dem Fallschirm fest, um über die Klippe zu gelangen. Wohlbehalten, allerdings dicht gefolgt von einer Wasserfontäne, landete er auf festem Boden. Er ließ sich fallen, rollte sich ab und blieb einige Minuten auf dem Eis liegen, bevor er sich mühsam aufsetzte. Sein Herz klopfte so heftig, dass er beinahe glaubte, es würde ihm ein Loch in die Brust schlagen. Er rang nach Atem, und als er die eisige Luft einsog, zogen sich seine Lungen schmerzhaft zusammen.

Nach einer schieren Ewigkeit nahm Bond den Fallschirm ab und warf einen Blick auf den gewaltigen

Gletscher am anderen Ende des Sees, dessen Front nun eine frische Narbe trug. Nichts spielte mehr eine Rolle, nichts war wichtig. Nur ein einziger Gedanke ging ihm immer wieder durch den Kopf:

Er war am Leben!

Miranda und Zao näherten sich der Suite, flankiert von einigen bewaffneten Männern. Auf ein Nicken von Miranda hin öffnete Zao die Tür. Das Wohnzimmer schien verlassen; niemand war zu sehen. Miranda bedeutete Zao einzutreten. Er gehorchte argwöhnisch.

Sobald er einen Schritt über die Schwelle gemacht hatte, ließ Jinx sich von oben auf ihn fallen und trat ihm in den Rücken. Nachdem sie wie eine Katze gelandet war, nahm sie Kampfposition ein, bemerkte dann aber Miranda und die bewaffneten Wachen. Als Jinx klar wurde, dass die Gegner in der Überzahl waren, richtete sie sich auf. Zao, der sich rasch wieder erholte, war aufgestanden.

»Welche Kraft«, meinte Miranda. »Genau wie Bond. Er war letzte Nacht so ... voller Energie.«

»War er etwa mit Ihnen im Bett?«, höhnte Jinx. »Ich wusste gar nicht, dass er es so nötig hat.«

Miranda lächelte verkniffen. »Der kommt nicht wieder. Er hat dran glauben müssen, als er abhauen wollte, um seine Haut zu retten.«

Zao nahm Jinx die Browning ab und gesellte sich wieder zu Miranda. Dann kehrten die beiden in den Flur zurück und ließen Jinx mitten im Zimmer stehen. Während Zao den Knopf betätigte, um die Tür zu schließen, fügte Miranda in Unheil verkündendem Ton hinzu: »Sie sind wirklich hübsch angezogen. Hoffentlich laufen die Sachen nicht ein, wenn sie nass werden.«

Die Tür fiel krachend ins Schloss.

Als Zao und Miranda den Palast verließen, wurden sie draußen von Graves und Vlad erwartet. Die drei koreanischen Generäle saßen in einem der beiden Range Rover, die mit laufendem Motor am Rand des Parkplatzes standen. Miranda und Vlad stiegen ebenfalls ein, und die Autos fuhren davon.

Graves wandte sich auf Koreanisch an Zao: »Das Saubermachen überlasse ich dir. Wenn wir uns wiedersehen, wird der Sieg unser sein. Und halte deine Männer vom Palast fern.«

»Wir werden uns nicht so lange trennen müssen wie beim letzten Mal«, erwiderte Zao. Nachdem die beiden Männer sich umarmt hatten, kletterte Graves in den zweiten Wagen.

Den wärmenden Fallschirm um die Schultern geschlungen, stapfte Bond durch den Schnee. Er kam nur mühsam voran und hätte alles für ein Fahrzeug gegeben, und wenn es nur ein Cellokasten gewesen wäre, um ihn als Schlitten zu benützen. Seine Muskeln schmerzten höllisch, und er war halb verdurstet. Dennoch trieb er sich zur Eile an. Denn Colonel Moon, alias Gustav Graves, war ganz offensichtlich im Begriff, den Verstand zu verlieren.

Als Bond in der Ferne Motorenlärm hörte, kroch er einen Abhang hinauf und stellte fest, dass sich ein Schneemobil näherte. Ein Blick auf den Fallschirm um seine Schultern sagte ihm, was zu tun war, und er rutschte wieder hinunter, um seine Falle vorzubereiten.

Als das Schneemobil kurz darauf einen Eishügel passierte, schoss plötzlich der straff gespannte Fallschirm hinter einer Schneewehe hervor. Das Hindernis traf den Fahrer im Gesicht und stieß ihn vom Fahrzeug. Im nächsten Moment machte Bond einen Satz über die

Schneewehe, sprang geschickt auf den Fahrersitz und raste in Richtung Palast davon.

Ein erneutes Geräusch, diesmal vom Himmel, warnte Bond vor einer weiteren Gefahr. Eine riesige Antonov An-124 Condor, ein schweres militärisches Transportflugzeug, schwebte über seinen Kopf hinweg und setzte irgendwo in der Ferne, unweit seines Ziels, zur Landung an. Bond biss die Zähne zusammen und beschleunigte das Fahrzeug auf Höchstgeschwindigkeit.

Als Bond den Rand des Palastgrundstücks erreicht hatte, lenkte er das Schneemobil hinter einen vereisten Felsvorsprung in der Nähe des Gebäudes, um nicht gesehen zu werden. Nachdem er abgestiegen war, ging er in Deckung und sondierte die Lage. Offenbar waren alle Gäste fort; nur Graves' Männer waren zurückgeblieben, bereiteten sich zum Aufbruch vor und machten sich auf dem Parkplatz zu schaffen, wo der Aston Martin und Jinx' Thunderbird festsaßen. Ein bewaffneter Wärter beaufsichtigte die Autos.

Bond nahm die Fernbedienung seines Wagens aus der Tasche, drückte auf ein paar Knöpfe und wartete ab. Stacheln schossen aus den Rädern des Aston Martin, und Deckplatten senkten sich über die Reifen. Dann begann der Vanquish zu flirren und sich in Pixel und geisterhafte Umrisse aufzulösen, bis er nicht mehr zu sehen war. Der Motor heulte auf. Der Wagen, der hinter dem Wachmann stand, setzte sich langsam in Bewegung.

Als der Mann sich umdrehte, bemerkte er zu seinem Erstaunen, dass das Fahrzeug verschwunden war. Spuren im Schnee wiesen darauf hin, dass jemand das Auto vom Parkplatz und um eine Kurve gerollt hatte.

Der verdatterte Wachmann beschloss, der Sache auf den Grund zu gehen, und folgte den Spuren bis zu der

Stelle, wo sie schlagartig aufhörten. Dort blieb er stehen und kratzte sich ratlos am Kinn.

Wo mochte das verdammte Auto bloß stecken?

Plötzlich öffnete sich mitten in der Luft ein Fenster. Bonds Faust schoss heraus, packte den Wachmann am Kragen und stieß sein Gesicht kräftig auf die Motorhaube des unsichtbaren Wagens. Während der Mann bewusstlos zu Boden sank, schloss Bond lautlos das Fenster und war im nächsten Moment wieder verschwunden.

Zao hatte die letzten Minuten damit verbracht, das Grundstück zu inspizieren und den verbleibenden Wachleuten Befehle zu geben. Als er um die Ecke bog und den Bewusstlosen im Schnee liegen sah, griff er zum Funkgerät und sprach hinein. Kurz darauf kamen die von ihm alarmierten Wächter auf Schneemobilen angepreschet. Während sie auf Anweisungen warteten, sah Zao sich, auf der Suche nach dem Eindringling, in alle Richtungen um. Und plötzlich bot sich ihm ein Anblick, der ihn so verblüffte, dass ihm der Mund offen stehen blieb.

Eines der herannahenden Schneemobile begann auf einmal zu wackeln und zu schwanken, als sehe er es durch eine verzerrende Linse. Dann ertönte ein lautes Scheppern, als das Schneemobil mit der leeren Luft zusammenstieß. Der Fahrer wurde durch die Luft geschleudert und fiel Zao vor die Füße, der allerdings nur einen mitleidlosen Blick für den Mann übrig hatte. Aufgeregt stürmte Zao auf den Jaguar XKR zu, der ganz in der Nähe stand.

Bond betrachtete das Armaturenbrett des Vanquish, das eher an das Cockpit eines Flugzeugs als an das eines Autos erinnerte. Dann schaltete er das Wärmesuchgerät ein und richtete es auf den Eispalast. Wenn Jinx sich dort befand und noch lebte, würde er sie auf dem Monitor erkennen. Aber es war nichts zu sehen. Alle waren fort. Hatten sie sie mitgenommen?

Moment mal! Irgendwo in den Tiefen des Palastes bemerkte Bond plötzlich einen orangefarbenen Fleck, der auf Leben hinwies, und zwar in dem Bereich, wo sich die großen Suiten befanden. Das musste Jinx sein.

Bond aktivierte das Kommunikationssystem und gab die Frequenz für London ein. Ungeduldig wartete er darauf, dass sich jemand meldete, denn er wollte keine wertvolle Zeit verlieren.

Kommt schon, flehte er.

Endlich antwortete Moneypenny. »James, wo sind Sie?« Ihre Stimme klang verzerrt und sehr weit weg.

»Ich befinde mich auf dünnem Eis. Holen Sie M an den Apparat. Einer unserer Agenten steckt in Schwierigkeiten.«

»Miss Frost?«

»Nein, es handelt sich um eine andere Person. Aber Miss Frost wird tatsächlich schon bald große Probleme bekommen.«

Die Antonov landete auf einem vereisten Feld, nur wenige Kilometer vom Palast entfernt. Graves und sein Gefolge saßen in den Range Rovers und erwarteten die Maschine. Nachdem das riesige Flugzeug stand, wurde die Gangway heruntergelassen, und die Passagiere schickten sich an einzusteigen.

Graves öffnete die Kiste und nahm die Armschiene mit dem Panzerhandschuh und das Visier heraus.

»Zeit, die Amerikanerin ein bisschen zu baden«, meinte Miranda süffisant und folgte den Generälen grinsend ins Flugzeug. Vlad blieb zurück, um seinem Boss zu helfen.

Der Handschuh summte und surrte, als Graves den Ikarus-Satelliten in Stellung brachte. Wieder entfaltete sich das Segel, fing die Strahlen der Sonne auf und richtete sie diesmal auf den Eispalast.

Nachdem der Satellit in Position war, schaltete Graves die Fernsteuerung ab und verstaute sie wieder in der Kiste.

»Gehen wir an Bord, Vlad«, sagte er schmunzelnd. »Ich kümmere mich um den Start.«

Zao sprang in den XKR und ließ den Motor aufheulen.

Offenbar hat dieser britische Spion auch ein paar Extras in seinen schicken Aston Martin einbauen lassen, dachte er. Aber jetzt konnte er sich auf eine Kostprobe der Kunststückchen gefasst machen, zu denen Moons Jaguar in der Lage war ...

Der XKR war tatsächlich ein Prachtstück mit einem 370 PS starken V8-Motor, der in fünf Sekunden von null auf hundert Stundenkilometer beschleunigen und es somit durchaus mit dem Vanquish aufnehmen konnte. Die Energie absorbierenden Knautschzonen hinten und vorne und die um das gesamte Fahrzeug herumgeführte Stoßstange verliehen ihm zusätzlichen Schutz vor den kleinen Missgeschicken, die einem auf der Jagd nach feindlichen Spionen allzu leicht unterlaufen konnten. Zao zweifelte nicht daran, dass Moons offensive und defensive Sonderausstattung dem Meisterwerk aus der Abteilung Q des MI6 das Leben schwer machen würden.

Als er das Wärmesuchgerät einschaltete, tauchte plötzlich vor ihm der Aston Martin auf. Zao legte einen Schalter um, und eine Rakete wurde aus dem Jaguar abgefeuert.

Bond, der das aufblitzende Warnsignal mit dem Wortlaut »ZIEL ERFASST« bemerkt hatte, legte den Rückwärtsgang ein und trat aufs Gas. Die Rakete verfehlte den Wagen um Haaresbreite und schlug einige

Meter dahinter in einen Eisberg ein. Bond spürte zwar die durch die Explosion hervorgerufene Erschütterung, doch die solide Panzerung verhinderte, dass er oder das Auto Schaden nahmen.

Es war Zeit, sich so schnell wie möglich auf die Suche nach Jinx zu machen. Der Aston Martin raste, tiefe Reifenspuren hinterlassend und in einem Nebel von spritzendem Eis, auf den Palast zu. Allerdings war Zao nicht gewillt, Bond so leicht davonkommen zu lassen. Auf einen Knopfdruck hin wurden Maschinengewehre aus den Flanken des Wagens ausgefahren und abgefeuert – dabei wurden einige der Pixel in der Außenhaut des Vanquish im Kugelhagel beschädigt.

Als Bond auf einen Knopf drückte, klappte am Heck ein Schutzschild aus, von dem Zaos Kugeln laut dröhnend abprallten. Bond bediente noch einen Hebel und eröffnete aus den Kanonen an den hinteren Kotflügeln das Feuer. Aber offenbar verfügten die Koreaner ebenfalls über Panzerungen aus Kobalt, denn Bonds Kugeln konnten dem Jaguar nichts anhaben.

Die beiden Wagen rasten mit Höchstgeschwindigkeit und im Zickzackkurs nebeneinander her. Schließlich schaltete Bond die Tarnfunktion ab und konzentrierte sich darauf, dem Jaguar auszuweichen. Ihm kam es nur darauf an, den Palast zu erreichen, doch der Koreaner nahm ihn weiter mit den Waffen des Jaguars unter Beschuss und schnitt ihm wiederholt den Weg ab. Jedes Mal, wenn Bond sich eine gerade Route zum Palast zurechtgelegt hatte, blockierte der Jaguar die Strecke und drängte ihn in die Felder ab. Schließlich gelang es Zao, Bond gegen einen großen Gletscher zu drücken. Da es ein gefährliches Manöver erfordert hätte, einen Zusammenstoß zu vermeiden, entschied sich Bond für eine unkonventionellere Methode: Er feuerte einen Torpedo auf den Gletscher ab und sprengte einen Tunnel hinein, durch den er im Höllentempo hindurchraste. Zao folgte ihm jedoch auf den Fersen. Der Jaguar preschte inmitten herunterfallender Eisbrocken durch den Gletscher, sodass sich der Abstand zwischen den beiden Wagen zusehends verringerte.

Zaos nächster Schachzug bestand darin, eine wärmegesteuerte Rakete auf Bond abzufeuern, doch das Warnsystem des Vanquish machte Bond gerade noch rechtzeitig darauf aufmerksam, sodass er ausweichen konnte. Die Rakete schlug in einen Schneehügel ein, aber der Rückstoß war so kräftig, dass der Aston Martin umgeworfen wurde und auf dem Dach liegen blieb. Während der Wagen über das Eis schlitterte, hing Bond hilflos im Sicherheitsgurt. Sobald der Vanquish stehen geblieben war, schoss Zao eine weitere wärmegesteuerte Rakete auf den Aston Martin ab, der nun so wehrlos wirkte wie eine auf dem Rücken liegende Schildkröte.

Wieder blitzte das Warnsystem auf. Bond stieß einen Fluch aus und tat dann das Erstbeste, was ihm einfiel: Er drückte auf den Knopf des Schleudersitzes für den Beifahrer. Im Bruchteil einer Sekunde glitt das Dach zurück, und der Sitz wurde ins Eis gerammt, sodass er den Wagen nach oben drückte und wieder aufrichtete – gerade noch rechtzeitig, denn schon im nächsten Moment sauste die Rakete darunter hindurch. Der Wagen landete auf allen vier Rädern.

Bond war wieder im Geschäft, auch wenn ihm jetzt der Beifahrersitz fehlte. Er trat das Gaspedal bis zum Anschlag durch, riss das Steuer herum, rammte den Jaguar und drängte ihn in eine Schneewehe. Die Räder des Jaguars drehten durch, sodass eine Eisfontäne in alle Richtungen spritzte. Zao saß in der Falle.

Bond bereitete einen Torpedo vor, griff nach dem Joystick und legte den Daumen auf den Abzug. Doch plötzlich bemerkte er etwas aus dem Augenwinkel. Er drehte sich um und erstarrte vor Entsetzen.

Der Ikarus-Strahl war auf den Eispalast gerichtet, der in einem ringförmigen Graben aus gefrorenem Schneematsch zu versinken schien. Die Außenränder des Bauwerks zeigten bereits die ersten Risse. Pulverschnee rieselte durch die Luft und verdampfte im Flug. Und ein Windstoß bewegte sich kreisförmig um den Palast wie ein kleiner Tornado.

Bonds Interesse an Zao erlosch schlagartig. Er wendete den Wagen und trat aufs Gas.

17 Dem Untergang geweiht

Jinx hatte alles versucht, um sich aus der verschlossenen Suite zu befreien. Die vereisten Fenster klemmten – man hätte einen Flammenwerfer gebraucht, um die festgefrorenen Rahmen aus der Verankerung zu lösen. Die Tür war ein massiver Eisblock, den man vielleicht mit einem Vorschlaghammer hätte zertrümmern können – aber leider hatte Jinx ein solches Werkzeug nicht zur Hand. Wenn man ihr die Pistole nicht abgenommen hätte, hätte sie die Möglichkeit gehabt, Löcher in die Tür zu schießen, doch vermutlich hätte auch das nicht viel genützt.

Was hatte die Bemerkung über Bond zu bedeuten gehabt? War er wirklich tot? Jinx konnte es nicht glauben – sie wollte es einfach nicht glauben.

Allerdings schienen die Gegner ihrer Sache sicher gewesen zu sein. Jinx hatte seit der Eskapade in Kuba Nachforschungen über Bond angestellt und eine Menge über ihn erfahren – auch darüber, wie gefährlich er sein konnte. Er war ein ernst zu nehmender Verbündeter und hatte offenbar im Lauf seiner langen Karriere schon größere Abenteuer überstanden. Dennoch ... diese Miranda Frost hatte so überzeugt geklungen. Falls Bond wirklich tot war, musste Jinx jetzt so schnell wie möglich aus diesem Zimmer fliehen.

Das gedämpfte Geräusch einer Explosion ließ sie ans Fenster laufen, doch sie sah nur eine dunkle Rauchwolke, die in der Ferne aufstieg. Einer von Graves' Wagen, ein Jaguar, raste über das Eis, als verfolge er jemanden. Nachdem er aus ihrem Blickfeld verschwunden war, drehte Jinx sich um und bemühte sich wieder, nach einem Fluchtweg zu suchen.

Über dem Bett befand sich ein Heizungsschacht, der jedoch zu eng war, um sich hindurchzuzwängen. Jinx rückte das Bett von der Wand, schob den Schreibtisch zur Seite und erkundete das Badezimmer Zentimeter um Zentimeter. Nirgendwo entdeckte sie eine Öffnung, die ihr weitergeholfen hätte.

Was sollte sie nun tun?

Durch das Fenster fiel helles Licht herein. Der grelle Strahl blendete sie, und Todesangst überfiel sie, als ihr klar wurde, woher das Licht stammte.

Sie wich vom Fenster zurück, blieb mitten im Zimmer stehen und zermarterte sich verzweifelt das Hirn nach einem Ausweg. Erneut schaute sie sich im Raum um, als sie einen Wassertropfen auf der Stirn spürte.

Die Decke schmolz.

Dann wackelte der Boden unter Jinx' Füßen, als ob etwas das Fundament des Bauwerks ins Wanken gebracht hätte. Wasser quoll langsam aus den Ecken, wo Boden und Wände zusammentrafen. Jinx fragte sich, ob der Palast versank oder ob gerade ein Erdbeben stattfand. Ein lautes Knacken sagte ihr, dass das Eis an den

Kanten des gewaltigen Gebäudes nachgab. Starr vor Schreck und völlig ratlos ließ Jinx sich aufs Bett sinken und blickte in das aus Eis gebaute Zimmer, dessen Wände weiß zu schimmern und Wassertropfen abzusondern begannen. Die Tropfen wurden immer größer und fielen immer häufiger, bis es aussah, als ob in sämtlichen Decken riesige Wasserrohre leckten.

James, wenn du noch lebst, komm bitte sofort her, war ihr letzter Gedanke, bevor sie zu beten begann.

James Bond fuhr direkt auf den Eispalast zu, als der Eingang in sich zusammensackte und einstürzte und somit alle Hoffnung zunichte machte, den Palast zu betreten. Bond musste ausweichen, um nicht von den Eismassen getroffen zu werden, und geriet auf dem nassen Untergrund ins Rutschen. Immer noch verfolgt von Zao, wendete er den Aston Martin und fuhr um den Palast herum zu dem Verbindungsgang, doch musste er feststellen, dass dieser ebenfalls eingestürzt war. Es gab keinen Weg mehr hinein oder heraus.

Wieder wendete Bond und raste über den Parkplatz. Er spürte, wie der Boden heftig unter ihm erbebte, als sich auf dem zugefrorenen See, dort wo das Eis mit den Mauern des Palastes zusammentraf, die ersten Risse bildeten. Mit einem schauderhaften Ächzen begann das gesamte Gebäude in sich zusammenzusacken.

Als Bond erneut kehrtmachte, feuerte Zao eine weitere Rakete auf den Aston Martin ab. Sie schlug zwar nur dicht hinter dem Wagen ein, doch ihre Wucht genügte, um den Vanquish in die Luft zu schleudern. Das Auto kam direkt vor zwei Schneemobilen auf, prallte mit einem von ihnen zusammen und versetzte dem anderen einen so heftigen Stoß, dass es nach vorne gestoßen und in den versinkenden Palast gerammt wurde.

Er traute seinen Augen nicht, denn diesmal war die

Explosion ein Glücksfall für ihn gewesen: Das Schneemobil hatte eine einstürzende Mauer durchbrochen, und das auf diese Weise entstandene Loch war groß genug, um den Wagen durchzulassen. Bond legte den richtigen Gang ein und fuhr in den Palast. Eisbrocken rumpelten unter den Rädern. Auch Zao ergriff die Gelegenheit, die Jagd nach Bond fortzusetzen. Ein Schneemobil folgte ihm auf den Fersen.

Bond stellte fest, dass er sich im Barbereich befand. Als er den Tresen umrundete, stieß er gegen einen der Stützpfeiler des Balkons. Der Fahrer des Schneemobils stoppte, zückte einen Raketenwerfer und wartete, bis der Aston Martin hinter der Theke hervorkommen würde. Als er gerade abdrücken wollte, rammte Bonds Wagen eine weitere Säule, sodass der Großteil des Balkons in sich zusammensank. Der Fahrer sprang aus dem Schneemobil, um sich vor dem fallenden Eis zu retten, geriet dabei jedoch genau vor den Vanquish, der ihn mit einem dumpfen Geräusch überrollte.

Bond fuhr aus der Bar und die Treppe hinauf, von der das Wasser herunterströmte. Links und rechts von ihm fielen Säulen um. Trotz der Spikes an den Rädern rutschte er immer wieder ab, und es war schwierig, auf den nassen Stufen Halt zu finden. Der ganze Palast neigte sich zur Seite. Als Bond aufs Gas trat, bekam der Vanquish auf wundersame Weise ein wenig Bodenhaftung und schoss, gefolgt von dem Jaguar, die Stufen hinauf.

Die beiden Autos rasten hintereinander her den gewundenen Flur entlang. Als Bond eine Kreuzung erreichte, bog er ab und schlitterte um die Ecke. Dank dieses Manövers gelang es ihm, den Jaguar für einen Moment abzuhängen, was ihm die Zeit gab, wieder Ausschau nach Jinx zu halten. Er stoppte auf einem Balkon und schaltete das Wärmesuchgerät ein. Irgendwo rechts, ein Stockwerk unter sich, bemerkte er eine schwache Abstrahlung von Körperwärme. Bond stellte fest, dass der fragliche Korridor zu den Suiten führte, wo sich auch Mirandas Zimmer befunden hatte. Offenbar war Jinx dort eingesperrt.

Plötzlich erschien ein bewegliches Wärmesignal auf dem Bildschirm. Der Jaguar näherte sich Bond von links. Bond wollte schon aufs Gas treten, als Eisbrocken vor das Auto stürzten und ihm den Weg versperrten. Da hinter ihm eine Wand war, konnte er auch nicht den Rückwärtsgang einlegen. Er warf einen Blick auf den Jaguar und stellte fest, dass Zao an der Front des Wagens eine Reihe gefährlich aussehender Waffen ausgefahren hatte, bei denen es sich offenbar um Bajonette handelte. Der Jaguar beschleunigte und schoss vorwärts, anscheinend in der Absicht, den Vanquish vom Balkon zu stoßen und ihn dabei aufzuspießen.

Bond drückte auf einen weiteren lebensrettenden Knopf, worauf sich die Reifenspikes des Aston Martin aufs Doppelte verlängerten. Dann gab er Gas und legte den Rückwärtsgang ein. Die Spikes bohrten sich in die Eiswand, sodass der Wagen unaufhaltsam nach oben kletterte. Der Jaguar raste auf die dadurch entstandene Lücke zu, ohne noch Zeit zum Bremsen zu haben. Er wurde über die Balkonbrüstung geschleudert, brach durch die Bar in das darunter befindliche Wasser und versank, inmitten schwimmender Tische, Vorhänge und Stühle, in der blauen Tiefe. Zao befreite sich aus dem Sicherheitsgurt und floh aus dem Wagen.

Bond lenkte den Vanquish die Treppe hinunter und blieb stehen. Nachdem er einen Moment abgewartet hatte, sah er Zao endlich auftauchen. Er warf einen Blick auf den gewaltigen Kronleuchter aus Eis, der hoch über der Wasserfläche hing. Rasch öffnete er das Geheimfach, das seine Ersatzpistole enthielt, nahm sie heraus und entsicherte sie. Dann zielte Bond sorgfältig und gab einen einzigen Schuss ab, der die Aufhängung des Kronleuchters traf. Wie ein gewaltiger Stalaktit stürzte das riesige Gebilde aus Eis direkt auf Zao hinab. Bond sah zu, wie das eisige Wasser sich langsam rot verfärbte.

Inzwischen hatte sich das Eis weiter bewegt. Wasser strömte durch das Loch, durch das Bond soeben noch in den Palast gefahren war, und zog das Gebäude weiter in die Tiefe. Bond gab Gas und raste, den sich rasch mit Wasser füllenden Korridor entlang, auf die Suiten der leitenden Mitarbeiter zu. Endlich sah er Jinx: Sie trieb in einem Becken, das wie ein Aquarium aussah. Der Raum war fast bis zur Decke mit Wasser voll gelaufen. Um sie herum schwammen Fische.

Bond steuerte geradewegs auf die Eiswand zu und brach hindurch. Wasser ergoss sich durch die Öffnung, und Jinx wurde auf die Motorhaube gespült. Bond bediente den winzigen Schalter auf seinem Ring, der den Schallgeber aktivierte, und hielt diesen an die Windschutzscheibe. Nachdem das Glas zerbrochen war, konnte er Jinx in den Wagen ziehen. Leblos hing sie im Sitz. War sie tot?

Um sie herum stürzten Säulen zusammen; der Palast kippte weiter.

Es ist noch nicht zu spät!

Bond trat aufs Gaspedal und hielt auf eine Wand zu. Der Vanquish schoss aus den Überresten dessen, was einmal eine obere Etage des Palastes gewesen war. Dieser stand inzwischen fast vollständig unter Wasser. Der Wagen segelte durch die Luft, prallte unsanft auf das Eis, drehte sich einige Male um die eigene Achse und blieb schließlich stehen.

Der Palast versank in den Fluten des tosenden Sees.

Bond fuhr zu der heißen Quelle und stürmte, Jinx

über die Schulter geworfen, aus dem Wagen. Nachdem er sie auf den Boden gelegt hatte, wickelte er sie in die eilig aus einer Hütte in der Nähe geholten Bademäntel. Dann verabreichte er ihr eine Herzmassage und eine Mund-zu-Mund-Beatmung. Doch als er eines ihrer Augenlider anhob, war ihre Pupille starr und erweitert. Noch immer kein Lebenszeichen.

Nein! War er etwa schuld daran, weil er auf Miranda hereingefallen war? Trug er die Verantwortung? Hatte er Jinx auf dem Gewissen?

Verzweifelt tat Bond alles, was ihm einfiel, um ihre Unterkühlung zu bekämpfen. Er rieb ihre Hände, Arme, Beine und Füße und wickelte sie in eine Pelzdecke.

»Komm schon!«, rief er. »Die Kälte hat dich am Leben erhalten. Es muss einfach so sein.«

Wieder drückte er ihr auf die Brust.

»Wach auf!«

Er lauschte und drückte weiter. Dann presste er erneut seine Lippen auf ihren Mund. Mund-zu-Mund-Beatmung, Herzmassage. Mund-zu-Mund-Beatmung, Herzmassage. Doch als er zum letzten Mal panisch versuchte, Luft in ihre Lungen zu pressen, dämmerte ihm die Wahrheit: Es war vergebens.

Bond sank auf die Fersen und betrachtete ihre leblose Gestalt. Sie war tot. All seine Bemühungen hatten es nicht verhindern können.

Doch dann hörte er ein leises Hüsteln. Ihr Körper zuckte. Wasser rann ihr aus dem Mund. Wieder hustete sie, und noch mehr Wasser kam heraus. Bond zog sie an sich und nahm sie in die Arme. Mit zitternden Händen rieb er ihre Gliedmaßen, um den Blutkreislauf anzuregen. Jinx schnappte nach Luft und hustete erneut. Endlich öffnete sie die Augen und sah sich verdattert um. Bond starrte sie an, und sie bemerkte seine verzweifelte Miene.

»Fühlst du dich nicht wohl?«, fragte sie.

Vor lauter Erleichterung fing er laut zu lachen an.

In diesem Moment hörten sie beide das Dröhnen der startenden Antonov. Als Bond aufblickte, sah er, wie die riesige Maschine, eine Ladung bösartiger Menschen an Bord, davonflog.

18 Die Erneuerung

Gustav Graves saß allein in seiner Kabine in der gewaltigen Antonov, während diese um die halbe Welt nach Nord-Korea flog. Er fühlte sich unbeschreiblich erschöpft und brauchte eine Sitzung mit der Traummaschine, um wieder zu Kräften zu kommen. Die Schlaflosigkeit, an der er seit geraumer Zeit litt, war mehr als nur ein Ärgernis – sie brachte ihn allmählich um den Verstand. Doch zum Glück rettete die Traummaschine ihm jedes Mal wieder das Leben und sorgte dafür, dass er auf dem Boden der Tatsachen blieb und sein Ziel nicht aus den Augen verlor. Er war sicher, dass er stets den Realitätsbezug behalten würde, solange er mindestens eine Stunde am Tag mit diesem Gerät verbringen konnte.

Nachdem er Anweisungen gegeben hatte, ihn nicht zu stören, lehnte er sich in seinem Sitz zurück und legte sich den gebogenen Bildschirm übers Gesicht. Sofort begann die Maschine zu summen, die bunten Lichter blinkten, und Graves wurde in Tiefschlaf versetzt, ohne dazu wirklich einschlafen zu müssen.

Wie immer waren seine Träume zum Greifen nah und drehten sich um Menschen und Orte. Das Gesicht seines Vaters stand ihm vor Augen, aber Graves weigerte sich, wegen der Dinge, die bald in Korea geschehen würden, Schuldgefühle zu haben. Nach einer Weile wurde das Gesicht des Generals von dem von James Bond abgelöst, dem Feind, der seiner Organisation geschadet und versucht hatte, seine Pläne zu durchkreuzen. Aber nun war Bond tot, sodass Graves sich auf den nächsten Schritt konzentrieren konnte.

Graves ließ seine Gedanken schweifen und sich von der Traummaschine in die Tiefen seines Unterbewussten entführen. Er erinnerte sich an die Ereignisse des vergangenen Jahres und daran, wie er sein Leben als Colonel Tan-Gun Moon weggeworfen hatte, um ein anderer zu werden.

Colonel Moon hatte den Sturz in den Wasserfall überlebt, indem er eine der Schwimmwesten aus dem Mutterschiff angezogen und seinen Kopf mit einer kugelsicheren Weste geschützt hatte. Obwohl das Fallen des riesigen Luftkissenbootes nur ein paar Sekunden gedauert hatte, hatte Moon den Eindruck gehabt, es hätte zwei oder drei Stunden in der Luft gehangen. Doch ganz gleich, wie viel Zeit auch verstrichen sein mochte, das Fahrzeug war jedenfalls irgendwann auf das Wasser unterhalb des Wasserfalls aufgeprallt. Im ersten Moment war es totenstill und stockfinster gewesen. Moon hatte sich an seine Weste geklammert, damit diese den Stoß abfing, der ihn ansonsten gewiss umgebracht hätte.

Nach einer schieren Ewigkeit, in der nichts geschah, wurde Moon klar, wo er sich befand. Das Wasser war zwar kalt, jedoch nicht so eisig, wie er erwartet hatte. Es war ungewöhnlich dunkel, und er bemerkte, dass er unter dem Luftkissenboot lag, das gekentert war und nun – zusammen mit ihm – auf den Grund des Sees sank. Moon wusste, dass er sofort etwas unternehmen musste, da die Schwimmweste ihm sonst nichts mehr nützen würde.

Doch noch ehe er Zeit zum Nachdenken hatte, senkte sich das Boot wie eine schwere Decke auf ihn und drückte ihn, mit dem Rücken zuerst, auf den schlammigen Grund des Sees. Dank der Form des Bootes wurde er zum Glück nicht zerquetscht. Doch er war in der Lücke zwischen dem Seeboden und dem Deck des Luftkissenboots gefangen, das nun auf ihm lastete.

Beinahe wäre Moon in Panik geraten, aber er nahm sich zusammen und hielt sich vor Augen, wo er sich befand und welche Möglichkeiten ihm offen standen. Die meisten Waffen und militärischen Ausrüstungsgegenstände waren an Deck des Luftkissenbootes befestigt gewesen, weshalb er sie auch jetzt noch erreichen konnte. Und am besten war, dass das Panzer-Abwehrgeschütz, welch ein Wunder, direkt neben seinem Bein im Schlamm lag.

Der Colonel griff nach der schweren Waffe und drehte sich, sodass er damit auf den Rand des Luftkissenboots zielen konnte. Dabei achtete er darauf, nicht etwa eine der Raketen oder den Sprengstoff zu treffen. Eine kleine Lücke an der Seite des Luftkissenboots würde genügen ...

Er drückte ab und spürte, selbst hier im tiefen Wasser, den heftigen Rückstoß. Der dumpfe Knall war so laut, dass er den Boden unter ihm erschütterte. Eine dichte Wolke aus Schlamm, Sand und Luftblasen umgab ihn, sodass er sich nicht mit den Augen davon überzeugen konnte, ob er Erfolg gehabt hatte.

Inzwischen barsten ihm fast die Lungen. Er musste auftauchen. Blind wie eine Sandkrabbe kroch er auf das Loch zu, das er, wie er hoffte, in die Seite des Luftkissenboots geschossen hatte. Er tastete sich weiter, fand die schartigen Kanten der Lücke und zwängte sich hinein.

Er war frei.

Moon tauchte auf und schnappte nach Luft. Einige Minuten blieb er liegen und ließ sich von den Strudeln des Wasserfalls von der Felskante wegtreiben. Dann blickte er nach oben zu dem Tempel, wo er den britischen Spion zuletzt gesehen hatte. Aus dieser Entfernung war nicht festzustellen, ob sich dort etwas regte. Aber Bond würde ihn ganz sicher für tot halten.

Und angesichts der momentanen Situation war es Moon nur recht, ihn in diesem Glauben zu wiegen.

Colonel Moon kannte viele Verstecke. Überall in Nordkorea unterhielt er Unterschlüpfe, von denen nicht einmal seine Berater etwas ahnten. Zao war der Einzige, der wusste, dass Moon das Unglück mit dem Luftkissenboot überlebt hatte. Sie trafen sich an einem verabredeten Ort unweit von Pjöngjang, um die Zwischenfälle zu planen, die sich abspielten, während Bond in einem nordkoreanischen Gefängnis saß. Es war Zeit, sich wieder an Miranda Frost zu wenden.

Die Traummaschine versetzte Graves in die Vergangenheit zurück, als er sich an den Ablauf der Ereignisse erinnerte.

Moon und Miranda hatten sich in Harvard in der Fechtermannschaft kennen und achten gelernt und auch nach ihrem Studienabschluss den Kontakt gehalten. Moon war ein junger, energiegeladener, attraktiver Asiat, der über Reichtum und Macht verfügte. Miranda Frost fühlte sich von ihm angezogen, wenn auch nicht unbedingt sexuell. Auch Moon interessierte sich in körperlicher Hinsicht nicht für westliche Frauen. Sex reizte ihn ohnehin nicht sehr. Einige Affären gab es zwar zu verzeichnen, doch hatte er fleischlichen Gelüsten irgendwann abgeschworen, um sich auf das Wesentliche zu konzentrieren. Sein einziges Ziel war es, Nordkorea zu regieren, den Süden zu besiegen und den Westen in die Knie zu zwingen.

Zu dem Zeitpunkt, als Miranda Moon begegnete, kämpfte sie einzig und allein für ihre eigenen Interessen. Sie war intelligent, sportlich und eine Schönheit; ihr Land oder ihre Mitmenschen waren ihr einerlei. Moon merkte ihr an, dass sie die Welt als einen Ort voller Feinde betrachtete, die es zu überwinden galt. Von Miranda selbst wusste er, dass sie Einzelkind war und bei ihrer Geburt ihre Mutter verloren hatte. Ihr Vater hatte ihr die Rolle der Tochter und die der Ehefrau aufgebürdet, sobald sie alt genug war, um die Hausarbeit zu verrichten.

»Als ich vierzehn war, habe ich meinen Vater umgebracht«, hatte Miranda Moon anvertraut. »Tja, das stimmt zwar nicht ganz, aber ich bin jedenfalls für seinen Tod verantwortlich.«

»Wie das?«, fragte Moon.

»Er war allergisch gegen Bienenstiche und prahlte immer, er hätte als Teenager einen fast tödlichen Stich überlebt. Wir wohnten in Kent auf dem Land. Ich unternahm häufig lange Spaziergänge, um aus dem Haus zu kommen. Und eines Tages entdeckte ich, nicht weit von unserem Grundstück, einen Bienenstock. Ich kehrte zurück nach Hause, nahm ein Glas mit Deckel, bohrte mit einem Eispickel ein paar Löcher hinein und ging wieder zum Bienenstock. Ich hatte keine Angst vor Bienen. Da ich als Kind einmal gestochen worden war, wusste ich, dass ich keine Allergie hatte.«

»Was hast du dann gemacht?«

»Ich habe drei Bienen mit dem Glas eingefangen und sie mit nach Hause genommen. Als mein Vater abends von der Arbeit zurückkam, schlich ich mit dem Glas nach draußen, öffnete die Autotür, ließ die Bienen frei und machte die Tür wieder zu.«

»Was ist anschließend passiert?«

Moon erinnerte sich noch deutlich an das Lächeln, das sich in Mirandas Gesicht ausgebreitet hatte. »Als mein Vater am nächsten Morgen zur Arbeit fahren wollte, waren die Bienen ziemlich wütend und hatten Hunger. Er stieg ein, ließ den Motor an, aber er kam nur bis zur Hauptstraße. Die Bienen griffen ihn an, und er hatte einen Zusammenstoß mit einem Lastwagen. Den Unfall hat er zwar überlebt, doch durch die Stiche ist ihm so der Hals zugeschwollen, dass er daran erstickt ist. Er war tot, bevor der Krankenwagen eintraf.«

Moon hatte ihre Grausamkeit bewundert, und bald verbündeten sie sich gegen den Rest der Welt.

Einige Jahre nach ihrem Abschluss in Harvard begegneten Colonel Moon und Miranda sich wieder, und zwar in Sydney während der Olympiade. Miranda war Mitglied der britischen Fechtermannschaft und würde vermutlich den zweiten Platz erringen. Moon war nur als Zuschauer gekommen, da Nord-Korea nicht an den Spielen teilnahm. Er hatte Hochachtung vor Mirandas Fähigkeiten und wünschte ihr den Sieg. Es war Zeit, sie in seine Pläne einzubinden.

Das erwies sich mitnichten als schwer. Colonel Moon und Miranda gründeten in Sydney eine unheilige Allianz, die aus ihrer beider Machtgier erwuchs. Moon liebte das Regieren, und Miranda gewann gerne.

»Ich kann dir die Goldmedaille garantieren«, sagte Moon zu ihr.

»Wirklich? Wie denn?« Sie merkte auf.

»Das ist mein Geheimnis.«

»Was muss ich dafür tun? Mit dir schlafen?«

»Nichts derart Geschmackloses«, erwiderte er und

strich ihr über das goldene Haar. »Mein Preis für diesen Dienst ist deine unverbrüchliche Treue.«

»Die hast du bereits.«

»Obwohl ich ein Militär und ein Radikaler aus einem kommunistischen Land bin?«

»Seltsamerweise finde ich das anziehend«, entgegnete sie.

Am Abend vor dem großen Wettkampf vergiftete Colonel Moon die beste Fechterin der Russen. Als der Augenblick der Wahrheit kam, gelang es der Russin zwar, Miranda, wie von allen erwartet, im Turnier zu besiegen, doch etwa eine Stunde später brach sie tot zusammen. Die darauf folgende Autopsie ergab, dass die Russin eine Überdosis Steroide eingenommen und einen Herzinfarkt erlitten hatte. Miranda wurde zur Siegerin erklärt und bekam nun doch ihre Goldmedaille.

Miranda reiste wieder nach England, und Moon kehrte nach Nord-Korea zurück. Sie blieben in Kontakt, und Moon bezahlte sie dafür, dass sie ihm Informationen beschaffte. Um ihrem Mentor und Freund, dem einzigen Mann, dem sie vertrauen zu können glaubte, zu helfen, bewarb sich Miranda um eine Stelle beim britischen Geheimdienst.

Graves' Träume wanderten in die nähere Vergangenheit, und er erinnerte sich an seine Entscheidung, sein Aussehen und seine Identität zu verändern. Dazu hatte er Miranda um Unterstützung gebeten. Schließlich war sie es gewesen, die den Diamantenkontakt in Afrika aufgebaut und Bond enttarnt hatte, als dieser sich als Diamantenhändler ausgab.

»Hast du je vom Schönheitssalon gehört?«, fragte Miranda.

»Nein. Was ist das?«

»Eine Einrichtung in Kuba, für Leute, die ihr Leben verändern wollen.«

»Woher weißt du davon?«

»Durch meine Arbeit beim MI6.«

Sie erklärte ihm, wie sie von Dr. Alvarez und seiner Klinik in Kuba erfahren hatte, wo sich international gesuchte Spione und Verbrecher für einen kleinen Obolus eine neue Identität verabreichen ließen. Beim MI6 galt es nur als Gerücht, denn Miranda hatte das Ergebnis ihrer Nachforschungen für sich behalten. Die DNA-Ersatztherapie sei zwar gefährlich und stecke noch in den Kinderschuhen, funktioniere aber angeblich. Nachdem Colonel Moon sich selbst kundig gemacht hatte, entschloss er sich, diesen Schritt zu unternehmen.

Moon verließ auf geheimen Wegen Nord-Korea; dank seines gewaltigen Vermögens fiel es ihm nicht schwer, die Reise zu finanzieren. Er nahm die indirekte Route über Afrika nach Südamerika und fuhr von dort aus nach Kuba. Einen Monat lang hielt er sich in der Klinik auf und erduldete die schrecklichen Schmerzen, die mit der Verwandlung einhergingen. Als er den Schönheitssalon verließ, war er Gustav Graves.

Als Nächstes stand er vor der schwierigen Aufgabe, eine neue Biografie für sich zu erfinden. Graves kehrte nach Afrika zurück und nutzte seine Verbindungen, um etwas über den Abbau und die Verarbeitung von Diamanten zu lernen. Während dieser Zeit knüpfte er an alte Kontakte an, um Beamte zu bestechen und sich falsche Papiere zu beschaffen, die Gustav Graves als in Argentinien geborenen Waisen auswiesen. Er verbreitete das Gerücht, er habe als Kindersklave Erfahrungen im Diamantenabbau gesammelt. Und da es über die meisten seiner Behauptungen praktischerweise keine Unterlagen gab, war er für seine Mitmenschen immer ein Geheimnis geblieben. Allerdings genügten die Informationen, um glaubhaft zu wirken.

Graves schloss sich mit einem Mann zusammen, den er in Afrika kennen gelernt hatte.

Jan Ericsson war Isländer und hatte nicht nur eine Schwäche für Alkohol, sondern auch eine zwielichtige Vergangenheit. Er hatte mit dem illegalen Abbau von Diamanten in Afrika ein Vermögen verdient und stellte den verschiedenen Krieg führenden Parteien im Land seine Dienste zur Verfügung. Zu Hause in Island hatte er eine bescheidene Mine unterhalb des Eisgipfels von Vatna eröffnet und behauptete, dort ein paar Diamanten gefunden zu haben. Er benutzte das Bergwerk als Tarnung für den Vertrieb der Edelsteine aus Afrika. Natürlich gab es in diesem Bergwerk keine Diamanten, und es würde auch nie welche geben. Doch Ericsson hatte so die Möglichkeit, die illegale Herkunft seiner prächtigen Edelsteine zu verschleiern. Die verdächtigen Diamanten, mit denen Colonel Moon seine Machenschaften in Nord-Korea finanzierte, bezog er also auf dem Umweg über Island aus Afrika.

Graves und Ericsson machten viele Geschäfte miteinander. Graves schmeichelte Ericsson und spiegelte ihm enge Freundschaft vor, obwohl er ihn für einen ungehobelten, ungebildeten Narren hielt, der zufällig auf einen grandiosen Einfall gestoßen war – eine Idee, die Graves als Lizenz zum Gelddrucken betrachtete, und zwar in einer Größenordnung, wie Ericsson es sich nie träumen lassen würde. Eines Nachts, als Ericsson sturzbetrunken war, überredete Graves den Isländer, ihn als Geschäftspartner aufzunehmen.

»Mein Freund«, lallte Ericsson. »Mit Vergnügen. Schließlich sagt mein Arzt, dass es mit meiner Gesundheit nicht zum Besten steht. Vielleicht lebe ich nicht mehr lange. Ich habe keine Familie. Und du bist mein bester Kumpel.«

Graves machte dem Mann Komplimente und schenkte ihm noch einen Drink ein. »Ich empfinde dasselbe für dich, Jan. Du bist wie ein Vater für mich.«

Ericsson traten Tränen in die Augen. »Also unterschreiben wir jetzt die Papiere und bringen es hinter uns. Dann gehört das ganze Land dir, falls mir etwas zustoßen sollte.«

Ericsson holte die Verträge heraus. Sie unterschrieben beide und schüttelten sich anschließend die Hand. Ericsson umarmte Graves fest und ließ sich mit einem zufriedenen Rülpsen auf einen Stuhl sinken. Wenige Minuten später schnarchte er laut.

Graves ging zu seinem Schreibtisch hinüber, zog eine Schublade auf, entnahm ihr eine .357er Magnum, legte auf Ericsson an und schoss ihm ungerührt eine Kugel in den Kopf. Ohne mit der Wimper zu zucken, beseitigte Graves danach drei weitere Männer, die eng mit Ericsson zusammengearbeitet hatten. Später in der Nacht vergrub er die vier Leichen tief im Eis der Diamantenmine.

Dann verkündete Graves öffentlich, er habe in der unbekannten Diamantenmine in Vatna eine Diamantenader von unglaublichen Ausmaßen entdeckt, und zeigte die Papiere vor, die ihn als Besitzer des Landes auswiesen.

Nachdem er sich als Eigentümer eines anerkannten Diamantenbergwerks etabliert hatte, konnte er ungehindert in den Diamantenzentren der Welt – Antwerpen, Tel Aviv und New York – Handel treiben. Er bezog die Diamanten zu Niedrigpreisen aus den vom Krieg gebeutelten Ländern des westlichen und südlichen Afrika und machte gewaltigen Profit. Auf diese Weise sowie durch den Verkauf berühmter legal erworbener

Diamanten wurde er zu einer einflussreichen Persönlichkeit in dieser gewinnträchtigen und gefährlichen Branche.

Graves nahm die Traummaschine vom Gesicht und räkelte sich. Aber der Traum ging ihm immer noch im Kopf herum, und er hing seinen Erinnerungen nach, während er aus dem Fenster auf das Wolkenmeer hinausblickte, das am Himmel stand.

Graves hatte nur ein paar Monate gebraucht, um ein Vermögen anzuhäufen, ein Imperium zu gründen, einen Konzern zu eröffnen und in den Schlagzeilen der Zeitungen genannt zu werden. Er hatte sich mit handverlesenen Mitarbeitern umgeben, die ihm treu ergeben waren: Vlad, der Russe, war Raumfahrtingenieur und besonders begabt im Entwerfen von Satelliten; Kil, ein Isländer, hatte ein Händchen dafür, Graves' Befehlen Nachdruck zu verleihen; Miranda Frost arbeitete mit Graves zusammen, während sie dem MI6 gleichzeitig weismachte, dass sie verdeckt ermittelte. Nur Zaos Verhaftung in China hatte Graves' unaufhaltsamen Aufstieg ein wenig gebremst. Doch Miranda hatte ausgehandelt, Zao gegen Bond auszutauschen, und es außerdem geschafft, das Vertrauen in 007 zu erschüttern.

Der Plan war also wunderbar aufgegangen, und alles hatte besser geklappt, als sie selbst es für möglich gehalten hätten. Eine Woche vor Bonds Freilassung wurde der Ikarus-Satellit ins All geschossen. Gustav Graves genoss die Unterstützung der isländischen und britischen Medien und außerdem das Wohlwollen der oberen Zehntausend, denen er Vorteile verschaffte und in deren Kreisen er sich bewegte. Colonel Moon hatte sich in einen völlig anderen Menschen verwandelt. Er hatte in der Öffentlichkeit ein positives Bild von sich aufgebaut, direkt vor den Augen seiner Gegner eine Massenvernichtungswaffe entwickelt und die Welt an der Nase herumgeführt.

Ihm war die wagemutigste Infiltration von feindlichem Gebiet seit dem trojanischen Pferd geglückt.

19 Entscheidung in Korea

Eine Woche später kehrte Bond nach Süd-Korea an den Rand der entmilitarisierten Zone zurück. Nachdem er und Jinx dem MI6 und der NSA ausführlich Bericht erstattet hatten, gelang es ihnen endlich, ihre Vorgesetzten davon zu überzeugen, dass Gustav Graves und Colonel Moon ein und dieselbe Person waren und dass Graves einen Coup von nationalem Interesse plante. Der Ikarus-Satellit wurde gründlich erforscht, und man erörterte lange, ob man ihn einfach zerstören sollte.

In der Zwischenzeit wurde offensichtlich, dass Nord-Korea auf der anderen Seite des 38. Breitengrades gewaltige Truppen zusammenzog. Süd-Korea reagierte ebenfalls mit einer militärischen Mobilmachung. M und Robinson waren noch einmal in das Gebiet geflogen, um die Lage zu sondieren, und arbeiteten mit den amerikanischen Beratern der Südkoreaner zusammen.

Jinx kam aus Los Angeles nach Seoul und traf mit Bond auf dem Armeestützpunkt zusammen, wo er sich ein paar Tage lang von den Strapazen im Gefängnis erholt hatte. Er erinnerte sich nur ungern an diese schreckliche Zeit und tat sein Bestes, sie aus seinem Gedächtnis zu verbannen. Die Tage seit den Zwischenfällen in Island hatte er mit verschiedenen hochrangigen britischen, amerikanischen und südkoreanischen Militärs verbracht und versucht, eine sinnvolle Strategie zu entwickeln, um Graves das Handwerk zu legen. Außerdem hatte Bond sich in der Sporthalle und auf dem Schießstand betätigt, um seine schmerzenden Muskeln zu lockern und seine Zielgenauigkeit zu verbessern. Jinx wirkte nach der Woche Urlaub in Amerika erholt und ausgeruht. Bond fand, dass sie sogar in Uniform gut aussah.

»Hallo, Schönster«, meinte sie und gab ihm einen dicken Kuss. »Ich habe dich vermisst.«

»Ich dich auch«, erwiderte er. »Komm, sie warten schon auf uns.« Er brachte sie zu einem Armeejeep und warf ihre Reisetasche auf die Ladefläche. Der Fahrer konnte sein Glück kaum fassen, als Jinx vorne neben ihm einstieg.

»Wie bist du mit deinen Leuten klargekommen?«, fragte sie.

»Meinst du, ob ich sie überzeugen konnte, dass Ikarus eine echte Bedrohung darstellt?«

»Genau.«

»Der MI6 hält meine Warnungen für gerechtfertigt. Das Militär will sich noch nicht festlegen.«

»Mein Chef Falco weigert sich, meinen Bericht zur Kenntnis zu nehmen. Wahrscheinlich wartet er auf eine praktische Vorführung.«

»Hoffentlich kriegt er die niemals.«

Der Jeep fuhr nach Norden zur Kommandozentrale, die gleich südlich der entmilitarisierten Zone lag. Sie rollten in den Stützpunkt, der US-amerikanisches Hoheitsgebiet war, und passierten zwei Wachtürme, weitere Jeeps, Helikopter, bemannte Flugabwehrstellungen und Dutzende von Soldaten. Der Fahrer brachte sie in einen riesigen Hangar, wo weitere Helikopter und Militärfahrzeuge standen. Da die Spezialeinheit sich auf einen Einsatz vorbereitete, herrschte Hochbetrieb. Schließlich blieb der Jeep in einer überdachten Parkbucht stehen. Auf ein Signal wurde er in den Bunker hinuntergelassen, wo Charles Robinson sie schon erwartete.

»James«, sagte er. »Jinx.«

»Mr. Robinson, erklären Sie uns bitte, was inzwischen passiert ist«, erwiderte Bond.

Während sie einen Flur entlanggingen, begann Robinson zu berichten. »Nördlich der entmilitarisierten Zone ist eine weitere Division mobilisiert worden. Achtzigtausend Soldaten und mehr.«

»Und noch eine Million in Reserve«, ergänzte Jinx.

»Moons Vater wird nicht zulassen, dass es einen Krieg gibt«, meinte Bond.

»General Moon steht unter Arrest«, entgegnete Robinson. Bond erstarrte. »Die Falken haben letzte Nacht einen Staatsstreich angezettelt. Jetzt sitzt er hinter Schloss und Riegel.«

Bonds Miene verfinsterte sich. Er ging weiter.

Sie durchquerten den geschäftigen Lageraum, wo südkoreanische und amerikanische Geheimdienstleute und Militäranalysten über Satellitenbildern und einer riesigen erleuchteten Karte des 38. Breitengrades brüteten. Ein amerikanischer Zwei-Sterne-General und sein koreanischer Amtskollege führten offenbar die Aufsicht. Falco, der Leiter der NSA, stand mit M in einer Ecke. Die beiden schienen ins Gespräch vertieft.

Obwohl M sich Mühe gab, ihre Stimme zu dämpfen, hörte man sie durch den ganzen Raum. »Es bleibt eine Tatsache, dass Sie mich absichtlich getäuscht haben, indem sie Bond in Misskredit brachten. Wenn Sie mir von Ihrer Agentin in der kubanischen Klinik erzählt hätten ...«

»Wäre sie inzwischen schon tot«, beendete Falco den Satz. »Ihr Maulwurf hätte dafür gesorgt.«

»Wenn Sie uns verraten hätten, dass Miss Frost und Moon zusammen in der Fechtmannschaft von Harvard waren, hätten wir keinen Maulwurf gehabt.«

Sie drehte sich um und bemerkte Bond und Jinx. Ihre letzten Worte waren vermutlich ebenso für Bonds Ohren wie für die von Falco bestimmt: »Das Wichtigste in diesem Geschäft ist es zu wissen, wem man trauen kann«, verkündete sie.

Falco blickte in dieselbe Richtung und wandte sich an Bond und Jinx.

»Ah, James Bond«, meinte er. »Gerade rechtzeitig zum Feuerwerk.«

»Jeder Mensch hat einen Chef«, sagte Jinx achselzuckend zu Bond. »Das da ist meiner.«

Bond bedachte Falco mit einem finsteren Blick. Das also war der Mann, der dafür gesorgt hatte, dass M ihn hatte einsperren lassen. Außerdem hatte er ihn als Zerstörer des Schönheitssalons hingestellt. Falco gab das Lächeln auf, als er bemerkte, dass es nichts nützte.

»Glauben Sie nicht alles, was sie sagt«, erwiderte er, ohne mit der Wimper zu zucken. »So schlimm bin ich nun auch wieder nicht.«

Am liebsten hätte Bond ihm eine verpasst. »Reden wir übers Geschäftliche«, entgegnete er stattdessen.

Falco nickte und räusperte sich. »Wir sind schon in Phase zwei, aber der gute General Chandler da drüben ist unbesorgt. Es sei nur ein Manöver, um festzustellen, ob wir uns nervös machen lassen. Und wenn der Norden in den Süden einmarschiert, wird das eine große Sache. Man spaziert nicht so einfach durch das größte Minenfeld der Welt.«

»Nein«, sagte Bond. »Man braucht ein Druckmittel. Ikarus.«

»Ach ja, Ihr Riesenspiegel im Weltraum«, spöttelte Falco. »Darum kümmern wir uns schon. Die Anti-Satelliten-Rakete startet in einer Stunde.« Er sah Jinx an und verdrehte die Augen. »Obwohl ich nur ungern einen guten Gefechtskopf verschwende.«

»Ikarus ist nicht mit unseren lahmarschigen Geheimwaffen zu vergleichen. Er funktioniert wirklich«, empörte sich Jinx.

»Ich habe Ihren Bericht gelesen«, meinte Falco.

»Und ich habe selbst miterlebt, was Ikarus anrichten kann«, gab Jinx zurück.

Bond achtete nicht auf die Debatte und warf einen Blick auf die Bildschirme.

»Es gibt nur eine Methode, auf Nummer sicher zu gehen«, erwiderte er. »Wo ist Graves?«

M wies auf einen Monitor, der das Satellitenbild eines Luftwaffenstützpunktes zeigte. Bond erkannte die unverwechselbaren Umrisse der Antonov.

»Mitten auf einem nordkoreanischen Luftwaffenstützpunkt«, erklärte M.

»Wo wir nicht an ihn herankommen«, ergänzte Falco.

»Sie vielleicht nicht«, entgegnete Bond. »Aber ich.«

Er drehte sich zu M um und sah ihr in die Augen. Alles, was zwischen ihnen vorgefallen war, war nur ein Auftakt für diesen Moment gewesen, nachdem sie an ihm gezweifelt, ihn benutzt und er ihr bewiesen hatte, dass er nicht umgefallen war. Würde sie ihm nun endlich vertrauen?

Falco brach das Schweigen. »Wir sind hier für den Fall, dass die Sache eskalieren könnte, nicht, um die Angelegenheit zu beschleunigen. Niemand setzt einen Fuß in den Norden. Das ist ein Befehl vom Präsidenten persönlich.«

»Wann haben Sie jemals auf den Präsidenten gehört?«, murmelte Jinx.

M's Blick ruhte weiter auf Bond. »Sie können Ihre eigenen Entscheidungen treffen, Mr. Falco«, sagte sie schließlich. »Ich schicke jedenfalls 007.«

Falco zuckte zusammen. »Glauben Sie, dass ich die Angelegenheit den Briten allein überlasse?«, erwiderte er. Er sah Jinx an und befahl: »Sie gehen mit ihm.« Genau im gleichen Moment, als sie selber anbot, Bond zu begleiten. Falco verkniff sich den Tadel wegen ihrer Eigenmächtigkeit und nickte nur barsch.

Der Chinook-Helikopter der United States Air Force flog, seine wertvolle Last an Bord, über die entmilitarisierte Zone davon. Bond und Jinx trugen Tarnanzüge und waren mit Pistolen, Kampfmessern und Granaten bewaffnet. Bond war zusätzlich mit einem Scharfschützengewehr vom Typ L.42A 1 ausgerüstet. Nachdem sie die Koordinaten überprüft und per Funk im Lagerraum Bescheid gegeben hatten, gingen sie nach hinten in den Frachtraum des Helikopters.

Die Rampe senkte sich, und zwei Switchblade-Düsengleiter rollten rückwärts heraus. Bond und Jinx saßen darauf wie auf niedrigen Motorrädern. Die beiden schlanken schwarzen Luftfahrzeuge fielen ein paar Meter tief, bevor die düsengetriebenen Motoren ansprangen.

Langsam und in niedriger Höhe flogen sie dahin. Da die Switchblades einen Tarnkappenanstrich hatten, würden sie vermutlich auf keinem Radar auftauchen. Doch es war noch hell, weshalb immer die Möglichkeit des Gesehenwerdens bestand.

Unter ihnen erstreckte sich die Mondlandschaft des vom Krieg gebeutelten Niemandslandes, an das Bond sich noch von seinem früheren Besuch her erinnerte. Das ausgebombte Terrain mit seinen Panzerfallen und den herumstehenden verrosteten Fahrzeugwracks wirkte wie ein Relikt einer längst untergegangenen Zivilisation, die sich vor lauter Dummheit selbst zerstört hatte.

Nach einer Weile ließen sie die Switchblades im Stich und sprangen mit den Fallschirmen über einem dicht bewaldeten Gebiet ab, als die Sonne gerade am Horizont unterging. Jinx' Fallschirm blieb an einem Ast hängen, sodass das Geschirr ihr fast die Luft abschnürte. Doch dann brach der Ast ab, und sie landete auf dem Boden.

»Alles in Ordnung«, verkündete sie, bevor Bond nachfragen konnte.

Sie nahmen die Fallschirme ab, rollten sie zusammen und versteckten sie im Gebüsch. Wortlos machten sie sich durch den Wald auf den Weg zu ihrem Ziel.

Im Lageraum erhielt Robinson die Bestätigung der Mannschaft des Chinook und erstattete Meldung. »Sie sind in nordkoreanischen Luftraum eingedrungen.«

Falco stellte fest, dass die Hand des jungen Mannes leicht zitterte, als dieser die Uhrzeit des Funkspruchs notierte. »Nur mit der Ruhe«, sagte der NSA-Berater. »Wenn wir die Switchblades nicht auf dem Radar haben, sehen die Nordkoreaner sie auch nicht.«

Robinson errötete und wandte sich wieder seinem Funkgerät zu.

Falco beugte sich über einen größeren Bildschirm. Dieser zeigte die Position der Anti-Satelliten-Rakete an, die sich unaufhaltsam dem Ikarus-Satelliten näherte. Dann warf Falco M, die mit verschränkten Armen hinter ihm stand, einen Blick zu.

»Hoffentlich sind Sie nicht abergläubisch«, sagte Falco. »Denn jetzt machen wir gleich einen ziemlich großen Spiegel kaputt.«

M ging nicht auf die Bemerkung ein. Sie war unruhig und konnte nicht still sitzen. Auch wenn sie Bond schon früher auf heikle Missionen geschickt hatte, hatte sie ihn noch nie mit einem so gefährlichen Auftrag betraut. Sie befürchtete, dass er wieder in einem Militärgefängnis landen oder ein noch schlimmeres Schicksal erleiden könnte.

Dennoch ... Sie wusste, dass er die Risiken kannte.

Der nordkoreanische Bunker, wo Gustav Graves mit den Generälen Han, Li und Dong die Schlachtpläne studierte, war nicht mit seinem amerikanischen Gegenstück zu vergleichen, denn moderne Gerätschaften oder Computertechnik suchte man hier nahezu vergebens. Allerdings waren die Falken, die nun das Militär befehligten, eine eingeschworene Gemeinschaft, und Colonel Moon wusste, dass der Wille zum Sieg wichtiger war als eine teure Ausrüstung, die meistens ohnehin nicht richtig funktionierte.

Vlad näherte sich seinem Vorgesetzten, der inzwischen eine nordkoreanische Uniform trug. »Sie haben eine Rakete auf Ikarus abgeschossen«, warnte er.

Moon-Graves überlegte, schien aber nicht sehr besorgt. »Behalten Sie die automatische Einstellung bei«, erwiderte er.

Hoch über der Erde hatte Ikarus die Signale der Anti-Satelliten-Rakete aufgefangen, sich plötzlich gedreht und seine Reflektoren auf die Bedrohung gerichtet, während der Gefechtskopf die Atmosphäre verließ. Das ganze Manöver hatte nur zwölf Sekunden gedauert. Die für das bloße Auge im Weltraum unsichtbaren Sonnenstrahlen trafen auf den Spiegel und wurden, heiß und übermächtig, auf die Rakete gelenkt. Diese geriet ins Schlingern und erbebte; ihre Außenhaut glühte rot. Das Vibrieren steigerte sich, und schließlich wurde die Rakete durch eine gewaltige Explosion zerrissen. Kurz darauf nahm Ikarus unbeschadet wieder seine ursprüngliche Position ein.

Vlad bemerkte das Blinklicht in dem offenen Kontrollkasten und verkündete stolz: »Bedrohung ausgeschaltet.«

Graves nickte beiläufig, aber die Generäle waren gebührend beeindruckt.

Im Lagerraum südlich des 38. Breitengrades beobachteten Falco und General Chandler auf dem Bildschirm das Geschehen. Ikarus stand nun wieder allein am Himmel.

»Und warum haben wir keins von diesen Dingern?«, spöttelte Falco.

Der General griff zum Telefon und gab einen Befehl: »Mobilisieren Sie die südkoreanischen Truppen.«

Ein paar Meter entfernt sah M Robinson an. »Immer noch keine Nachrichten von Bond?«

Robinson schüttelte den Kopf und verzog die Lippen.

Bond und Jinx schnitten ein Loch in den Zaun, der rings um den koreanischen Luftwaffenstützpunkt verlief. Sie verständigten sich durch winzige Kopfhörer mit Mikrofonen, während sie durch die Dunkelheit schlichen und sich immer im Schatten der Gebäude hielten. Die Antonov parkte, ein paar hundert Meter entfernt, auf dem Asphalt. Ihre Laderampe stand offen, und es herrschte reger Betrieb. Dutzende von Soldaten schwirrten herum, und einige hochrangige Militärs waren gerade im Begriff, an Bord der Maschine zu gehen.

»Was jetzt?«, fragte Jinx durch den Kopfhörer. »Die anderen sind in der Überzahl.«

»Siehst du den Schatten des Hangar?« Bond wies auf den langen Schatten eines Turms mit Flutlichtscheinwerfern. Zwischen diesem Schatten und dem Flugzeug befand sich eine etwa zehn Meter große, breite Lücke. »Wenn wir es dorthin schaffen, gibt uns der Schatten genügend Deckung. Wir müssen uns unbemerkt zum Flugzeug schleichen. Darunter ist es dunkel.«

»Wir werden für ein paar Sekunden schutzlos dastehen.«

»Das Risiko müssen wir eingehen. Komm.«

Sie rannten den Zaun entlang und zum Hangar. Dort warteten sie im Schatten, bis die meisten Soldaten mit Abladen beschäftigt waren und ihnen den Rücken zukehrten.

»Jetzt!«

Bond und Jinx überquerten blitzschnell die erleuchtete ungeschützte Stelle und erreichten in drei Sekunden das Bugrad. Dort warteten sie reglos ab, bis sie sicher waren, dass niemand sie gesehen hatte. Sie hatten Glück gehabt, denn nur ein paar Sekunden später verließ ein Ferrari mit aufheulendem Motor den Hangar und hielt, eskortiert von drei Jeeps, auf die Antonov zu. Bond nahm das Scharfschützengewehr von der Schulter und legte an. Der Zeitpunkt eignete sich großartig, seinen wichtigsten Gegner endgültig auszuschalten.

»Kannst du ungehindert zielen?«, fragte Jinx.

Doch das war nicht möglich, denn die Jeeps standen zwischen ihm und dem Sportwagen. Dennoch konnte Bond einen Blick auf Graves erhaschen, der geradewegs auf die Rampe und in den Frachtraum fuhr. Dann begann sich die Luke zu schließen.

»Verdammt«, murmelte Bond. »Man wird uns sehen.« Er schulterte die Waffe wieder und schlich in Richtung der Heckräder. »Komm mit.«

Als er auf die Fahrwerksstrebe sprang, setzte das Flugzeug sich in Bewegung. Er hielt Jinx, die neben der Maschine herlief, die Hand hin.

»Das soll wohl ein Witz sein«, sagte sie.

»Ich habe das schon öfter gemacht. Es ist einfacher, als es aussieht.«

Er zog sie auf die Fahrwerksstrebe, während die Maschine auf der Startbahn beschleunigte. Der Wind beutelte sie durch und drohte sie herunterzureißen, als sie sich aneinander und an die Strebe klammerten. Dann hob das Flugzeug ab und stieg in den Nachthimmel auf. Die beiden blinden Passagiere hielten sich besonders gut fest, als das Fahrwerk eingezogen wurde.

Jinx folgte Bond durch eine Falltür in den dunklen Frachtraum, wo ein Militärhubschrauber vom Typ Mi-34 vor einem Ferrari und einem Lamborghini stand. Nachdem sie sich vergewissert hatten, dass der Frachtraum nicht bewacht wurde, kletterten sie eine Leiter hinauf, die in die Passagierkabinen der Antonov führte. Leise pirschten sie sich einen Gang entlang, bogen um eine Ecke und blieben stehen. Jemand näherte sich. Jinx zog Bond durch eine Tür, und im nächsten Moment marschierte Miranda Frost, gefolgt von einigen Wachen, an ihnen vorbei. Jinx sah, wie Miranda einen Raum am Ende des Korridors betrat.

Im Cockpit des Flugzeugs gab Gustav Graves dem Piloten die letzten Anweisungen. Dann stieg er eine Leiter in ein eigens eingebautes Observatorium hinab, das im Bug der Antonov lag und von einem gewölbten Fenster dominiert wurde. Im hinteren Teil des Raums ging die Decke in einen riesigen gewinkelten Bildschirm aus Glas über, der die gesamte koreanische Halbinsel und Japan zeigte. Verschiedene Monitore und Instrumententafeln nahmen die Wände ein. Die Fernsteuerung für den Ikarus befand sich auf einem Podest in der Mitte. Vlad beugte sich, beobachtet von den drei Generälen, darüber und nahm ein paar kleine Veränderungen vor.

»Ausgezeichneter Start, wenn ich das anmerken darf«, sagte Vlad zu Graves.

»Sie brauchen mir nicht zu schmeicheln. Kils Posten kriegen Sie sowieso nicht.«

Ohne auf Vlads gekränkte Miene zu achten, ging Graves weiter, um den Bildschirm zu betrachten.

Im Passagierbereich setzten Bond und Jinx unterdessen ihren Erkundungsgang durch die Korridore fort und stießen endlich auf den Salon, den sie gesucht hatten. Als sie die Schritte eines Wachmannes vernahmen, duckten sie sich in den Schatten und konnten so beobachten, wie der Soldat eine Tür öffnete und diese aufhielt.

»Kommen Sie mit, General Moon«, befahl der Wachmann auf Koreanisch.

Moon, der Ältere, hatte zwar dunkle Ringe unter den Augen, schien aber sonst bei guter Gesundheit zu sein.

»Richten Sie General Han aus, dass ich mich weigere«, sagte Moon. »Sein Staatsstreich wird scheitern.«

Lautlos und blitzschnell trat Bond in Aktion. Er schlug den Wachmann von hinten nieder, zerrte ihn in den Raum und schloss die Tür. General Moon starrte Bond ungläubig an.

»Hier ist es gemütlicher als in dem Gefängnis, in dem ich gesessen habe«, meinte Bond nach einem Blick in die Kabine.

»Wie kommen Sie denn hierher?«, fragte der General.

Bond antwortete nicht darauf. »General Han ist nur eine Marionette. Ihr Sohn zieht die Fäden.«

General Moon wirkte verwirrt. »Mein Sohn ist tot, und das ist allein Ihre Schuld.«

Bond nahm dem bewusstlosen Wachmann die Waffe ab und zog ihn hinter einen Tisch, damit er nicht im Weg herumlag. »Nein, er hat überlebt. Er hat eine neue Identität angenommen und sogar sein Gesicht verändert. Aber er ist noch am Leben.«

»Sie sind wahnsinnig.«

»Sie werden schon noch sehen, wer hier wahnsinnig ist.«

»Ich habe die ganze Zeit getrauert. Mein Sohn würde mich nie so leiden lassen.«

»Oh, er plant dieses Wiedersehen schon seit einer Weile. Vier Ihrer Divisionen wurden an der Grenze zusammengezogen.«

Moon betrachtete ihn argwöhnisch. »Meine Truppen sind mir noch immer treu ergeben. Ich werde dieser Sache ein Ende bereiten.«

Bond überlegte kurz und reichte dem General dann die Waffe des Wachmannes. »Dann sollten Sie das da besser mitnehmen.«

Die beiden Männer sahen einander an. Moon hatte zugelassen, dass Bond gefoltert und vor ein Erschießungskommando gestellt wurde ... und nun schenkte ihm der britische Spion sein Vertrauen. Immer noch ein wenig verdattert, griff der General nach der Pistole, öffnete die Tür und ging, gefolgt von Bond, hinaus.

20 Der entfesselte Ikarus

Auf dem Weg zum Bug durchquerte der General den nach Graves' persönlichen Wünschen angefertigten Fitnessraum des Flugzeugs. Er war mit antiken Schwertern, koreanischen Teppichen und anderen Kunstgegenständen geschmückt, aber auch mit modernen Fitnessgeräten, Gewichten, einem Nautilus, Degen und einem Sandsack ausgerüstet. Auf einem Podest stand, ebenso wie in Moons Sporthalle in Nord-Korea, die Büste von Colonel Moon auf einem Podest. Der General verharrte kurz und musterte seinen Sohn, wie er einmal gewesen war.

Dann ging er weiter und begegnete einem Wachmann, der ihn die Treppe hinunter in den Beobachtungsraum begleitete. Als er eintrat, hoben alle die Köpfe und blickten ihn, in Erwartung der Szene, die nun sicher folgen würde, an. Gustav Graves wandte sich von der Koreakarte ab und betrachtete seinen Vater, ohne mit der Wimper zu zucken.

»General, es tut mir Leid, dass ich dich auf diese Weise habe herbringen lassen«, ergriff Graves auf Koreanisch das Wort.

General Moon starrte den merkwürdigen weißen Mann in der koreanischen Uniform an; er traute seinen Augen nicht. Dann wandte er sich an den Wachmann, der ihn hereingeführt hatte. »Verhaften Sie diesen Mann.«

Der Wachmann rührte sich nicht von der Stelle.

»Ich wusste, dass es dir schwer fallen würde, dich daran zu gewöhnen. Erkennst du denn meine Stimme nicht?«

»Ich habe keine Ahnung, wer Sie sind«, erwiderte General Moon auf Englisch.

»Du hattest schon immer Probleme damit, mich so zu nehmen, wie ich bin. Das hat es mir leichter gemacht, unterzutauchen, mich unter den Feinden zu verstecken und einer von ihnen zu werden. Dabei habe ich mir ständig vor Augen gehalten, was du mir beigebracht hast: ›Im Krieg begibt sich ein erfolgreicher Stratege nur dann in die Schlacht …‹«

»… wenn der Sieg schon errungen ist«, ergänzte der General den Satz. Nun erkannte er seinen Sohn, und ihm gefiel gar nicht, was er da sah.

»Schau, Vater, ich habe die Kunst des Krieges nicht vergessen.« Er trat auf die Fernsteuerung zu. »Und das hier garantiert mir den Sieg.«

Der General blickte das Ungeheuer, in das sein Sohn sich verwandelt hatte, entgeistert an, während Graves den virtuellen Handschuh und die Brille anlegte.

Lautlos näherten sich Bond und Jinx dem Posten, der oben an der Treppe stand und das Observatorium bewachte. Jinx zog ein Sykes-Fairbairn-Messer aus dem Beinhalfter und warf es nach dem Mann. Bond fing ihn auf, bevor er die Treppe hinunterstürzen konnte.

»Ich sehe nach dem Piloten«, flüsterte Jinx.

»Hey, wusste gar nicht, dass du fliegen kannst«, erwiderte Bond leise.

»Ich stecke eben voller Überraschungen«, entgegnete sie mit einem Zwinkern.

Während Jinx verschwand, versteckte Bond sich hinter dem gewinkelten Bildschirm, um alles, was im Observatorium vor sich ging, im Auge behalten zu können.

Graves drückte einen Knopf auf der Fernsteuerung. »Vater, sieh dir den Aufstieg deines Sohnes an«, forderte er den General auf.

Ikarus, der im All kreiste und eine Geschwindigkeit hielt, die nahezu der Erdumdrehung entsprach, reagierte sofort. Wieder änderte der Satellit seine Position und richtete seinen Spiegel so ein, dass er die Strahlen der Sonne auf Asien lenkte.

Viele Kilometer entfernt in der entmilitarisierten Zone erschien plötzlich ein gleißend helles Licht, fegte die Dunkelheit weg und tauchte die apokalyptische Landschaft in den Schein der Morgensonne. Nach einigen Minuten flirrte die Luft vor Hitze, und Staubwolken stiegen auf. Als es immer heißer wurde, wühlte der Ikaruswirbel die Erde auf. Minen explodierten, eine senkrechte Feuersäule erhob sich, loderte immer höher empor und zog Abfälle an, die sich spontan entzündeten. Da immer weitere Sprengkörper angezogen wurden, wütete die Feuersbrunst zunehmend heftiger.

Dann glitt der Ikarus-Strahl in der entmilitarisierten Zone weiter voran. Die tanzende Flammensäule hinterließ eine schier endlose Spur verkohlter Erde.

Graves betrachtete die Kette aus Explosionen in der Ferne. »Ikarus wird das Minenfeld beseitigen und einen Weg für unsere Truppen freisprengen«, verkündete er. »Wenn die Amerikaner nicht die Beine in die Hand nehmen, wird Ikarus sie vernichten. Und dann? Japan sitzt da wie ein Käfer und wartet darauf, von uns zerquetscht zu werden. China wird uns willkommen heißen. Und der Westen wird in Furcht vor dem Entstehen einer neuen Supermacht erzittern.«

Die drei Generäle lauschten ehrfürchtig, General Moon dagegen wurde von Entsetzen ergriffen.

Südlich des 38. Breitengrads beobachteten M und Falco auf den Monitoren des Lageraums die Zerstörung. Satellitenbilder der entmilitarisierten Zone zeigten die Verheerung, die sich unaufhaltsam näherte.

»Mein Gott«, stöhnte M.

»Sieht aus, als hätten unsere zwei es nicht geschafft«, sagte Falco. »Ein Himmelfahrtskommando zu viel.«

General Chandler, der ebenso entsetzt war wie die anderen, wandte sich an Falco. Nachdem der Leiter der NSA ihm ernst zugenickt hatte, griff Chandler zum Telefon. »Verbinden Sie mich mit dem Präsidenten.«

Falco warf M einen Blick zu. »Der Dritte Weltkrieg, made in Korea«, witzelte er.

M's Handflächen waren schweißnass, und sie musste sich auf die Rückenlehne eines Stuhls stützen. »Geben Sie Bond noch nicht verloren«, sagte sie.

Einige angespannte Minuten vergingen. Alle schweigen, bis General Chandler »Jawohl, Sir« murmelte und das Telefon auflegte. Er sah Falco und M an. »Wir haben seine Erlaubnis.«

Falco wandte sich an die Anwesenden. »Sobald dieses Ding den 38. Breitengrad überquert, schießen wir aus vollen Rohren.«

»Möglicherweise genügt das aber nicht«, wandte M ein.

Von der Bordküche hinter dem Cockpit aus konnte Jinx den Piloten und den Co-Piloten durch die angelehnte Tür beobachten. Sie überlegte, welche Möglichkeiten ihr offen standen, und wollte gerade losschlagen, als der Co-Pilot aufstand und auf sie zukam. Jinx schlüpfte in eine dunkle Abstellkammer und stützte sich, ein Stück über dem Boden, mit Händen und Füßen an den Wänden ab. Der Co-Pilot durchquerte die Bordküche und ging die Treppe hinab, ohne sie zu bemerken. Lautlos sprang Jinx wieder auf den Boden und machte sich an die Arbeit.

In der Zwischenzeit hatte Bond, der sich immer noch im Observatorium versteckte, beschlossen, Graves bei der erstbesten Gelegenheit auszuschalten. Er zog seine Walther, zielte durch den gläsernen Bildschirm auf den Mann und wollte gerade abdrücken, als General Moon vor seinen Sohn trat und ihm somit den Weg versperrte.

»Hör sofort auf damit«, befahl der General auf Koreanisch. »Du wirst unser Volk noch ins Verderben stürzen.«

»Du warst schon immer ein Schwächling«, erwiderte Graves auf Englisch – nun weigerte sich der Sohn, seine Muttersprache zu benutzen. »Du lehnst mich ab, weil dir das Gefühl für wahre Größe fehlt.«

»Die Amerikaner werden uns mit Atomsprengköpfen angreifen.«

»Und Ikarus wird sie vom Himmel holen. Das Schwert ist gleichzeitig ein Schild.«

Der General griff nach der Pistole, die Bond ihm gegeben hatte, und zielte auf Graves' Kopf.

Graves betrachtete seinen Vater fragend. »Du würdest deinen eigenen Sohn töten?«

»Der Sohn, den ich kannte, ist schon vor langer Zeit gestorben.«

Doch ehe der General abdrücken konnte, schoss Graves' Hand nach vorne, packte die Hand seines Vaters und drehte die Pistole herum.

Nun hatte Bond, der nach wie vor hinter dem Bildschirm stand, freie Sicht auf Graves. Er trat ein Stück beiseite, um besser zielen zu können, und legte an. Doch in diesem Moment wurde er vom Co-Piloten von hinten angesprungen. Währenddessen kämpften Graves und der General, von den anderen in entsetztem Schweigen beobachtet, um die Waffe. Im nächsten Moment ging die Pistole des Generals los. Der Schuss traf General Moon in den Unterleib, und der Mann sackte zu Boden.

Ungerührt betrachtete Graves seinen Vater. »Wie der Vater, so der Sohn«, sagte er, während er sich bückte und ihm die Generalssterne von der Uniform riss. Die drei anderen Generäle sahen fassungslos zu, wie er die Abzeichen an seiner eigenen Uniform befestigte.

Im nächsten Moment zersplitterte der Glasschirm über ihnen. Bond und der Co-Pilot, die sich um die Pistole prügelten, brachen durch die Scheibe und stürzten mit einem dumpfen Geräusch zu Boden. Ein Schuss löste sich, sodass ein Teil des Observationsfensters zu Bruch ging. Jemand stieß einen Schrei aus, als der Kabinendruck schlagartig abfiel und das ohrenbetäubende Pfeifen entweichender Luft durch den Raum gellte. Alle versuchten panisch, sich irgendwo festzuklammern, während lose Gegenstände wie Schrapnelle durch die Luft und aus dem Fenster sausten. Vlad, dem es nicht gelang, Halt zu finden, wurde mitgerissen und gegen die Scheibe geschleudert. Als er gewaltsam aus der Maschine gesaugt wurde, zerbarsten weitere Scheiben, was das Loch noch vergrößerte.

Bond klammerte sich an die Instrumententafel, während Graves sich am Podest mit der Fernsteuerung festkrallte. General Moons lebloser Körper wurde wie eine Marionette durch die Öffnung gezogen. Die verängstigten Generäle folgten ihm, einer nach dem anderen, in die Tiefe.

Die Maschine machte einen Satz und begann, mit dem Bug voran, zu sinken.

Im Cockpit wurde der Pilot nach vorne geschleudert, sodass er sich den Kopf an der Instrumententafel anschlug. Jinx, die umgeworfen worden war, hielt sich immer noch an der Cockpit-Tür fest, als die Maschine in den Sturzflug ging. Sie stemmte sich gegen die gewaltigen Fliehkräfte, die an ihrem Körper zerrten, rappelte sich auf, kroch ins Cockpit und zog den bewusstlosen Piloten hinter den Leistungshebeln hervor. Dann ließ sie sich in den Sitz fallen, schnallte sich an und setzte den Kopfhörer auf.

»James, du fliegst jetzt Jinx-Airways«, verkündete sie.

Sie kämpfte mit dem Steuerhorn, lehnte sich dagegen und zwang die Maschine wieder auf Flugfläche. Erst vierzig bange Sekunden später reagierte die Antonov endlich und verließ den Sturzflug. Der Höhenmesser stabilisierte sich bei etwa 1500 Meter …

Im Bunker der U.S. Army spürten alle, wie die detonierenden Minen den Boden zum Erzittern brachten. Sie hörten das Dröhnen der Explosionen und das Heulen des Windes. Robinson kontrollierte einen Monitor und sah dann M an.

»Noch 1000 Meter, und es kommt immer näher«, meldete er.

21 *Das Inferno*

Als die Maschine endlich gerade flog, fanden Bond und Graves ihr Gleichgewicht wieder und konnten aufrecht stehen. Durch das klaffende Loch in der Scheibe heulte der Wind herein, doch der Druckabfall hatte aufgehört. Die beiden Männer belauerten einander und warteten ab, wer von ihnen den ersten Schritt machen würde.

»Offenbar haben Ihre Freunde sich verdrückt«, meinte Bond und wies auf das Loch.

Graves schien das nicht anzufechten. Zähnefletschend betätigte er einen Hebel auf der Fernsteuerung, die mit einem unheimlichen Brummen ansprang. Bond, der wusste, was das bedeutete, wich zurück, doch Graves machte einen Satz auf ihn zu und verabreichte ihm einen heftigen Stromschlag. Vor Schmerzen schnappte Bond nach Luft, doch es gelang ihm, sich fallen zu lassen und sich aus der Gefahrenzone zu rollen. Graves verfolgte ihn, den Arm mit dem Panzerhandschuh ausgestreckt. Er warf sich auf Bond und versetzte ihm noch einen Stromstoß. Bond spürte, wie ihm der Strom durch die Wirbelsäule fuhr, und er war für einen Moment gelähmt. Graves drückte ihm den Handschuh weiter auf den Körper, sodass er immer wieder von Stromstößen geschüttelt wurde. Instinktiv trat Bond zu und traf Graves mit dem Fuß zwischen den Beinen. Mit einem Aufschrei kippte der Feind nach hinten, und Bond konnte sich aufrappeln und ihm einen kräftigen Kinnhaken verpassen.

Jinx saß im Cockpit, fühlte sich seltsam allein und fragte sich, was wohl im hinteren Teil der Maschine vor sich ging. Hatte James den Druckabfall überlebt? War sonst jemand umgekommen? Die unheimliche Stille gefiel ihr gar nicht. Sie versuchte, sich auf die Navigationsdaten des Flugzeugs zu konzentrieren, aber einige der Instrumente waren beschädigt worden. Obwohl sie keine Ahnung hatte, welchen Kurs sie hielten, wusste sie, dass sie über die entmilitarisierte Zone flogen.

Plötzlich war die Dunkelheit draußen rings um die Maschine verschwunden. Es war so, als wäre innerhalb weniger Sekunden die Sonne aufgegangen und stünde nun hell am Himmel. Entsetzt blickte Jinx auf und stellte fest, dass die Antonov direkt auf den Strahl des Ikarus zusteuerte. Der Feuerstrudel, der ihm entstieg, schien das Flugzeug aufzufordern, mitten hineinzufliegen.

»Verdammt!«, murmelte sie und versuchte, Gegenmaßnahmen zu ergreifen. Sie zog am Steuerhorn, aber die Maschine reagierte nicht. Jinx beugte sich vor, um die Instrumente abzulesen, eine Bewegung, die ihr das Leben rettete, denn so bemerkte sie Mirandas Spiegelbild in einem der Monitore. Die Frau hatte ein Schwert in den Händen und war dabei, die Waffe gerade auf Jinx' Kopf niedersausen zu lassen.

Als Miranda zuschlug, duckte Jinx sich zur Seite. Die Klinge verfehlte somit zwar knapp ihr Gesicht, schnitt aber das Mikrofon von ihrem Kopfhörer ab. Das Schwert, ein chinesisches Ken aus dem 18. Jahrhundert, hatte sich in den Pilotensitz gegraben. Schnell wie der Blitz löste Jinx geschickt ihren Sicherheitsgurt, »spazierte« mit den Füßen vor sich die Instrumententafel hinauf, vollführte eine Rolle rückwärts und zückte gleichzeitig ein weiteres Sykes-Fairbairn-Messer.

Mit einem wütenden Blick auf Jinx zog Miranda das

Schwert aus dem Sitz. Als sie wieder nach ihrer Widersacherin stieß, wehrte Jinx den Angriff mit der Klinge ihres Messers ab. Miranda schwang das Ken waagerecht – Jinx war gezwungen, sich zu ducken und in die Mitte des Cockpits auszuweichen. Die beiden Frauen standen einander mit blanken Waffen gegenüber. Jinx merkte Miranda an, dass sie keine Anfängerin im Schwertkampf war und anmutig, kraftvoll und selbstbewusst mit der Waffe hantierte. Jinx hatte zwar keine Ahnung von Schwertern, aber sie konnte gut mit dem Messer umgehen – so gut, dass sie nicht das Gefühl hatte, unterlegen zu sein.

»Komm, Mädchen, wenn du glaubst, dass du es schaffst«, verhöhnte sie ihre Gegnerin.

Unten im Beobachtungsraum hingegen fühlte Bond sich eindeutig im Nachteil. Graves' Handschuh war eine tödliche Waffe, die sogar aus einigen Metern Entfernung Stromstöße ausschicken konnte. Bond hatte seine liebe Not, ihnen auszuweichen, wobei ihm die nach dem Druckabfall im Raum herumliegenden Trümmer dieses Vorhaben nicht unbedingt erleichterten. Schon zweimal war er über ein zerbrochenes Möbelstück gestolpert.

Graves trat vor, die Fernsteuerung schimmerte Unheil verkündend. Bond wich zurück an eine Schalttafel und sprang gerade noch rechtzeitig zurück, als der Stromstoß die Instrumente explodieren ließ, vor denen er soeben noch gestanden hatte. Allerdings nützte ihm dieses Manöver wenig, denn er verlor dabei das Gleichgewicht. Graves beugte sich über ihn, um ihm den Todesstoß zu versetzen, doch plötzlich drang ein grelles Licht in das Observatorium. Als die beiden Widersacher aus dem Fenster sahen, stellten sie fest, dass die Maschine im Begriff war, in den Ikarus-Strahl hineinzufliegen. Bond hielt sich schützend die Hand vor Augen.

Die Antonov ruckte, als wäre sie gegen eine Wand geprallt – und eine solche war es ja auch, nämlich eine Wand aus Hitze und Turbulenzen. Alles wurde weiß, erleuchtet vom unglaublich gleißenden Strahl des gebündelten Lichts.

Graves war davon überrascht worden und hatte deshalb nicht mehr die Zeit, die Fernsteuerung neu einzustellen, bevor das Flugzeug von den Turbulenzen gebeutelt wurde. Er wurde zur Seite geschleudert und taumelte gegen das Podest, auf dem seine Büste stand.

Der Bug des Flugzeugs erhielt einen schweren Treffer. Das Cockpitfenster implodierte, sodass die beiden kämpfenden Frauen durch die Tür und die Treppe hinunter in den Fitnessraum geschleudert wurden. Heiße Glassplitter ergossen sich in den Raum, und im Cockpit züngelten Flammen empor.

Obwohl eine Matte aus dem Fitnessraum ihren Fall gebremst hatte, war Jinx benommen. Sie fühlte sich, als wäre sie einem wahnsinnigen Akupunkteur in die Hände gefallen, und als sie sich vom Boden aufrappelte, stellte sie fest, dass sie wegen der umherfliegenden Scherben mit winzigen Schnitten und Kratzern übersät war. Miranda befand sich in einem ähnlichen Zustand. Nachdem die beiden Kontrahentinnen wieder auf den Beinen waren, griffen sie erneut zu den Waffen und setzten ihren Kampf fort. Ein heißer Wind heulte durch den weiß erleuchteten Fitnessraum, als die Wände Feuer fingen. Jinx nahm sich ein zweites Messer aus der Sammlung in einer Vitrine, sodass sie nun eines in jeder Hand hielt. Dennoch gab Miranda nicht auf. Immer wieder griff sie Jinx an und zwang sie, an die brennende Wand zurückzuweichen, bis ihr Hemd Feuer fing. Während Jinx dem durch die Luft sausenden Schwert auswich, riss sie sich gleichzeitig das Hemd vom Leib und schleuderte es von sich. Nur mit einem Army-

T-Shirt bekleidet, fuhr sie fort, sich mit geschmeidigen Sprüngen und Finten gegen Mirandas Angriffe zur Wehr zu setzen.

Das Observatorium begann auseinander zu brechen. Nietnähte platzten und Paneele lösten sich, sodass die Verstrebungen des Rumpfes zu sehen waren. Doch Bond und Graves achteten nicht darauf und kämpften trotz des heißen Windes, der durch die Kabine pfiff, immer weiter. Bond versetzte Graves einen Magenschwinger, sodass dieser sich vor Schmerzen krümmte. Doch noch ehe er ihn mit einem Hieb auf den Hinterkopf schachmatt setzen konnte, verabreichte Graves ihm einen Stromstoß mit dem virtuellen Handschuh. Die Männer wichen in ihre Ecken zurück, um wieder zu Atem zu kommen.

Das grelle Licht und die Turbulenzen ließen nach, als die Maschine das Zentrum des Ikarus-Strahls verließ. Die plötzliche Veränderung ließ die beiden innehalten, um ihre Umgebung in Augenschein zu nehmen. Der Wind heulte durch die klaffenden Löcher im Rumpf, im Heck der Maschine wütete ein Feuer. Vermutlich würde das Flugzeug in wenigen Minuten abstürzen.

»Mein Licht kann man nicht löschen«, rief Graves. Er näherte sich einem Schrank und öffnete ihn mit einer Hand. Einige Fallschirme befanden sich darin. Nachdem er sich einen davon umgehängt hatte, ließ er die anderen durch ein Loch im Rumpf der Maschine wehen. Mit einer Geschwindigkeit von etwa fünfhundert Stundenkilometern sausten die Fallschirme in Richtung Heck davon. »Während Ihres gerade ausgegangen ist«, fügte Graves hinzu.

Jinx und Miranda bemerkten nicht, dass die lädierte Antonov – inzwischen eher ein Wrack als ein Flugzeug – zwischen dem Ikarus-Strahl und der Feuersäule, die immer noch aus der entmilitarisierten Zone aufstieg, hin und her taumelte. Während die Deckenverkleidung abfiel, sprangen die beiden Frauen über Sportgeräte und schlugen und stießen mit ihren Klingen aufeinander ein. Jinx wich einem kräftigen Hieb aus, indem sie sich hinter den Sandsack duckte. Miranda schnitt das Halteseil durch und setzte zum Todesstoß an. Sie holte nach Jinx aus, die in die Hocke ging, sodass das Schwert gegen die Büste von Graves prallte. Als die Statue zerbrach, war Miranda für einen Moment abgelenkt. Jinx nutzte die Gelegenheit, um eines ihrer Messer nach ihr zu werfen, aber Miranda reagierte schnell und wehrte es mit dem Stumpf ihres Schwertes ab. Sofort warf Jinx das zweite Messer, das Miranda zu ihrer Überraschung mit der Hand bei der Klinge auffing, kurz bevor es ihre Brust erreichte. Triumphierend sah sie Jinx an, aber sie hatte nicht mit dem machtvollen Karatetritt ihrer Gegnerin gerechnet, der ihr das Messer ins Herz rammte. Miranda schnappte nach Luft und sank zu Boden. Keuchend wartete Jinx ab, bis ihre Widersacherin sich nicht mehr bewegte, drehte sich dann um und spähte in das verkohlte Cockpit.

Das flammende Inferno war nur noch wenige Sekunden entfernt.

Unten hatte Graves sich den Fallschirm umgeschnallt und näherte sich einer Öffnung im Rumpf.

»Also dann auf Wiedersehen«, meinte er zu Bond. »Jetzt sind Sie mit dem Sterben dran. Der Tod lauert überall im Leben, James.«

Aber Bond stürzte sich auf Graves, der ihm dafür erneut einen Stromstoß mit seinem Handschuh versetzte. Graves lachte laut, bis er bemerkte, dass Bond die Reißleine seines Fallschirms festhielt. Das Herz blieb ihm stehen, als sein Fallschirm aufging und sich im Wind verfing, der durch den Bug der Maschine pfiff. Der Fallschirm wurde die Treppe hinaufgezogen und schleppte Graves mit sich in den Fitnessraum. Dann wehte der Schirm durch ein Loch in der Decke, wo ein Stück der Verkleidung fehlte. Graves bekam die Kante eines anderen Paneels zu fassen und klammerte sich mit Leibeskräften daran fest. Doch die Vertäfelung hing nur noch an einer Niete, die sich zu lockern drohte.

Langsam stieg Bond die Treppe hinauf und sah Graves an. »Sie haben doch gerade etwas über den Tod gesagt«, meinte er.

Graves blickte nach vorne in den Feuersturm, in den die Maschine jeden Moment hineinfliegen würde. Als er dann wieder Bond anstarrte, dämmerte ihm, welches Schicksal ihm drohte. Bond streckte die Hand aus und löste die Niete, sodass sich die Außenhaut des Flugzeugs, an die Graves sich immer noch krallte, nach oben bog. Graves wurde an der Oberseite der Maschine entlanggezogen. Der Fallschirm flammte auf, als er, gefolgt von Graves selbst, ins Inferno hineinstürzte. Während die Flammen Graves verschlangen, wurde auch die Fernsteuerung zerstört. Der Strahl des Ikarus verlosch mit einem Schlag.

22 *Ein neuer Tag im Leben*

M und Falco sahen vom Bunker aus zu, wie der Feuersturm, nur wenige hundert Meter von ihnen entfernt, schwächer wurde. Rettungsmannschaften waren alarmiert worden und standen bereit, um dem Zerstörungswerk Einhalt zu gebieten. Robinson hatte zwar dafür gesorgt, dass M und Falco sofort evakuiert werden konnten, aber die beiden hatten sich geweigert zu gehen. Und als er gerade über ihren Kopf hinweg den Premierminister um den Befehl zum Rückzug bitten wollte, veränderte sich schlagartig die Lage.

Das Brausen der brennenden Erde verstummte beinahe genauso plötzlich, wie es begonnen hatte. Der heiße Wirbelsturm und das Feuer versiegten allmählich, und nur kleine Flämmchen züngelten noch in der Spur, die der Strahl hinterlassen hatte. Stattdessen herrschte ein unheimliches Schweigen.

Falco seufzte erleichtert auf, und M gestattete sich angesichts dessen, was ihr Agent soeben geleistet hatte, ein triumphierendes Lächeln.

Doch obwohl die rotierende Säule aus Feuer und Rauch an der Basis ein wenig schwächer geworden war, tobte sie in 1500 Metern Höhe unbeirrt weiter. Das geschundene Wrack der Antonov flog immer noch, obwohl die Hälfte der Außenhaut fehlte und im Heck der Maschine ein Feuer wütete. Und dann verließ das Flugzeug wie durch ein Wunder das Inferno.

Bond und Jinx trafen sich im Fitnessraum wieder und fielen sich in die Arme.

»Das Cockpit ist hinüber«, meldete sie.

»Fallschirme haben wir auch keine.«

Im peitschenden Wind klammerten sie sich aneinander. Das Flugzeug gab ein schauerliches Knirschen von sich, als über ihnen weitere Vertäfelungen abgerissen wurden.

»Sieht aus, als würden wir zusammen abstürzen«, sagte sie.

Da fiel Bond etwas ein. »Dafür ist jetzt keine Zeit. Wir müssen unseren Helikopter erwischen, bevor er uns noch runterfällt.«

Ihre Augen weiteten sich, als sie verstand.

Sie rannten zur Treppe, die zum Frachtraum führte, doch züngelnde Flammen versperrten ihnen den Weg.

Als sie einen Blick auf die hintere Tür des Fitnessraums warfen, mussten sie feststellen, dass diese ebenfalls brannte. Bond betrachtete die Gegenstände im Raum, riss einen antiken Teppich von der Wand und warf ihn auf die Treppe, um die Flammen vorübergehend zu ersticken.

»Beeil dich!«, rief er. Jinx lief los, doch als Bond ihr folgen wollte, reckte sich ihm ein blutiges Gesicht entgegen.

»James«, stöhnte Miranda. »Nimm mich mit.« Sie schien im Sterben zu liegen und presste die Hand gegen eine Wunde auf ihrer Brust.

Bond schüttelte den Kopf. »Das hast du dir alles selbst zuzuschreiben.«

Miranda erwartete keine Gnade. Aber sie wollte Bond offenbar so lange aufhalten, bis es auch für ihn und für Jinx zu spät war, sich zu retten. Die Flammen fraßen sich bereits durch den Teppich auf der Treppe.

»Willst du nicht wissen, warum ich es getan habe?«, fragte sie.

Bond überlegte kurz, kam aber zu dem Schluss, dass es ihn nicht im Geringsten interessierte.

»Nein«, erwiderte er.

Er verschwand nach unten in Richtung Frachtraum, nur wenige Sekunden, bevor der Teppich endgültig in Flammen aufging. Miranda sackte in sich zusammen und wartete auf das Unvermeidliche.

Inzwischen hatte Jinx den Frachtraum erreicht und drückte auf den Knopf, um die Rampe im hinteren Teil der Maschine zu öffnen. Der Mechanismus ächzte zwar wie ein waidwundes Tier, funktionierte aber noch. Stürmischer Wind und Qualm wehten ihr ins Gesicht, und sie sah, dass das Flugzeug einen langen Flammenschweif hinter sich herzog.

»James?«, rief sie.

»Hier bin ich«, erwiderte er und erschien neben dem Hubschrauber.

»Wir sind blockiert«, verkündete sie und zeigte auf die beiden Sportwagen zwischen Helikopter und Rampe.

»Steig ein«, wies er sie an. Sie öffnete die Türen des Hermit. Plötzlich schlug ihnen ein starker Wind entgegen, als weitere Stücke der Vertäfelung von der Maschine abgerissen wurden. Während Jinx in den Helikopter kletterte, kämpfte sich Bond zu der Schalttafel vor, mit der man die Ladevorrichtung bediente. Er musste sich gegen den kräftigen Wind stemmen, bis er sie endlich erreichen konnte. Als er heftig auf den Knopf drückte, wickelte sich kreischend die Ladekette ab, mit der die gesamte Fracht gesichert war.

Augenblicklich rutschten die beiden Autos und der Helikopter rückwärts in Richtung Rampe. Bond eilte auf den Hermit zu, der sich jedoch viel rascher bewegte, als er erwartet hatte, denn durch das Gewicht der Sportwagen wurde der Helikopter ziemlich schnell nach hinten gezogen. Der Ferrari kippte, gefolgt vom Lamborghini, über die Rampe ins Leere. Bond rannte weiter und streckte die Hand nach dem Hermit aus, als der Wind den Hubschrauber auf seiner mit Rädern versehenen Palette zurückrollen ließ. Es gelang ihm gerade noch, die Kante der offenen Tür zu fassen und sich hineinzuschwingen, als der Helikopter auch schon von der Rampe stürzte.

Während der Hermit aus dem Flugzeug purzelte, zerbrach die Antonov endgültig in ihre Einzelteile. Die Maschine schälte sich wie eine Banane, die Triebwerke wurden in verschiedene Richtungen weggeschleudert, und die Flammen züngelten nach dem fallenden Hubschrauber. Brennende Trümmer trudelten auf die Minenfelder zu.

Bond mühte sich mit den Leistungshebeln des Hermit ab und schickte ein Stoßgebet zum Himmel, damit die Motoren endlich ansprangen. Der Helikopter näherte sich in rasendem Tempo dem Boden und hatte wegen seines größeren Gewichts die beiden Sportwagen bald eingeholt.

»Ich habe dir doch gesagt, dass ich Unglück bringe«, murmelte Jinx.

»Ich hätte dich auch warnen sollen«, erwiderte Bond, während er weiter mit den Leistungshebeln kämpfte. »Meine Beziehungen dauern nämlich normalerweise nicht lange.«

Der Boden kam mit hoher Geschwindigkeit auf sie zu. Luft pfiff durch die Rotoren. Hinter ihnen im Frachtraum wurde eine große Metallkiste gegen das Netz gedrückt, mit dem sie gesichert war. Plötzlich sprang der Deckel auf, und unzählige Diamanten kullerten heraus. Jinx drehte sich um und bemerkte die Edelsteine. »Wenigstens sterben wir jetzt reich.«

Bond betätigte alle möglichen Schalter, während der Hermit weiter dahintorkelte. Und dann fuhr die Luft plötzlich doch noch in die Rotoren und begann sie zu drehen. Wegen des Herumwirbelns der Rotoren nahm die Fallgeschwindigkeit ab, doch der Boden näherte sich immer noch viel zu rasch.

»Los, macht schon!«, rief Bond.

Jinx klammerte sich an seinen Arm und hatte mit der Welt schon fast abgeschlossen.

Endlich, nur wenige Meter vor dem Aufprall, sprang der Motor des Hermit an. Der Schwung des Rotors war so stark, dass der Helikopter dicht über dem Boden stehen blieb und somit nur knapp dem tödlichen Ende entging. Der Ferrari und der Lamborghini hatten sich ganz in der Nähe wie zwei bizarre Grabsteine in die Erde gebohrt.

Bond und Jinx sahen einander an und konnten ihr Glück nicht fassen.

»Du sagtest doch eben etwas von zusammen abstürzen«, meinte er.

Er betätigte die Kontrollhebel, sodass der Helikopter ein Stück stieg und in niedriger Höhe dahinflog.

Im Lageraum des Bunkers machte sich Erleichterung breit. Allerdings stellte M fest, dass Falcos Miene sich wie üblich verfinsterte.

»Was ist denn jetzt schon wieder los?«, fragte sie.

»Ich habe gehört, dass Ihr Mann nicht sehr zuverlässig ist, wenn es darum geht, Regierungseigentum zurückzugeben«, erwiderte Falco.

»Machen Sie sich etwa Sorgen um Ihre Switchblades?«

»Eigentlich nicht. Eher um meine Agentin.«

M betrachtete ihn mit einem Funkeln in den Augen und wandte sich dann an Robinson. »Sorgen Sie dafür, dass Bond so bald wie möglich nach London zurückkehrt«, befahl sie.

»Ja, Ma'am«, entgegnete Robinson grinsend.

Miss Moneypenny saß an ihrem Schreibtisch im Hauptquartier des MI6 und machte wieder einmal Überstunden. Es hatte länger gedauert als erwartet, die Berichte über den Einsatz in Korea zu tippen, und sie wollte noch vor Mitternacht nach Hause. Als sie gerade eine Taste betätigte, um das Dokument auszudrucken, kam James Bond hereinspaziert. Er sah frisch und erholt aus.

»James ...«, begrüßte sie ihn lächelnd.

»Moneypenny«, erwiderte er liebevoll.

Sie stand auf, wobei sie sämtliche Gerätschaften von ihrem Schreibtisch fegte, und packte ihn an der Krawatte. Bond erwiderte ihre Zärtlichkeit, und die so lange unterdrückte Leidenschaft brach sich in einer wollüstigen Umarmung Bahn. Ihre Verzückung steigerte sich noch, als sie sich immer heftiger und heftiger küssten ... bis ein Licht anging und die Szene unterbrach.

Q, der in seine Werkstatt gekommen war, um etwas zu suchen, traf Moneypenny allein im Virtual-Reality-Raum an. Als er durch das Fenster spähte, sah er, dass sie sich mit geschlossenen Augen und zum Kussmund geformten Lippen vor Lust in ihrem Sessel wand.

»Moneypenny?«, rief er über den Lautsprecher.

Erschrocken und verlegen stieß sie einen Schrei aus und riss sich rasch die VR-Brille vom Gesicht.

»Das war nur ein Test«, keuchte sie atemlos.

Q war so stolz auf seine Erfindung, dass er ihr nicht lange böse sein konnte. »Ziemlich aufregend, was?«, fragte er und meinte damit das virtuelle Hindernisrennen.

»Ja, sehr.«

»Wie viele haben Sie geschafft?«

»Leider nur einen.«

Der immer gleich bleibende Rhythmus der Wellen, die an den Strand schlugen, hatte eine hypnotisierende Wirkung. Irgendwo in der Ferne sangen die Vögel einander ihr Lied vor, und die Abenddämmerung brachte die flüchtigen orangefarbenen und roten Streifen am Himmel zum Vorschein. Es war eine magische Tageszeit, die vollkommene Abrundung des Dramas, das sich in den letzten vierundzwanzig Stunden abgespielt hatte.

James Bond und Jinx nahmen die traumhafte Idylle um sich herum keineswegs als selbstverständlich hin.

Gerade rechtzeitig zum Sonnenuntergang hatten sie den Strand nordwestlich von Inch'on erreicht. Nachdem der Hermit gelandet war, waren sie ausgestiegen und hatten sich in den Sand fallen lassen. So knapp waren sie dem Tod entronnen, dass sie sich nun unbedingt noch einmal bestätigen mussten, wie schön es doch war, am Leben zu sein. Sie gaben sich dem Augenblick hin und küssten sich leidenschaftlich, als gäbe es kein Morgen.

Als Jinx auf eine einsam dastehende Bambushütte zeigte, nickte Bond wortlos. Eine Stunde später lagen sie nebeneinander auf einem Strohsack in der Hütte, inmitten der Diamanten aus der nun leeren Kiste.

»James? Kannst du ihn nicht noch ein bisschen drinlassen?«, fragte Jinx.

»Du weißt genauso gut wie ich, dass das verboten ist.« Er nahm einen großen Diamanten aus ihrem Nabel und warf ihn auf den Haufen.

»Es kostet ja nichts zu träumen«, erwiderte sie. »Sollten wir die Dinger jetzt nicht besser zurückbringen?«

»Ach, ich glaube, die Welt kommt noch für ein paar Tage ohne uns zurecht.«

»James«, sagte sie liebevoll, und sie küssten sich wieder.

Michael Connelly

»Michael Connellys spannende Thriller spielen geschickt mit den Ängsten seiner Leser.« *DER SPIEGEL*

»Packend, brillant, bewegend und intelligent!« *LOS ANGELES TIMES*

Schwarzes Eis
01/9930

Die Frau im Beton
01/10341

Der letzte Coyote
01/10511

Das Comeback
01/10765

Der Poet
01/10845

Das zweite Herz
01/13195

Schwarze Engel
01/13425

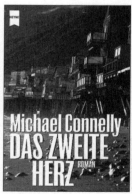

01/13195

HEYNE-TASCHENBÜCHER

Große Filme - Große Romane

Stephen King
Hearts in Atlantis
01/20067

Stefanie Zweig
Nirgendwo in Afrika
01/20066

Antonia S. Byatt
Besessen
62/339

Robert Harris
Enigma
01/20061

Elisabeth Sanxay Holding
The Deep End - Trügerische Stille
01/20097

Arthur C. Clarke
2001: Odyssee im Weltraum
01/20079

01/20066

HEYNE-TASCHENBÜCHER

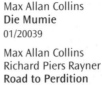

Spannende Kinounterhaltung zum Lesen

Max Allan Collins
Die Mumie
01/20039

Max Allan Collins
Richard Piers Rayner
Road to Perdition
01/20095

Dewey Gram
Ocean's Eleven
01/20092

Peter Lerangis
Sleepy Hollow
01/20054

Thomas Harris
Hannibal
01/20060

John Le Carré
Der Schneider von Panama
01/20062

Pierre Boulle
Planet der Affen
01/20081

Peter David
Spider-Man
01/20105

01/20105

HEYNE-TASCHENBÜCHER